基础教育改革与教师专业发展丛书

教师专业发展系列

优秀教师的专业基本功

YOUXIU JIAOSHI DE ZHUANYE JIBENGONG

姚运标◎编著

安徽师范大学出版社

责任编辑:胡志恒　胡志立
责任校对:汪碧颖
装帧设计:丁奕奕
责任印制:郭行洲

图书在版编目(CIP)数据

优秀教师的专业基本功 / 姚运标编著.—芜湖:安徽师范大学出版社,2013.12
(基础教育改革与教师专业发展丛书)
ISBN 978-7-5676-0289-2
Ⅰ.①优… Ⅱ.①姚… Ⅲ.①中小学-优秀教师-师资培养 Ⅳ.①G635.12

中国版本图书馆CIP数据核字(2012)第319342号

优秀教师的专业基本功
姚运标　编著

出版发行:安徽师范大学出版社
芜湖市九华南路189号安徽师范大学花津校区　　邮政编码:241002
网　　址:http://www.ahnupress.com/
发 行 部:0553-3883578　5910327　5910310(传真)　　E-mail:asdcbsfxb@126.com
经　　销:全国新华书店
印　　刷:安徽芜湖新华印务有限责任公司
版　　次:2013年12月第1版
印　　次:2013年12月第1次印刷
规　　格:787×960　1/16
印　　张:16
字　　数:254千
书　　号:ISBN 978-7-5676-0289-2
定　　价:30.00元

基础教育改革与教师专业发展丛书编委会

内容简介

教师专业化的最终结果是培养优秀的教师,优秀教师的培养主要涉及以下一些问题:优秀教师应该具备什么样的素质,优秀教师如何培养等。本书立足于通俗性和学术性、实践性和理论性的统一,期望既能给一线教师一定的理论指导,又能给他们以一定的启发,还能给他们的专业发展以一定的依据,更期望能给相关研究者提供一个视角。全书分为先进的教育教学观念、娴熟的知识管理能力、善的教师职业品质、高效的教学能力、合理的班级组织和课堂控制能力、良好的人际沟通能力、有效的教学反思能力、适切的教育科学研究能力、适时的信息素养能力、美好的教师形象等十个部分。

总 序

“教育改革”在当下是一个出现频率非常高的概念,这种语言现象所反映的正是教育实践的客观现实。伴随着经济全球化、信息化和网络化的迅猛发展,世界范围的教育改革正一浪高过一浪,教育改革正成为一项持续不断的教育实践活动。可以说,变革已成为当代教育的一个典型特征。

同样,改革也是我国当代基础教育领域蓬勃发展的重要驱动轴。近年来,基础教育改革正在各个层面全面展开:在课程领域,综合课程、活动课程、微型课程、模块课程等正在逐步取得与学科课程同等的地位,并对促进学生的全面发展发挥着不可替代的作用;在教学领域,诸如探究式教学、互动式教学、学生自主学习、合作学习等一系列新的教学方式和学习方式也正在逐步取代某些传统的教学方式和学习方式,被师生广泛运用于教学过程之中;在德育领域,一方面,某些陈旧落后的德育理念和模式正在为人们所摈弃,另一方面,多种新的德育理念和模式正在受到教育理论工作者和实践工作者的广泛关注并在学校德育实践中进行尝试和经受检验;在教育评价领域,传统的评价理念和范式同样日益受到人们的质疑与批判,与此同时,各种新的评价理念和范式层出不穷并被师生普遍接受和运用。

基础教育改革不仅使学校生活、师生关系和课堂面貌等发生了重要变化,也向广大教育实践工作者提出了新的更高的要求。持续不断的基础教育改革,使每一个投身于教育实践工作的人都面临着一系列无法回避的挑战。这种挑战,既意味着教育实践工作者不得不正视和思考教育改革带来的各种新的问题,同时也意味着他们在面对不断变化的教育实践情境时,必须采取适当、合理的因应与行动。

教育大计,教师为本;有好的教师,才有好的教育。这既是基础教育改革实践的强烈诉求,同时也是理性认识基础教育改革所形成的共识。好的教师,才有可能既娴熟自如地驾驭教育教学活动,最大限度地促进学生的发展,同时又能够有效地应对社会和教育发展所带来的各种新变化、新要求,成为教育改革的参与者和“弄潮儿”。好的教师由何而来呢?也许人们对这一问题有着各自不同的认识,也许不同的教师其成长的过程和方式各有差异,但可以肯定的是,好的教师既需要经受教育实践的历练,需要教育实践给予其充分展现的机会,同时,也需要接受教育理论的滋养,需要对教育教学的本质和规律性有着正确的认知和把握。

与教育实践工作者相同的是,教育理论工作者也正在面对教改所带来的诸多挑战。基础教育改革的蓬勃展开,也必然会对教育理论工作者提出如何恰当地回应教育改革、如何研究和解决教育改革中出现的各种新问题、如何引领教育改革的发展方向等诸多问题。可以说,在教育改革持续展开的背景下,教育理论工作者正面临着双重任务:一是必须及时研究和探索教育改革中不断出现的新情况、新进展,发现制约改革的各种因素和变量,揭示和分析教育改革发生发展的特点和规律;二是必须观照教育改革参与者特别是中小学教师的实践诉求,通过对教育改革实践的理论阐述,引领他们更加理性、有效地处理改革实践中所遇到的种种现实问题。

我们欣慰地看到，当前，已有很多学者对基础教育改革的一系列重要问题进行了深入的研究和探讨，从多角度、多方位提出了诸多有关教育改革的真知灼见，展示了学者们对教育改革实践的理性认识。然而，如何将这些理性认识转变为教育改革实践的理性行动，却需要做一番综合与转化工作。所谓综合，就是要对不同的理论研究成果，根据教育实践的逻辑，重新进行组合与梳理，以形成更加适合于教育实践的知识体系；所谓转化，则是要通过对知识的再加工和再创造，将原本用于精确表达思想和观念的科学话语体系，转变成实践话语体系，从而更加适合教育改革实践的需要。而本套丛书所努力达成的，就是这样的一个目标。我们期待我们所做的综合与转化的努力，能够产生切实的实践效果。

教育改革既涉及宏观层面，也涉及微观层面。仅有宏观层面的努力而缺失微观层面的配合与行动，教育改革不可能取得成功。宏观层面的教育改革主要是由政府来决定和实施，而微观层面的改革不仅需要政府的介入，更需要教育实践工作者的实际行动。我们编写这套丛书，主要的目标是指向微观层面，指向中小学教师的教育教学实践。丛书涉及当前基础教育改革和教师专业发展的诸多领域，主要针对当前基础教育改革和教师专业发展中所遇到或将要遇到的一系列问题而编写，以问题作为研究和讨论中心。我们期望通过聚焦教育改革实践中遇到的各种实际问题，借鉴中外教育改革的研究成果和成功经验，为教育实践工作者正确地认识和把握这些具体的实际问题提供指导和帮助。

本丛书主要包括教师专业发展系列、基础教育改革与学生发展系列、新课程教学探索系列、班主任工作系列、心理健康教育系列、教师专业标准系列等，读者对象主要是广大中小学教师。丛书的定位是理论与实际有机结合、介于学术著作和通俗读物之间,既注意吸收相关学科领域的最新成果,反映教育教学研究的前沿动态,又注重贴近中小学教师的工作和生活,对目前我国基础教育的实际以及教改实施与进展的状况进行分析和探讨,注重解决读者在实践中遇到的问题或困惑,努力做到科学性、前沿性、实用性的统一。丛书内容通俗易懂,深入浅出,每册书在内容上不求大而全,不求面面俱到,而是突出重点,将关注教师的需求放在第一位,尽可能为他们提供有针对性的思想和理论的引领,给他们以实践操作的启发。

我们相信本套丛书的出版,能让广大一线中小学教师获得所需的知识和有益的启示,对学校的进步、教师的发展和学生的成长发挥建设性的指导作用,为促进教育改革和教师发展增添些许动力。我们也期待着本丛书的出版,能够为师范院校相关学科的教学与研究提供更为丰富的素材,从而推动教师教育质量的不断提升。

编委会

二〇一三年一月

目　录

绪 论

《中国教育改革与发展规划纲要》指出:"通过研修培训、学术交流、项目资助等方式,培养教育教学骨干、'双师型'教师、学术带头人和校长,造就一批名师和领军人才。"造就一批中小学教学骨干和学术带头人要求我们广大中小学教师不仅要做好自己的日常教育教学工作,还要在工作之余利用自己的资源提高教学质量。这也就要求教师不仅要具备教学的基本能力,还要达到一种先进的教育艺术水平。教育是一种由经验向科学转变,由科学向艺术转变的过程,教师要达到这种水平,应该要具有以下十项基本素质:先进的教育教学观念、娴熟的知识管理能力、善的教师职业品质、高效的教育教学能力、合理的班级组织和课堂控制能力、良好的人际沟通能力、有效的教学评价和反思能力、适切的教育科学研究能力、适时的信息素养能力和美好的教师形象。

本书分为十章,对优秀教师必须具备的十种品质逐一进行阐述。教育观念是教师进行教育活动的内在依据和理论基础,教育观念是教育活动发展的产物,同时也要与时俱进,不断更新,用最先进的理论指导教育实践活动;教师知识是教师从事教学活动所必须具备的智力资源、专业知识,是教师在教育教学活动中决策判断及发展的基础,教育质量的提高有赖于教师良好的知识素养,想成为一名优秀教师,首先要关注的就是自己的知识管理能力,在当今信息时代背景下它包括:知识的整理与储存,知识的运用与创新,显性知识与隐性知识的相互转化等。

众所周知,教师职业道德在人类社会文化发展的历史长河中源远流长,教师的职业品质在教师职业道德理论和实践中占有重要的地位,人们研究教师职业道德,开展社会主义教师道德教育、提高教师道德修养水平,根本目的就是使广大人民教师能正确认识和处理社会主义教育职业活动中的各种利益关系，自觉地把社会主义教师职业道德规范和要求转化为教师个人内在的、稳定的职业品质，贯彻于自己的职业道德行为中去，促进社会主义教育活动顺利地进行，所以善的职业品质又称为教师的另一必备素质；教学是教师的一项基本职责，但是不同教师对教学的解读不尽相同，各个教师也是根据自己的实际能力和所面临的教育对象的条件进行不同的教学，不管用怎样的方式去教学，优秀教师都必须把效率放在重要的位置上，高效的教育教学能力是不可或缺的素质；班级是学校的基层组织，是一个小社会，是学生接受教育的主要场所，合理的班级组织和课堂控制能力在学校教学中占有的重要地位，有助于良好学习环境和学习条件的创建，是教学任务得以顺利进行的重要前提，它关系到课堂上教师知识水平的发挥，学生学习效率的提高，并有助于课堂生成；教师在教育中所做的每一件事，实际上都是与学生的沟通，在课堂上教师的一个眼神、一句奖励的话语都是在和学生交流，课下教师的一个微笑、一个爱抚的动作也是与学生的沟通，所以良好沟通是教师与学生的连接桥梁，也是优质教学必备的条件；叶澜教授说："一个教师一辈子写教案不一定成为名师，如果一个教师写三年的反思，有可能成为名师。"教学反思已经成为广大教师提高个人业务水平的一种有效手段，在实际的教学反思中还存在着一些不足之处，例如到底什么是教学反思，反思什么，如何进行有效的反思来提高教师的水平等问题都有待我们去学习和研究；"教师即研究者"这是新课程改革对教师提出的要求与期望。1999年颁布的《中共中央国务院关于深化教育改革全面推进素质教育的决定》指出，教师"要遵循规律，积极参与教学科研，在工作中勇于探索创新"。2001年发布的《国务院关于基础教育改革发展的决定》也指出："广大教师要积极参加教学实验和教育科研。"可见，教育改革要赋予广大教师参与教育科研的责任，并要求教师结合教育教学实践开展科学研究，努力提高教育科研意识和研究能力。

我们目前正处在信息社会阶段，信息技术的迅猛发展正悄然改变着人们的工作、生活和学习方式。而在学校这个育人的摇篮里，也在悄然发生着变化，如何培养和提高教师信息素养已经显得越来越重要。要培养高信息素养的学生，没有高信息素养的教师，是不可能完成的任务。优秀的教育工作者在信息社会中重要的任务就是正确了解与认识信息技术，有效地培养学生的信息素养，使人类在信息社会能够持续健康发展；现代教师职业和教师专业化的快速发展，"教师形象"的内涵也在不断地扩大。很多的研究表明，一个优秀的教师一定是一个形象良好的教师。人们需要的教师形象是内外兼修、心灵美与外在美统一的师表，这就要求教师必须关注自身的形象建设，教师的成长应当与自身形象建设同步。

理论是普遍存在的，但是如何将理论与实践相结合就需要我们用自己的智慧去发现，不同的情境需要我们不同的变通能力，教师作为一个特殊而又光辉的职业更应该起到示范带头的作用，将以上的十点基本素质要求运用到实践中，同时也影响着学生形成良好的品质。期待这本书的出版能给广大教师的教育理论研究和教学实践带来益处。

第一章　优秀教师的基本功之一：先进的教育教学观念

“观念”的研究是教育学和社会心理学中的一个重要研究领域，而教育教学观念是这个研究领域近年新兴起的研究课题。教育观念现象是人类教育发展史上的基本现象。一位教师可以有各形各色的教育观念，但却没有一个教师是没有任何教育观念的。教育观念是教师进行教育活动的内在依据和理论基础。随着社会的发展，要求对教育改革的呼声日渐高涨，要想改革，观念先行，教师教育教学的观念研究也更加受到人们的广泛关注。有意义的教育改革包括观念的改革，教师如何去拥有先进的教育教学观念，使教师适应新时代教育发展的需要，是值得我们进行研究的一项重要课题。

观念是历史的产物，任何一种观念的发展，都是在历史进程中传承和发展。因为任何群体或个体观念的发展都是以该群体的产生和历史存在为前提。人既是观念产生的主体，也是观念进行传播的媒介。在教育领域中，教师教育教学观念的传承和发展也必然以具有高度的凝聚力的教师群体的存在为基础，教师在观念的历史传承中具有举足轻重的地位。同时，在机遇与挑战并存的发展态势下，每一位教师都有着强烈的自我发展的美好愿望。教育是不断发展的，教师教育教学观念也在不断更新，对教师教育教学观念的关注，是保证教育理论继续发展、教育实践顺利开展的基本前提，也是世界发展、社会前进的长久需要。

第一节　基本理论问题

交代研究背景，明确研究意义与方法是科学研究的基础工作。明确界定全书所涉及的核心概念，是展开讨论的前提性“规范”。全书主要涉及“观念”、“教师教育教学观念”、“先进”等几个核心概念,需要给予必要的界定和解读。

一、概念界定:教师教育教学观念

在教育发展的历史长河中,教育观念作为一个独立的概念被人们关注,是在20世纪70年代。而针对教师教育教学观念的专门研究则是在20世纪80年代以后,逐渐以“教师的理论和观念”、“教学取向”等概念的形式出现在各类教育研究的课题中。

(一)何为“观念”

词源上,观念(idea)来自希腊文,与(vision)视觉形象有关,原意是指“可见的形象”(visible form),中文将它译成观念、理念或形式。《现代汉语词典》(第5版,2005年)对“观念”的解释是:一是指思想意识;二是指客观事物在人脑里留下的概括的形象(或表象)。[①]观念本身作为一个概念,从不同的思考层面可以做多种分类。如从活动的主体来看,观念可以分为社会观念、群体观念和个体观念;从历史发展的角度来看,观念可以分为传统观念、现代观念和未来观念;从观念主体指向来看,观念又可分为他人观念和自我观念。

鉴于“观念”这个概念是哲学研究的一个重要范畴,哲学上对“观念”一词的理解在不同的历史时期和不同的学家流派那里有不同的含义。马克思主义哲学是从认识论和历史唯物主义两个维度来认识“观念”这一概念的。在认识论方面,马克思说:“观念的东西不外是移入人的头脑并在人的头脑中改造过的物质的东西而已。”[②]恩格斯在《反杜林论》中说,“观念是现实的反映”,“一切观念都来自经验,都是现实的反映——正确的或歪曲的反映”。[③]由此,马克思和恩格斯说明了观念是对客观现实的反映,是客观存在的主观映象,指出了观念的客观实在性。本文中的“观念”一词的界定,采用马克思提出的概念:即观念就是人们在实践中所获得的对

① 中国社会科学院语言研究所词典编辑室. 现代汉语词典[M]. 北京:商务印书馆,2005:495.
② 马克思恩格斯选集:第二卷[M].北京:人民出版社,1972:217.
③ 马克思恩格斯选集:第二卷[M].北京:人民出版社,1972:64.

客观事物的看法和认识。

(二)“先进的教育教学观念”的含义

由观念的定义我们尝试初步推出教育观念的概念:它是人们在实践中所获得的对教育现象和问题的看法和认识。

目前,从国内外的一些研究成果来看,教师教育观念在教师界定行为、组织知识和信息的过程中扮演着关键性的角色,教育观念对教师的认知有重要影响,教师的观念强烈地影响着其教学行为。①有研究者运用演绎的方法沿着“观念”—“教育观念”—“教师教育观念”的思路,分析了教育观念存在的三种形态:理论形态的教育观念、制度形态的教育观念和社会心理形态的教育观念。研究者认为,只有社会心理形态的教育观念具有个体性和可操作性,才能真正对教育行为产生直接作用。教师教育观念属于社会心理形态的教育观念,主要是教师在社会生活中经过经验积累而形成的一种自动反映的习惯性表现,同时,它作为一种内隐性的缄默知识,往往“寄寓”于个体心灵的最深处,代表了教师个人的价值取向。②

也有研究者认为教育观有广义和狭义之分。广义教育观体系,从层次上看有宏观教育观、中观教育观和微观教育观;从教育阶段看,有学前教育观、初等教育观、中等教育观、高等教育观;从教育内容看,有普通教育观、职业技术教育观、特殊教育观;从教育对象看,有青少年儿童教育观和成人教育观;从教育形式看,有正规教育观和非正规教育观;从范围看,有家庭教育观、学校教育观和社区教育观;从主办单位看,有公立教育观和私立教育观;从地域看,有发达地区教育观和欠发达地区教育观以及不发达地区教育观等。③

狭义教育观体系是对教育是什么的认识,是对教育有何价值的追问,是对教育如何发挥作用的探寻,以及教育如何作用于实践。而“先进”一词也彰显了教师教育教学观念并不是一个静态的观念系统或观念集合,而是一个不断变化发展的动态的过程体系。何为先进?先进要求教师具有一

① 丁钢. 中国教育:研究与评论:第3辑[M]. 北京:教育科学出版社,2002:9.

② 李海芳. 大学教师教育观念的发展研究[D]. 太原:山西大学硕士学位论文,2005.

③ 孙绵涛. 关于教育观的思考[J]. 教育理论与实践,1999(4).

种超前的意识，一种把握全局、洞彻先机的感观。由此，教师教育教学观念总是在一种不断地变化与形成过程之中。因此，在教师教育教学观念问题上，就要求教师既要善于继承，又要不断地更新，树立新的教育教学观念。

我们认为，教师教育教学观念指教师在一定的历史文化背景下，主要是在各种生活和工作的情境中，在教育教学实践和系统专业理论学习时，教师所形成的对学生个体发展特征和教育活动规律的主观性认识和看法，这些认识和看法直接影响着教师对各种教育问题和现象的判断和分析，进而影响着教育行为的实施。

二、教师教育教学观念的内容和结构

确切地说，教师教育教学观念不会是单一的个别观念，因为教师对于教育问题的认识总是会涉及众多的方面，所以教师教育教学观念总是以“观念群”的形式出现，[①]即教师各个不同的个人教育观念作为要素组成了教师教育教学观念。如果将教师教育教学观念视为一个整体，我们试图将其做一个划分，需要指出的是，对教师教育教学观念的本来思考，我们认为，实际是要明确教师的首要任务是什么的问题？教师应何为？韩愈以“师者，传道、授业、解惑也”这样一句话概括了教师的基本任务，成为教师使命的“经典注释”。因此，在对教师教育教学观念的内容划分中，我们将教学观特别重点提出，将其划为教师教育教学观念的一个单独部分。（见图1）

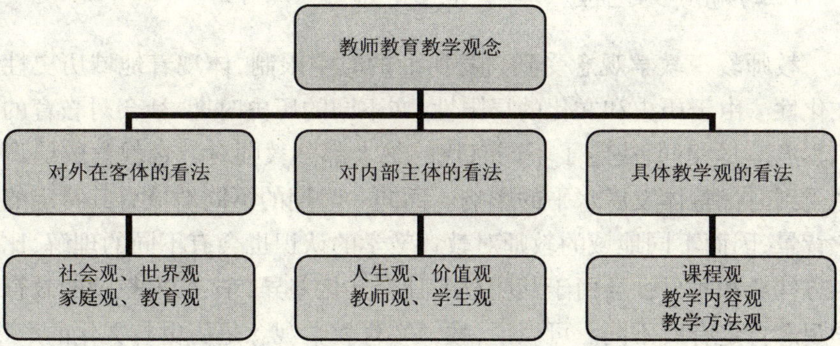

图1　教师教育教学观念的内容结构图

① 易凌云．教师个人教育观念[M]．北京：教育科学出版社，2010：38.

三、教师教育教学观念的内涵

内涵通常指事物的本质属性，也是某一事物不同于其他事物之独特性质。对教师教育教学观念的内涵分析要弄清：教师教育教学观念与其他的观念究竟有何不同。从内涵特性上来看，我们认为：教师教育教学观念的内涵主要表现为个体知识性、地域文化性、价值取向性和动态平衡性。

（一）个体知识性

教师教育教学观念是特定教师个体所独有的教育观念群。同样的内容进入每位教师的理解视野后，教师教育教学观念都是教师对教育赋予“我”的解说。每个人对这些内容的解释和运用是不可能完全相同的，每位教师对自己所持有的观念都认为是正确的、合理的。从这种角度来说，我们可以把教师教育教学观念称为教师关于教育问题的“个人知识”。教师教育教学观念作为教师对教育教学的基本认识，从观念在教师头脑形成之初就打上了深深的个人烙印。这种观念从本质上来说是代表了教师个体对于教育教学的一种“独特看法”。教师在原有的个体认识基础上，在实践中加深对教育教学的认识和理解。每位教师的教育教学观念的具体内容不同，作为教师的个体在建构或更新自己关于对教育教学的观念时，对同样的客观教育教学事件的选取方面带有很强的个体色彩。

（二）地域文化性

教师教育教学观念受到自身所处的时空限制，体现着地域历史性与文化性。由于历史和文化的局限性，在不同的历史时期，社会对教育的认识程度不尽相同，决定了不同时代的绝大部分教师对教育教学的认识水平受到时代整体发展水平的影响。而同一时期的不同地域有其特定的文化背景，因而不同地域的教师对教育教学的认识也会有不同的理解，比如东方社会和西方社会由于其明显的社会文化差异，东、西方教师的教育教学观念肯定有所不同。可以说，教师教育教学观念是历史与文化的产物，它具有一定的地域文化性。

(三)价值取向性

教师教育教学观念实际上反映了教师本人对教育问题或教育现象的一种价值取向性。不同的教师主体对同一教育现象或教育问题之所以有不同的教育看法,持有不同的教育教学观念,其本质是因为客观的教育事件在不同的教师那里有不同的主观反映。这种反映实际上体现了教师本人对"教育应该是什么"的一种自身价值追求,这种观念同时也指引了教师的具体教育教学行为,以及成为教师评判他人教育教学观念和行为的标准。

(四)动态平衡性

关于教师教育教学观念的动态平衡性,我们认为教师教育教学观念不是一个静态的观念系统或观念集合,而是一个不断变化发展的动态的过程体系。一位教师的教育教学观念可能在短时间内发生很大的变化,也可能需要通过自身长期的教育教学实践而慢慢改变。这些改变可能是一种积极向上的完善,但也可能是某种消极的后退。不过可以肯定的是,教师教育教学观念总是处在不断地变化与形成的过程之中。

四、教师教育教学观念的存在形式

为了更好地理解教师教育教学观念的内涵,我们可以进一步分析其可能存在的形式。根据教师教育教学观念是否可以被表达、是否可以将其付诸实践这一标准,我们将教师教育教学观念分为以下三种基本存在形式:外显化观念、内隐性观念和缄默性观念。(见图2)

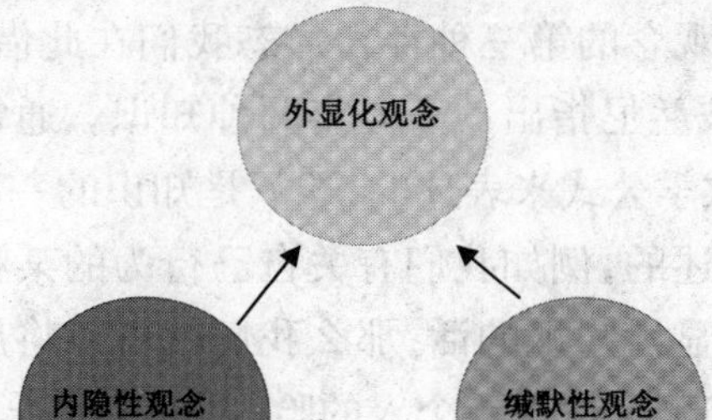

图2　教师教育教学观念存在形式的转换

(一)外显化观念

教师教育教学观念的第一种存在形式是外显化观念,教师对这种教育教学观念的理解和解释比较清晰与深刻,在实际的教育教学情境中教师能够熟练地具体运用,并且能够对运用的方式进行一定的思考和总结。这种外显化观念的形成途径可能是教师通过系统理论知识的学习来获取的,也可能是教师对自己教育经验的理性总结。从促进教师先进教育教学观念发展的角度来说,教师教育教学观念尽可能地以外显化存在是最好的,因为只有教师能够意识到教育教学观念的存在,才有可能对其内容进行思考,才有可能在具体教育教学实践中加以运用,主动实现教师专业的可持续发展。

(二)内隐性观念

内隐性观念的形成途径主要是来源于对社会公共教育理论的学习或对他人教育经验的学习。这种状态的观念可能是一套系统化和理论化的观念体系,也可能是一些零散杂乱、彼此无序的观念,有时甚至是一些相互矛盾的观点的简单集合。这种状态表明,此种观念还暂时处于教师教育教学观念系统的初期阶段,教师还需要对其进行进一步的梳理排序,教师还不能在自己教育教学实践中将其进行灵活地运用。当然,不能付诸实践的还有一个可能性是由于实际条件的不成熟,或教师自身实际操作能力还不足。

(三)缄默性观念

教师教育教学观念的第三种存在形态我们在此借用波兰尼关于"缄默知识"的概念。波兰尼指出:"人类有两种知识。通常所说的知识是用书面文字或地图、数学公式来表述的,这只是知识的一种形式。还有一种知识是不能系统表述的,例如我们有关自己行为的某种知识。如果我们将前一种知识称为显性知识的话,那么我们就可以将后一种知识称为缄默知识。"[①]比如我们可以认识一个人的脸,可以在成千上万张脸中辨认出

① 迈克尔·波兰尼. 个人知识——迈向后批判哲学[M]. 许泽民,译.贵阳:贵州人民出版社,2000:1.

这张脸，但是通常我们却不太能说明白我们是如何认出这张脸的；又如，我们可以认出任何一张脸上的表情，但是我们在一般情况下也说不出我们究竟是根据什么来辨认的，如果非说不可的话，那也是含糊其辞。不仅在日常生活中存在这种缄默性知识，就是在人们一直以为是非常理性化的科学研究中也存在这种知识。

波兰尼由此提出他最著名的认识论命题——“我们所认识的多于我们所能告诉的”。这个命题的含义是，人类通过认识活动所获得的知识包括了他们可以运用言语、文字或符号的方式加以表达的知识——显性知识，但是人类所拥有的却不止这些知识。在这些知识之外，还存在另一类不能或很难用言语、文字或符号表达的知识——“缄默知识”，两者共同构成了人类知识的总体。[①]那么，反映到教师教育教学观念上也存在这种现象。对于教师而言，这种存在形态的教育教学观念一般来自于教师自身的教育教学实践，处于教师整个观念系统结构中的最深处。

对教师而言，这三种存在形式的教育教学观念都客观地存在着，更重要的是，这三种存在形式之间可以互相转化。而在现实场景中，大多数教师的缄默性教育教学观念占有很大的比例，这意味着我们必须尽可能地创造条件引导教师缄默性教育教学观念的外显化。

第二节　教师教育教学观念形成的来源和影响因素

一个人的成长，必有其个体的不可复制的经历；一种理论的产生，也有着“前世今生”。教师教育教学观念的形成，也必然有着某种来源，形成某种轨迹。观念是一个在长期历史中形成的变化有机体，它牵一发而动全身，具有很强的继承性。对教师教育教学观念获取来源的追溯实际上是对教师教育教学观念形成途径的探讨。一般认为，教师关于教育教学的认识主要来自于个体的生活经历和社会文化观念的影响，是个体建构和文化信息相互作用的结果。事实上，教师教育教学观念的形成是一个复杂的学习过程、一个学习又学习的本质事实。

① 石中英. 缄默知识与教学改革[J]. 北京师范大学学报：人文社会科学版，2001(3).

一、教师教育教学观念的获取来源

根据已有的研究和总结，我们将教师教育教学观念获取的来源分为三类：系统理论的学习、自我的反思与领悟和对他人经验的学习。

（一）系统理论的学习

系统理论的学习有三种情况：第一种是在学校的理论知识学习，这是一种最有组织和全面的学习，学习效果因人而异。第二种情况是教师由于其工作的迫切需要，不得不主动去寻求外界的理论支持，我们称之为自我学习。这是一种主动学习，也可能是一种效率最高、效果最好的学习。第三种情况是由教育行政部门的统一规定或者学校集体组织的学习。不同的教师对这种学习的态度有所不同，可能有一个从不想学到愿意学的变化过程。比如，教师刚开始可能是一种不得不服从的被动性学习，但当他们真正了解所学理论的先进之处，理解了这种教育理论可能对他们有所帮助，特别在初步尝试运用中获得了积极的反馈，在了解并肯定这种实际意义后，大部分教师将转变态度主动开始去学习。

总之，不管属于何种情况下的学习，不管是教师的主动学习还是被动学习，系统理论的学习对教师都具有重要的意义，而且这是教师适应时代发展，拥有先进教育教学观念的最有效的途径。

（二）自我的反思与领悟

杜威说："在各种不确定的情况中，有一种永恒不变的东西可以作为我们的参考，那就是教育与个人经验之间的有机联系"[①]教师对自己已有教育教学观念的反思与领悟，这是教师教育教学观念的一个重要来源。

例如有位语文老师在认识到教育改革、课程改革在教育实践中的巨大意义时，他及时反省、思考自己原有的观念形态。"我一直对自己抱着要发展的态度，特别那些对学生的健康发展有利，经过学者、专家认真论证得出的一些合乎教育规律的见解，我们就要思考，就要逐步地在自己的教学行为中去实践，把它充斥到自己的思想意识里，及时地转变观念，内化

① Deway. Experience and Education [M]. New York: Collier Books, 1938:25 - 28.

成自己的教育观念，再用来更好地指导自己的教学实践行为。”①

从主观性来讲，反思的态度代表了教师一种有意识和自愿的努力，个人寻求改变的渴望，或是希望外界认可的愿望。教师要形成某种教育教学观念，必然建立在其自身已有的教育教学观念的基础之上，因为对已有的教育教学观念进行积极的、有意识的挖掘和探究有利于教师形成新的个人教育观念。对已有的教育教学观念进行反思，从而产生对教育教学观念一个新的领悟，其实质是教师根据已有的教育实践经验不断调整已有教育教学观念的过程，这种调整使原来已有的观念发生着由量变到质变的可能，从而完成教师教育教学观念新一轮的更新。

（三）对他人经验的学习

教师对他人经验的学习其实是一种观察学习，班杜拉称之为“通过示范进行的学习”。②班杜拉认为人类的大部分行为是通过对榜样的观察而习得，即一个人通过观察他人的行为或言语，知道了新的行动应该怎么做。观察学习的过程主要是学习者通过对“榜样”的观察，获得了示范活动象征性表象，而后引导学习者适当的操作。这其中我们最熟悉的一个事例就是婴儿或孩童对大人动作的无意识模仿。很多教师提到他们会通过观察他人的教育与教育经验来学习相应的教育理论，另外同事之间的互相学习交流等有助于教师教育教学观念的提高，这也是对他人经验的一种学习。

二、教师教育教学观念的影响因素

教师教育教学观念在其形成的过程中，受到各方面因素的影响。不仅受到国家的方针政策、上级领导的要求、社会文化、环境压力等的影响，还受到教师自身的世界观、人生观、生活经历、情感态度等方面的影响。我们将其主要划分为两部分：一是教师主体因素，二是外界客体因素。

① 赵志新. 论教师教育观念的形成——基于一位中学语文教师故事的叙事探究[D]. 宁波：宁波大学硕士学位论文，2008.

② 阿伯特·班杜拉. 社会学习心理学[M]. 郭占其，周国韬，韩向前，等译.长春：吉林教育出版社，1988：22.

(一)教师主体因素

在任何一种观念产生发展的过程中,认识的主体都是处于积极主动的地位。教师是其教育教学观念形成过程中的主体,主体的有效发挥是保证教师教育教学观念顺利形成的前提。我们将这种主体因素主要分为三类:情感因素、经验因素和知识因素。

1. 情感因素

教师作为一个鲜活的有自己思想情感的人,对教育教学的看法都会受到自己情感因素的影响。积极的情感因素对教师教育教学观念的形成起着积极的促进作用,消极的情感因素则作用相反。大量的实证研究发现:教师的教育教学观念总是以"片断式的情节"保存在教师的认知结构中,即教师的某个教育教学观念总是和一个具体的情境联系在一起储藏在记忆中,而教师对这种情境的回忆同时也带有一定的情感性。如果教师对自己的工作有着深深的热爱,带有浓烈的情感,那么这种情感可以激发教师工作的激情,促使他全力投入到教学活动中去。情感因素不会很直接为教师提供教育教学观念,但是情感因素却有助于激发和保持教师教育教学观念形成中的动力。这种作用是无声的、渗透性的。

2. 经验因素

教师的教育教学观念在其职业发展及工作实践中的呈现,是一个时期较长的、复杂的动态过程,是一个常常受到各种因素影响,不断进行更新的结果。在这种漫长的过程中,教师本人的各种生活工作经验,在他教育教学观念形成中有层次深浅不一的影响,经验是教师教育教学观念形成的一个起点,也是教师教育教学观念形成中的重要资源库。特别是教师在从事教育教学工作中的经验,他亲身经历的直观感受所给予教师的印象更为直接和真切。

3. 知识因素

教师已有的知识内容会影响他教育教学观念的形成。和经验相比,知识是属于更高层次的理性认识。教师关于教育教学的知识主要包括两个方面:教师的理论知识主要是通过对具体的专业理论知识的学习而形成的;教师的实践知识是在真实的教育实践中,通过教师的亲身体验和领悟而总结出的经验认识。教师教育教学的知识是教师教育教学观念形成的重要基础。观念的形成要求教师具有一定的知识储备,很多教师会感到自己的教育教学观念"过时",其实说明他的教育教学理论知识有待丰富。

(二)外界客体因素

教师是其教育教学观念的主体,在其教育教学观念形成过程中还受到外界事物的影响。我们主要将其分为三个方面:学生因素、改革要求和外界理论。

1. 学生因素

学生是教师教育教学活动的主要对象,也是教师实施教育教学活动的出发点。有效的教育教学活动是"一切从学生出发,一切为了学生,为了学生的一切。"教学是一种以课程内容为中介的具有个性化特征的师生双边活动。教学使课堂成为师生互动交往的平台,由此成为一个开放性的空间,为教师开发自身的人格魅力,充分挖掘教师自身的内在潜能提供了一个开放性的舞台。

学生对教师教育教学的反应影响教师教育教学观念的形成。学生和教师在教育教学活动中是一个互动的过程。教师努力给学生创设宽松、和谐、民主的学习氛围和生活空间,用无声的语言感化学生,激励学生;积极地超越自我、追求完美、追求卓越的思想,以自己高尚的人格魅力、渊博的学识和精湛的教育艺术感染学生。而学生对教师正面积极的反应,让教师多了责任感、整体感,更加注重修养自己的人格来影响他的学生。教师在自我意识不断反省、成熟的过程中更新着自己的教育观念,完善着他的观念意识,指引着他向着更加先进的方向前进。

2. 改革要求

当前进行的教育教学改革,让每个经历着这场伟大教育变革的人都开始了意识的觉醒,尤其是处在教育改革一线的教师,更是在这场变革中接受着挑战和考验。观念具备相对稳定性的特点,对于教师来说,当遇到教育改革的新理念与自身思想观念意识的碰撞,会有一些犹豫、怀疑,持观望态度。在教育改革的促使下,教师会逐步地接受并更新自己的教育观念意识,也带来教学实践的变化。有教师曾经这样形容自己在面对教育教学改革时的思想变化:“成绩还是要的,我觉得成绩好和能力高并不是对立的概念,以往听到很多‘高分低能’的说法,我觉得不够理性。需要教师转变教学思路,用新的真正内化为自己的教育观念去指导自己的教学活动。尤其是语文,要灵活运用教学方式让学生在欣赏、领悟和审美中获得知识和能力”。①

新时期的教育教学改革对教师提出了更高的要求,教师需要不断“超越自我”,必须及时了解国内外教育教学动态,不断探究现代教育思想,不断学习新的知识,不断钻研新的教学方法和教育手段,不断更新教育观念,否则就会被淘汰。

3. 外界理论

教师教育教学理论形成的过程还是一个自有的知识体系不断地与外界各种教育教学理论相“糅合”的过程。任何公共的教育教学理论最初都是由个人提出的,这当然也包括教师的教育教学理论。教师在形成自己的教育教学理论时,可能将外界各种公共的教育教学理论经过抽象、提炼、概括等步骤转化为自己所用。而外界的各种教育教学理论也是教师教育教学观念的“理论源泉”之一。

教师教育教学观念的形成中很重要的一点是对外界社会教育教学理论的学习。当教师接触到一种公共教育教学理论并产生了主动去学习这种理论的意愿,并进一步地去体会,然后教师根据自身的能力条件和自己所面对的实际教育情境加以具体化运用,之后再进行反思、内化。如此反复,最终形成切合自己实践需要的教育教学观念。

第三节　先进的教育教学观念形成的有效途径

20世纪60年代蓬勃兴起的教师专业发展运动,促进了教师教育改革与教师专业发展这一研究的成熟。同时也彰显了教师在教育发展领域的重要地位,教师是教育发展和教育改革的原动力,教师是教育的第一资源。教师教育改革与教师专业发展的关键不是技术设备等硬件的改变,

① 赵志新.论教师教育观念的形成——基于一位中学语文教师故事的叙事探究[D].宁波:宁波大学硕士学位论文,2008.

而重点是教师教育教学思想观念的改变更新。那么,对于教师来说,何为先进?先进的教育教学观念意味着什么?它要求教师具有什么样的思想?以及教师将通过何种途径去实现先进的可能?

教师如果没有一个思想观念上的转变,他取得的学历再高,脑子里装了再多的知识,他拥有再熟练的技能,也不会带来先进的教育教学观念。固守原有的教育教学观念可能只会使教师重复以往模式中的做法,即使教师在行为上有所改变,也不会成为教育改革能动的、自觉的创造者,教学方式的变革也只能是表面的、形式上的变化,不会有实质性改变。

一、先进意味着什么

先进是一个形容词,将其放在教师教育教学观念之前,我们认为“先进的教育教学观念”应该有以下三层含义:超前领先的意识、纵观全局的眼光和打破常规的胆量。

(一)超前领先的意识

当今世界是一个信息瞬息万变、科技高速发展、生产突飞猛进、行业竞争激烈、国际交往频繁、思想意识变革的时代,它需要具有开放性、竞争性、合作性的综合素质人才。因此,教育必须面向未来,为培养适应新时代所需要的人才,这需要教育的实践者即教师具备超前领先的意识。

超前领先的意识带来的行动才有可能是持久的、自觉的、有生命力的。教师教育教学观念能直接体现一个教师的素质和专业水平,但能否用正确的意识来指导自己的教育教学实践,这是一个随大流的教师和一个有领先意识的教师的区别所在,也是教师具有先进教育教学观念的基本前提。

(二)纵观全局的眼光

先进的教育教学观念还意味着教师具有一种把握全局、洞彻先机的感观。然而现实中,教师教育教学观念的转变不是一个轻松简单的过程。虽然在不少地方和学校,无论是教师继续教育课程,还是校本课程,都很重视现代教育教学理论的学习,这对于教师吸收现代教育教学理念,调整、更新自己的教育教学观念有很大的促进作用。但是传统的教育行为模式似乎很难改变，以至于教师们时常受到旧有观念的干扰。实际情况往往是，教师们虽然对某种新的教育教学观念理论很熟悉，从主观意愿上也想努力按照这种先进的教育教学观念来进行自己的教育教学行为，但却不知不觉地回到旧式窠臼，出现一些教师表达的教育教学观念与其实际教育实践行为分离的现象。

(三)打破常规的胆量

面对新的时代特点和教育教学的深刻变化，有一部分教师心生畏惧，害怕的原因出于各方面的顾虑。如害怕因接受新的教育教学观念就意味着否定了过去的自己，因而固守着原有的教育教学观念拒绝改变。还有的教师虽然热心参与教育教学改革，但实际行动上仍旧以一种“以不变应万变”的心态来对待，“穿新鞋走老路”、“新瓶装旧酒”的现象时常发生。例如，以教师为中心的一讲到底的灌输式教学一直被人所批评，许多教师曾试图改变这一局面，开始接受启发式教学思想，尝试用启发式取代灌输式。但由于教师教育教学观念没有真正转变，对学生的地位、教师的作用、教学的性质等认识仍然停留在原有水平，误以为启发就是提问，有问有答就是启发式教学，于是问答便取代了启发的真正涵义，“满堂灌”变成了“满堂问”，看似热闹的问答式教学却未能取得应有的教学效果。据专家对一堂数学课的剖析，老师一共问了105个问题。其中常规管理性问题占了2.9%，记忆性问题占了74. 3%，推理性问题占了21%，而真正能激发创造性的问题仅占1. 8%，能体现批判性思维的问题则没有。[①]仅有形式上的改变，并不能解决问题的实质。思想的转变最终需要落实到行动上，教师要做敢吃“螃蟹”的勇士，有敢于打破常规的胆量，这样才有先进的可能。

二、途径所在：如何先进

教师教育教学观念对教师开展教育教学活动有重要的作用和意义，它是整个教育教学目标得以真正实现的一个必要前提，也是当前深化教学改革，切实提高教学质量和效益的一个重要条件。而要保证教师的教育教学

① 万福，于建福. 教育观念的转变与更新[M]. 北京：中国和平出版社，2000：3.

观念由传统到先进的转变,就必须找到能触动教师"灵魂深处"的途径。

(一)缄默转化:知其然知其所以然

缄默知识在教师的教育教学观念中占有很大的比重。这些缄默知识存在于每个教师的知识体系里,体现在每个教师的行为中。比如,教师在毕业多年之后对学校所学的知识可能已经忘得一干二净,但当他面对一个新的问题时,却能较为明确地提供对这一问题的思路和方法,这是为什么呢?①这就是缄默知识的作用,它已经内化为个体的思维方式,可能是整体的、直觉的、甚至是无意识的。教师知道怎么去做,但具体为什么这样做的理由,他无法明确说出来,有些自己还未意识到也说不清楚,但它确确实实存在着,并影响、支配着个体的行为。教师必须对自身的缄默性教育观念进行梳理,不但要知其然,还应知其所以然。由于教师对自己缄默知识的无意识,因此需要找到探索和揭示这些观念的途径。

需要指出的是,教师对自己缄默知识的觉察、梳理以及分析,并不是一个纯理性的思维活动过程,它需要教师有自我反思、自我提升的强烈愿望,以及敢于审视自己的勇气。它是一个持续不断的过程,有些缄默知识需要一定情境才有可能会触动它,才有机会被教师察觉。而教师在不断觉察和转变旧的缄默知识的同时,新的缄默知识也在不断获得。因此,教师需保持一种对自我认识的兴趣和自我觉察的敏感性,这是有效拥有先进教育教学观念的重要途径。

(二)思想层面:从理论到实践

教师要通过各种方式使自己原有的教育教学观念显现出来,即知道自己原有的教育教学观念是什么,当原有的教育教学观念以显性化的形式呈现在教师面前时,教师需要用先进的教育教学观念对之进行检验、批判、反思与修正。②新旧观念相遇必然产生矛盾,甚至冲突,这时,教师要

① 王新民. 论教师的缄默知识及其隐性教育观念的更新[D]. 北京: 首都师范大学硕士学位论文,2002.

② 潘慧春. 教师教育观念的转变与教学方式的变革[D]. 长沙: 湖南师范大学硕士学位论文,2003.

将新旧观念加以整合，促使两者实现连接，使原有观念得到改造和提升。教师学习教育教学理论时，并不是简单地背诵记住。教师经过学习、理解、消化，将教育教学理论转化为教育教学观念后，并不意味着观念转变了，其行为就会自然而然地改变，教学方式就会随之变革。教师教育教学观念的改变只是为教学方式的变革提供了思想前提。它还需要教师发挥主体能动性，将理论与实践联系起来，通过理解、消化和体悟，将所学教育理论纳入自己的认知结构中，构成自己的教育教学实践行为。

教育教学理论向教育实践转化的过程既是一个学习的过程，又是一个创造的过程。经过具体的实践检验后，教师不仅将所学理论吸收，而且成为自己观念的主人。这一阶段，教师所学到的教育教学理论完全融入自己的教育教学观念，这不仅能激起教师的教育责任感和教育智慧，而且促使教师对自己的教育实践行为从不合理到合理，从习惯到反省的转化，这为教师拥有先进的教育教学观念提供了强大的内部动力。

（三）立足实践：行动带来改变

先进的教育教学观念离不开教师付诸教育教学实践，否则再先进的教育教学观念只会是“空中楼阁”。因此，教师必须立足实践，积极主动地开展教学与研究的结合，创造性地运用教育教学理论，研究和解决不断变化的教学实践情境中的具体问题，不断改善其教学行为和提高教学质量的活动。当前，教师成为研究者的呼声高涨，教师的行动研究也渐渐显现其独特的作用，这也是一条有效的途径。

教师需要脚踏实地，立足教学实践，创造性地运用教育理论，对教学实践不断进行反思，认真地分析教学实践中成功与失败的原因，为发展、创新教育理论提供丰富的实践资源，在教学行动中研究，以行动带来改变，达到学以致用，用之有效。因此，教师必须把先进的教育教学观念作为自己教学实践的出发点和指导思想，把新观念落实在教师常规的教学行动中，并在教学实践中做到教育教学观念的真正更新。

思考题

1. 教师教育教学观念的促进是否会带来教育效率的提高？谈谈您的

看法。

2. 教育理论是“说起来觉得重要，但学起来又没什么用”，对于这种看法，您怎么认为？

第二章　优秀教师的基本功之二：娴熟的知识管理能力

优秀教师与日常提及的“骨干教师”、“名师”或“特级教师”不尽相同。后三个概念更多是以某种标准进行衡量从而富于教师某种荣誉，表征的是教师某一发展阶段的状态。优秀教师则倾向于从动态变化的教师成长过程中进行解读，它意味着一个从成长期的默默付出，经历高原期的苦闷徘徊，从而达到成熟期的随心所欲的漫长而艰辛的成长过程。

教师知识是教师在教育教学活动中决策判断及发展的基础，教育质量的提高有赖于教师良好的知识素养。想成为一名优秀教师，必须要关注自己的知识管理能力。知识管理作为一种知识经济下的组织管理模式，具有促进知识创新、知识共享、营造创新文化氛围的管理职能，所以教师积极、主动地做好知识管理，才能成为课程得以顺利实施的重要保障。当今，在信息时代背景下，知识管理面临的问题包括：知识的整理与储存，知识的运用与创新，显性知识与隐性知识的相互转化等。重视教师知识体系的整建是促进教师专业发展的永恒主题。

第一节　教师知识的本质与特点

进行教师知识研究，有必要对知识这一概念的认识背景作简单的介绍。否则，将会对进一步深入这一领域的研究带来某些实质性的问题和困难。本节对教师知识的本质、教师知识的内涵和教师知识的特征进行了论析，试图揭示教师知识的本质与特点。

一、教师知识的本质

(一)有关知识概念的论述

知识是一个内涵丰富,外延广泛的概念。许多研究者从各自所属的学科和研究对象出发,对知识提出了自己的界说,至今尚未达成共识。可以说,"知识是这样一个术语:我们对它的本意都有一个较好的直觉理解,但难以用一种有效的方式定义它。许多人曾试图给出令人满意的定义,但大多定义只是一个近似的定义。"①著名哲学家罗素也只能发出"知识是一个意义模糊的概念"的感叹。

但是,概念界说是科学研究的始基性工作,不容回避。本研究以历来思想家对知识的界定为参照对知识做进一步探讨。对知识的典型界说,如苏格拉底(Sokrates,BC469-BC399)的知识界说带有伦理色彩,认为"知识即至善",知识的目的在于用来指导人过正当的生活等。②培根(Francis Bacon,1561—1626)提出"知识就是存在的影像",认为"知识是人们深入到自然界里面,在事物本身上来研究事物的性质而获得的东西。"③英国课程专家斯藤豪斯(Stenhouse L.)认为"知识不是需要学生接受的现成的东西,而是学生思考的对象,它不能作为必须达到的目标来束缚人,教育是要通过促使人思考知识来解放人,使人变得更自由。"④美国哈佛大学社会学家贝尔在《知识的规范》一书中,将知识界定为:一组对事实或条理化的阐述,可以通过某种信息工具以某种系统的方式传播给其他人,表示了一个推理出来的判断或者一种经验结构。贝克曼(Beckman)则搜集整理许多以知识管理的观点去定义知识的相关文献,其中值得注意的有如下三个定义:其一,知识是伴随某一已界定之情景的一般或特定经验法则和推理历程之显性和隐性要素、操作或关系。这个定义兼顾知识的变迁与动态及静态的内涵;其二,知识是领悟、经验及一些被视为正确的程序去

① Cuus Schreiber等.知识工程和知识管理[M].史忠植,梁永生,吴斌,等译.北京:机械工业出版社,2003:55.

② 鲍宗豪.论无知:一个新的认识领域[M].上海:上海人民出版社,1991:134.

③ 蔡亮.知识决定论[M].北京:北京日报出版社,1998:12-13.

④ 施良方.课程理论:课程的基础、原理与问题[M].北京:教育科学出版社,1996:187.

引导思考、行为和人际沟通的综合。这个定义逐渐将社会互动纳入知识的内涵;其三,知识是指能应用于问题解决或决策的信息。[①]此定义则强调知识的应用性。

在我国当代的相关文献中也散见着很多有关知识的界定,这些界定可归纳为:其一,知识就它反映的内容而言,是客观事物的属性和联系的反映,是客观世界在人脑中的主观映象;就它反映活动的形式而言,有时表现为主体对事物的感性知觉或表象,属于感性知识,有时表现为关于事物的概念或规律,属于理性知识;[②]其二,知识是对事物属性与联系的认识,表现为对事物的知觉、表象、概念、法则等心理形式;[③]其三,知识是人类对于经验中蕴含的法则赋予意义而结构化了的知识;其四,知识是智慧和经验的结晶;其五,知识是人的观念的总和;其六,知识是人类积累起来的历史经验和现时达到的科学新成就的总和。这些定义大都是根据哲学认识论中的反映论给出的,强调知识是人对客观世界的主观反映。

综合以上文献的观点,我们从内容、获得的历程及其应用三方面来对知识进行界定:在内容上包含事实、方法、原理、原则及技术等;在获得的历程上包括经验、领悟及人际互动等;在应用方面则是组织或个人对问题的解决及做决定。

(二)当代知识观的演进

知识观代表的是人对客观事物的主观反映,这种反映是一种动态的过程,它随着人们对客观世界认识的不断完善和改进。一定的知识观代表了一定时期的历史发展水平,同时受时代发展局限。

1. 传统知识观的基本理解

知识一直以来被认为是教师基本功的核心要素,人们对知识的含义、知识的性质、知识的价值的理解构成了知识观基础。传统的知识观呈现了知识的客观性、知识的普遍性和知识的中立性。[④]

---

① 曾锦达. 知识撷取[J]. 教育资料与研究,2002(45).

② 董纯才. 中国大百科全书·教育卷[M]. 北京:中国大百科全书出版社,1985:525.

③ 顾明远. 教育大词典:第一卷[M]. 上海:上海教育出版社,1990:14.

④ 石中英. 知识转型与教育改革[M]. 北京:教育科学出版社,2001:50-70.

(1)知识的客观性

传统的课程知识观认为，作为对客观事物的真实表征，知识具有客观性。客观性的基本涵义在于知识能正确反映事物的本质属性或事物间的本质联系，是一种和客观事物相符合的认识成果，不因地点、时间等因素的变化而变化，它与客观事物间具有一一对应的关系。此外，知识在可控制的实验条件下能产生可重复的结果，或在不能充分控制的自然条件下能通过概率预测结果。知识具有可检验性，换句话说，也只有可检验的认识成果才能称得上是真正的知识。笛卡尔是这种知识观的最早倡导者，他提出"我思故我在"将理性思维置于重要的地位；培根指出知识就是存在的影像。石中英对传统知识的客观性也讲到，知识的客观性基本内涵是知识正确反映事物的本质或万事万物之间的本质必然联系，是一种"相符合"的认识成果，那些没有达到相符合的认识成果，不能称为知识，最多称其为"不完善的知识"或"准知识"。[①]这表明，知识不同于人的主观意识，它是客观事物本原的写照，它的获得靠理性论证。随着近代社会科学技术的发展，"科学理性"以至高无上的权威统治了整个世界，而且改变了人类的生产方式、行为模式和思维方式。科学管理观、效率观经由课程专家博比特和查特斯等人的发展被引进课程领域。正是由于知识是外在的、不以人的意志为转移的客观事实和绝对真理，从而压抑和贬低了人的能动性，人在知识面前失去了独立性和主体性，成了知识的奴隶与附庸。教师只管教，学生只管学，成为一种机械知识的灌输与接受过程，而知识以什么方式获得，对学生的发展又具有什么价值却被忽视了。

(2)知识的普遍性

传统知识观认为，客观的知识陈述会超越各种社会性和个体性因素的限制，即知识具有普遍性。普遍性的基本涵义在于知识具有普遍的可证实性。真理或规律放之四海而皆准，知识的正确性不会因个体的意识形态、价值观念、生活方式以及性别、种族等的改变而改变。它是客观的，可以超越各种社会和个体的条件限制，得到普遍的证实，同时知识还具有普遍的可接纳性。知识的客观性决定了知识的普遍可接纳性不以个体的人生信仰和价值态度而转移。此外，知识的普遍性还指生产与辩护知识

① 石中英. 知识转型与教育改革[M]. 北京：教育科学出版社，2001：143-155.

的标准能得到普遍认同和尊重。生产知识的流程及确立知识合理合法性的标准是存在的，且在全人类范围内具有普遍性。这反应在课程中，课程要选择那些普遍性知识作为内容，教师教的是普遍性知识，学生相应地接受这些真理，无权过问、无权怀疑所接受的内容，服从知识权威的行为模式，教科书的编排也严格遵循知识的逻辑体系。事实上，从来没有哪一种科学实验能拒绝或排斥任何的“反常”，归纳推理的全称命题永远不能建立在个别观察事实的积累上，用来证明认识结果的“证据”也是被“制造”出来的和被理论“污染”过的，人们日常所看到的“符合”不是与认识对象的客观性质相符合，而是与一定的文化中已经存在的认识规则或“知识游戏”的规则相符合。[①]

(3)知识的中立性

传统知识观认为，知识是纯粹经验的理智产物，即“价值中立”或“文化无涉”。它只与认识对象的客观属性和知识主体的认识能力有关，相应地体现在课程中的知识就是脱离一定社会历史背景的知识。诚然，在传统知识观视野下，课程内容从形而上学和宗教神学的桎梏中解放出来，注入了科学知识的新鲜血液，无疑是一巨大进步。然而，作为科学知识主要内容的自然科学，在当今社会以惊人的速度发展着，有着“知识爆炸”之趋势。科学知识的迅速发展满足个体和社会世俗性发展要求的同时，也导致了个人主体价值迷惘，自由意志和人格尊严被践踏，社会道德水平下降等精神和社会危机。同时，学校教学强调权威知识的授受，致使学生厌学情绪高涨，幼年时的好学、乐学精神消失得无影无踪，学习者沦为考试的奴隶，如此等等。

此外，传统知识还具有反映性、公共性、描述性、等级性、积累性等特点，因篇幅有限，不一一赘述。

2. 当代知识观发展新动向

我们正处于激进的思想、社会与政治变化之中，同样，我们的课程应从过去的控制中解放出来，但它的确需要历史的根源以便得以成长与发展。[②]从传统知识观向当代知识观的转变，是从科学知识型向文化知识型

---

① 王升，高吉魁. 新知识观：研究性学习的知识论基础[J]. 教育科学，2002(4).

② 小威廉姆·多尔. 后现代课程观[M]. 王红宇，译. 北京：教育科学出版社，2000：224.

转变的一个重要组成部分。这种转变势必会对课程知识产生一定的影响。

(1)从客观性到文化性

随着奠基于经典物理学的绝对主义世界观的颠覆，知识的绝对客观地位被动摇。人们逐渐认识到传统知识观所宣称的知识客观性是不可能实现的，它所需要的那些条件是不成立的。因为知识是人创造的，是认识主体在一定的社会历史情境中，从个体的兴趣、价值观念和文化信念来理解认识对象的产物。认识对象并非独立于认识主体的客观存在，缺乏认识主体的认识旨趣及其他许多与认识行为相关的条件，认识行为就会陷入“无的放矢”的境地。认识主体也不是纯粹和抽象的存在物，而是具体的社会历史文化环境中的存在，从来不存在脱离社会历史和现实的认识主体。认识过程从来不会脱离个体兴趣、情感体验、价值观念等主观因素和社会因素的参与，不可避免地要受到所在文化传统和文化模式的制约，不可能是对纯粹实体的纯粹描述。“任何一种认识活动，都不是纯粹‘外在的’反映过程，而是包括非常复杂的‘内在的’理解过程——对相关认识成就的理解，对新的问题和新的知识价值的理解，对新的认识能够达到程度的理解，对种种方法与技术局限性的理解，等等。忽视了这种内在的理解，就不可能有任何外在观察的出现，更谈不上生产有价值的知识。”[①]缘此，没有哪一种人类知识的客观性是绝对、纯粹而不必要进一步质疑的，所有的知识都应该向未来的批判性检验开放；同时，没有哪一个时代的人们不需要对前人获得的种种知识进行新的审视、修正和重构，发展出适合于自己这个时代需要的新知识。

(2)从普遍性到境域性

随着知识客观性被证伪，与其密切相关的普遍性也成了问题。普遍性的知识观否认社会的多元性，追求元叙事、宏大叙事，摒弃和否定地方性知识和非主流文化，这种“知识霸权”势必会威胁人类知识形态乃至文化形态的多样性。事实上，从来没有哪一种科学实验能拒绝或排斥任何的“反常”，归纳推理的全称命题永远不能建立在个别观察事实的积累上，用来证明认识结果的“证据”也是被“制造”出来的和被理论“污染”过的，

① 石中英. 知识转型与教育改革[M]. 北京：教育科学出版社，2001：145-146.

人们日常所看到的"符合"不是与认识对象的客观性质相符合,而是与一定的文化中已经存在的认识规则或"知识游戏"的规则相符合[①]。与传统知识观相反,新知识观主张知识存在于实际情景中,是主观与客观以及个体与外界相融合的过程,强调知识的境域性。任何知识都是存在于一定的时间、空间、理论范式、价值体系、语言符号等文化因素中,任何知识的意义都是由其所位于的整个意义系统来表达的,离开了这种特定的境域,不存在任何知识,也不存在任何认识主体和认识行为。据此,在课程领域里,不仅要体现公共知识、显性知识、主流文化知识,还要选择个人知识、缄默知识、地方知识进入学习者的视野,并使其"合法化"。

(3)从中立性到价值性

随着传统知识观的"客观性"被消解以及被"文化性"所代替,传统知识观的"中立性"也被打破,暴露出其本来的文化和价值特性。当代知识观的价值性是指所有的知识生产都是受社会价值需要指引的,总是体现一定历史阶段人们的价值要求。在人类知识的长河中,不存在纯粹的事实和价值,有的只是价值建构的事实和价值引导下的观察;也不存在价值中立的陈述语言,有的只是一定历史文化中形成的特定概念和范畴。人类理性历史就是一部价值追求的历史。知识的价值性还体现在知识的交流、记录、积累和传播过程中。在课程选择中,要体现价值的多元化、知识价值的相对性以及知识价值的普遍性。

除上述之外,还具有从反映性到建构性、从公共性到个体性、从描述性到规范性、从等级化到类型化、从分科化到综合化、从积累性到批判性的特点。

可见,当代知识以复杂、混沌、有限为特征,它视知识为对动态的、开放的自我调节系统的解释,研究者是内在于这一系统之中的。由知识观的历史演变可见,传统的知识观把知识作经验主义的理解,认为知识是一种静态的经验积累的过程,它"只注意去理解那些现成的、人们已熟知的知识的意义和发展的逻辑……而不去观察在知识背后,产生知识的主体"。[②]当代知识观所认识的知识,不再是静态的,而是一个主客体相互作

---

① 王升,高吉魁. 新知识观:研究性学习的知识论基础[J]. 教育科学,2002(4).

② 任平. 广义知识论原理[M]. 南昌:江西人民出版社,1992:2.

用不断生成的过程。传统的知识观视知识为心智的产物和普遍的真理，当代的知识观强调知识的个体性、易变性、实用性、情景性，认为知识是不确定的，依存于认识主体之中。

二、教师知识的内涵

传统技术理性的观点认为教师知识是由学者专家决定，建构知识的责任在于学者专家及研究者而不在教师身上，教师充其量只能在建构教学知识过程中，扮演一个“沉默客体”的角色，无法享有合法的辩证空间。而反省实践的认识论者认为传统技术理论的论点过于贬抑教师在教学过程中所扮演的角色，忽略教师在教学过程中的主体意识。台湾学者欧用生等人强调教师在知识生产过程中的“主体性”，以及个人反省意识与能力对教师建构知识的重要性。而舍恩（Schon，1983）指出教师专业实践理论是基于重新界定专业知识的内容及本质，以促进教育专业人员自我反省实践的能力[①]。此种个人的实践理论仍为明显可陈述性理论（即所持理论）与不易陈述的内隐性理论（即使用中理论）所交融而成。他是基于认定教师本身具有创造知识与建构理论的能力，而此种知识及理论正是教师在教学过程中用以指导教学活动与课程设计、教学决定的行动法则。显然，反省实践认识论者的观点更接近于教师知识存在的真实面貌。

基于上述分析，我们认为，教师知识是这样一种知识：它是教师在教育教学活动中能动地表现出来的，为达到有效教学所必须具备的一系列价值信念、思维方式、经验、教学实践智慧、技能技巧与方法手段的总和；它来源于教学实践的需要，适合学生身心发展特点和社会发展要求，是教师完成其专业活动所必须具备的理论思维与实践智慧的统一。

三、教师知识的特征

教师作为一个特殊的职业，与其他职业既有联系，又有区别。知识在教师的专业生命中具有非常重要的地位，教师知识是教师从事教育教学工作的前提条件。为更好地阐释教师知识，以及为建构教师知识提供依

① D.A. Schon. The reflective practitioner: How professionals think in action[M]. New York: Basic Books,1983: 36.

据，我们有必要揭示教师知识的特征。概括而言，教师知识主要有以下七个特征。

（一）目的性

教师知识的获得与形成要与教学工作的目的和目标密切相连，要与自身的专业发展要求相一致。教师知识的量与质、深与宽具有明显的目的性，是因为人类“生有涯而知无涯”，知识是博大精深的，但人的生命是有限的。教师不可能也没有必要掌握所有的知识，因此人们要按照某种目标（即社会对人才与职业的要求）来确定相应的知识结构。教师作为既“育人”又“育己”的人才，应以此形成教师知识，为社会编织人才之网。知识是能力、品格、方法的“凝结物”，是能力、品格、方法的基础，教师知识不仅要有利于形成合理的知识结构，而且要有利于形成合理的能力结构、品格结构、方法结构，以保证教学价值、目标全面地充分实现。

（二）创造性

知识结构是影响人、制约人创造力的一个重要因素。个人头脑中接受知识的程度和类型不同，其创造性的强度和方向也不同。教师知识的创造性特点与教师的工作性质有很大的关系，因为教师所面对的是千差万别且具有能动性的个体，教师必须根据不同的情景做出相应的反映，这就要求教师具有创造性的知识，否则，就难以进行创造性的工作。在我国，大多数教师的知识结构仍属于被动型结构，即这样的结构在实践创造中处于消极被动的状态，不能在创造活动中起应有的启发和引导的作用。究其原因，是因为现在教师的大多数知识都是被动接纳而来，没有主动选择那些与创造力密切相关的因素和材料。未来社会需要的是富有创新精神的开拓性人才，而要造就创新性人才，教师应当具备创新意识和必备的创造能力。因此，调整教师的知识结构，使其从被动型结构转向创造型结构，这就要增加能力及方法方面的知识在教师知识结构中的比重。在被动型结构中，知识与能力是分离的，而在创造型结构中，知识和能力是统一的。

(三)复合性

教师知识的复合性是指知识结构的横向拓宽与纵向深化。从横向知识的广泛程度来讲,教师知识不仅仅包括所授学科专业知识、教与学方面的知识……从纵向知识的深入程度来讲,教师知识要在一两个以上专业学科达到或接近前沿。教师知识的复合性有两方面的涵义:一是就知识拥有的类别而言,教师知识由一般文化知识、学科专业知识和教育专业知识等构成,这些知识共同构成了教师知识的完整结构,是教师职业的知识基础;二是就知识构成的表现性质而言,教师知识是理论知识和实践知识的统一,是显性知识和隐性知识的统一,是各类性质的知识有机构成的整体。从个体知识来源的途径和知识与实践关系的远近来讲,知识可以分为理论知识和实践知识,理论知识可以通过书本等媒介获得,可以在总体上指导实践,而实践知识直接来自于并作用于实践,是个体通过反思、经验提升等方式获得的具有情境性的知识。理论知识和实践知识对个体的行为都具有重要的意义,是个体必须具有的,由于教学情境的复杂性和多样性,教师的实践知识也就更为丰富多样。

(四)开放性

我国大多数教师的知识结构基本上还属于封闭型结构。这样的知识结构不能适应知识发展和教育改革的要求。教师的知识结构应成为开放性结构,通过对新知识的不断吐故纳新,使自己的知识结构不断得到改造和更新。所谓封闭型结构是指知识内容不变或基本不变的结构,其重要特征是知识的陈旧和老化。这样的知识结构显然不能适应当代社会知识不断更新的状况和社会不断发展的要求。当今是知识爆炸的时代,知识在不断产生、不断更新,谁不更新自己的知识,谁就会成为当代意义上的"文盲",更谈不上成为优秀教师。因此,教师必须不断更新知识以适应当今社会知识不断更新的状况和社会发展的要求。同时,教育的国际化趋势要求教师的知识结构是开放型的,现在知识全球化深入发展,国际产业结构加快调整与重组,既给我国带来了机遇,也带来了挑战,为了提高中国的国际竞争力,就必须从源头抓起。

(五)动态性

教师个体的知识是一种开放的、不断变化更新、充实的知识。教师要随时获取新的信息、知识和成果,不断地更新和完善自己的知识状态,同时也要通过反思性学习,不断体悟和总结自己的经验和理论,充实和提升自己的个人知识,这就是教师个体知识的动态性。教师知识的动态性既是社会发展及基础教育课程改革对教师的要求,也是教师专业成长和发展的必然要求,更是学生身心发展的特点对教师教学工作的现实要求。当代科学技术日新月异,人类社会生活瞬息万变,教师只有不断更新自己的知识,才能适应科学技术飞速发展的需要;教师只有不断学习、更新自己的知识,才能表明自身的成长和发展,特别是现在学校生活和学生内心世界每时每刻都在发生变化,教师只有不断汲取新的知识,才能适应这些变化的需要。教育教学生活的方方面面和教师职业生活的特点都要求教师的知识结构要处于开放的状态。如果说,教师的知识拥有状况是一个系统的话,那么,这个系统必须是开放的、动态的,必须不断与外界进行物质、能量和信息的交换,只有在交换当中,教师的知识才能够不断增加和更新,才具有鲜活的生命力,否则就是一个封闭的、停滞的、没有生命力的系统。

(六)超前性

教育是面向未来的事业,为未来的社会培养人才,这要求教师必须拥有能适应未来需要的知识与素质。现在,学生知识来源的渠道多、更新快,许多新的观念充斥着他们的头脑。教师的知识和观念应在一定程度上超越今天时空的局限,把握学生在未来的社会舞台上将面临的挑战。

(七)情境性

教师的个人实践知识是情境性的,因为它必须在特定情境的教育现场才能不断形成。传统知识观认为,知识就是放之四海皆正确的认识,它突出的是知识的“超然”品性,主张知识适用范围的普遍性。这种知识观认为,知识既不以个人的兴趣、爱好为转移,也不以时间空间为转移,它代表着一种普遍适用性,可以在任何时空与境域发生迁移。这种普适性知识观受到了后现代主义学者的批判。建构主义心理学者斯皮罗(Spior,1991)等人指出在教学中不仅存在着结构良好的知识,这种知识是具有一定普适性的,而且还存在着许多结构不良的知识,它随着情境的不同,问题的表现与解决方式都会有所不同。正是由于教育教学情境是丰富、鲜活、多样的,因此它赋予了教师个人知识形成的情境性。

第二节 教师知识分类

对教师知识的认识,不同的学者有不同的看法,下面分别就中外主要学者对教师知识分类作较为系统和全面的审视,"借石攻玉",分析正反两方面的经验,摈弃弊端,以便从中受到启迪。

一、国外学者的教师知识分类研究

(一)克兰丁宁(Clandinin)的教师知识分类

多伦多大学的克兰丁宁与其同事和学生对教师知识的分类进行了长期的研究,他们认为有关教师知识分类的研究大体可分为以下四种类型:一是探讨教师们所持有的理论知识;二是探讨教师们已有的实践知识;三是探讨教师所持有知识的类别;四是探讨教师在实际工作中所发展出来的原则、规则、所形成的教学意象等。[①]

(二)舒尔曼(Lee Shulman)的教师知识分类

斯坦福大学舒尔曼教授与其同事和学生于20世纪80年代中期开始一直坚持教师知识的研究,并于1987年提出了专家教学所必要的知识类型。他们对在职教师的个案研究中发现教师知识共可分为七种类型[②]:学科内容知识(content knowledge)、一般性教学知识(general pedagogical

① D. J. Clattdinnin. Classroom practice: teacher′s images in action [M]. London: Falmer press, 1986: 156.

② L. S. Shulman. Knowledge and teaching: Foundations of the new reform[J]. Harvard educational review, 1987, vol. 11-22.

knowledge)、课程知识(curriculum knowledge)、学科教学知识(pedagogical content knowledge)、关于学生及其特性的知识(knowledge of learners and their characteristics)、相关教育环境的知识(knowledge of educational contexts)和关于教育目标、目的、价值以及教育哲学与历史基础的知识(knowledge of educational aims, purpose, values and their philosophical and historical grounds)。这七类知识中,舒尔曼认为学科教学知识最为重要,其融合了学科知识以及教学法的知识,即教师同时考虑教材、教法及学生特点等因素,经过组织、展示与修正,进行教学。

(三)梅纳德·雷诺兹(Maynard Reynolods)等的教师知识分类

美国教育学院协会(American Association of Colleges Teacher Education, AACTE)在1986年成立"师资教育改革中心"(Center Change Teacher Education)。在这个中心的支持下,梅纳德·雷诺兹1989年主编完成《新教师的知识基础》一书(Knowledge Base for the Beginning Teacher, 简称KBBT)。在该书中强调称职教师与不称职教师的主要差异在于是否具备教学工作主要依赖的知识基础,这些知识基础包括教师必备的专业理解、技能以及判断。KBBT一书中罗列了14种教师必备的知识基础并加以说明。这14种知识包括:有关任教学科的知识(包括:内容知识、实质知识和文法知识),有关教学理念的知识,有关学生与学习的知识,有关教室组织与管理的知识、有关教学的社会、政治、文化背景等知识,有关特殊儿童的知识,有关课程的知识,有关评价的知识,有关各学科特有的教学知识,有关阅读及写作的教学知识,有关数学方面的教学知识,有关人际沟通、协调合作的知识,有关教师的法定权利与义务的知识,有关教学的道德与伦理的知识。[①]可见,KBBT一书中对教师知识的分类方式比舒尔曼的分类更细,更强调有关教学理念、人际沟通合作、教师法定权利义务以及教学的伦理道德观念等类别。

① M .C. Reynolds. Knowledge base for the beginning teacher [M]. New York: Pergamon Press, 1989:316.

(四)塔米里(Tamir)等的教师知识分类

以塔米里为首的教师知识研究小组,也对教师专业知识进行了界定。他们认为教师的专业知识可分为六类:一般的博雅知识(general liberal education)、个人表现的知识(personal performance)、学科内容知识(subject matter)、一般性教学法知识(general pedagogical)、学科教学知识(subject matter specific pedagogical)、教学的专业基础(foundations of the teaching profession)。塔米里的知识分类方式,比其他学者更强调技能的部分。其主要是根据"命题知识"事实的认知(knowing that)与"程序性知识"技能的认知(knowing how)的区分,分为学科教学知识及学科教学技能,并进一步说明知识能以讲述、书本、图片、影片等方法来获得,但技能只能借助直接的经验而获得。

(五)埃尔巴兹(Elbaz)的教师知识分类

埃尔巴兹关注教师知识的视角与其他学者有所不同,他所持的是一种以"实践"为中心的教师知识观。所以埃尔巴兹(1983)以实践知识观(Practical Knowledge)来解释教师知识,指出教师在实际教学过程中使用的实践知识有原理(principle)、规则(rule)、意象(imagine)等三种层次。他归纳的五种教师实践知识包括:自身的知识、学科知识、教学环境知识、课程发展知识、教学知识。并把这些知识称之为"对实践有用的知识",认为当教师遇到"各种任务和问题"时,这些知识可以引导教师的工作。

二、我国学者的教师知识分类研究

(一)林崇德、申继亮的教师知识分类

林崇德、申继亮教授从认知心理学观点出发,认为教师知识包括四个方面内容,即本体性知识(subject matter knowledge)、条件性知识(conditional knowledge)、实践性知识(practical knowledge)与文化知识(cultural knowledge)。本体性知识即特定的学科知识;条件性知识是指教师具有的教育学、心理学知识,它对本体性知识的传递起到理论支撑作用;实践

性知识主要指教师教学经验的积累,包括教师拥有的课堂情境知识以及相关的知识;文化知识是指教师具备的除上述三种知识以外的广博的通识文化知识。

(二)谢维和的教师知识分类

谢维和教授认为专业化的教师知识主要包括三大类:首先,关于学生的知识,指教师应该了解不同文化遗产、语言、家庭背景、性别和社区对学生经验与学习能力的影响,发现和认识学生的特点,掌握学生学习和发展的规律,因材施教;其次,关于课程知识,指教师要掌握任教专业课程的知识,掌握专业课程的组织、传递、评价知识,知晓与自己专业课程相关的课程知识,连接课程目标、课程资源与课程技术知识;最后,关于教学实践的知识和技术,是指使自己的教学成为其他人可以接受的知识,设计教学环境、构建教学模式的知识,激励学生学习的知识,使用教学实践的知识,促成学生协作互动的知识,评价学生的知识,与家长交往的知识。

(三)叶澜的教师知识分类

叶澜教授在21世纪初论及未来教师的专业素养在知识结构上的特点时强调多层复合的结构特征。复合型的教师专业知识结构包含三个层面:最基础的层面是具有当代科学和人文两方面的基本知识,以及工具性学科的扎实基础和熟练运用的技能技巧;第二层面是具备1~2门学科的专业性知识和技能,教师胜任教学工作的基础性知识;第三层面属于教育学科类,由教师认识教育对象、教育教学活动和展开教育研究的专门知识构成。这种复合型教师知识结构的提出促使人们在头脑中形成多维立体的知识结构,为教师完善自身的知识结构以及教师的继续教育提供了一定的方向和指导原则。

(四)单文经的教师知识分类

台湾学者单文经认为教师的知识,应该包括一般的教育专业知识(包括一般教学的知识、教育目的的知识、学生身心发展的知识、其他相关教育的知识),以及与教材有关的专业知识(包括教材内容的知识、教材教法的知识、课程知识）两部分。另外教师对学生目前所接受的课程，做纵横两面的理解。横面的课程知识，是指教师必须了解学生在同一时间内所学习其他各科的内容，以便在教学上作横向的贯通；纵面的课程知识，是指教师必须了解学生在同一学科的内容上，过去、曾经以及未来要学的教材主题及概念，以便在教学上作纵面的衔接。单文经对教师知识的分类方式，主要的特色是取决于是否涉及教材，与教材无关的一般教育专业知识，都是所有教师应该持有的知识，而涉及教材的知识，则因教师任教年级、科目内容的不同而有所差异。

（五）简红珠的教师知识分类

简红珠教授对不同学者的教师知识分类进行了类比、分析与整理，她认为学者们尽管对教师知识组成成分有不同的认定，但其中有五种教师知识可被视为教师知识的重要基石，而且是研究的焦点所在。这五种知识是指：一般教学法知识（general pedagogical knowledge）、学科知识（subject matter knowledge）、学科教学知识（pedagogical content knowledge）、情景知识（knowledge of context）、课程知识（curriculum knowledge）。简红珠的分类方式直接指出教师知识内涵的核心。

综上所述，研究者们从不同角度以不同的研究范式对教师知识结构进行了探讨，一方面集中反映出教师知识结构是一个不断变化发展的动态结构；另一方面也反映出，变化之中总是有一些核心的内容保持相对稳定的态势，特别是各种知识结构中对一些基本知识的要求是集中稳定的。我们把教师知识分为普通文化知识、学科专业知识、教育学科知识、学科教学法知识和个人实践知识等几个方面。理论上，这些知识应当通过整合形成合理结构并体现出个人特征，拥有专业知识是作为优秀教师的最显在要求和考察纬度。

三、教师知识的基本类型

从国内外关于教师知识分类的研究，可见教师知识存在以下几种分类：从知识的学科属性，可将教师知识分为人文学科知识、社会学科知识；从知识来源上看，可将教师知识分为感性知识和理性知识；从知识的心理表征上，可将教师知识分为陈述性知识、程序性知识和策略性知识；从知识的呈现形式不同，教师知识可划分为显性知识和隐性知识；从知识的所属主体不同，教师知识可划分为个人知识和公共知识。而后两者是历来学者关注最多的问题，因此本文主要从知识呈现形式和所属主体这两个维度对教师知识进行划分和探讨。

（一）教师的显性知识和隐性知识

1. 显性知识

显性知识是指可以用文字、数字、图形、图表等符号进行表征的知识，也是一种经过编码化、格式化或结构化后的知识，如事实、自然原理和科学知识等，它能够被清楚地表达和交流。教师的显性知识主要是指那些能够清楚地进行表达和交流，与教师专业、教师素质、教师能力、学科教学等与教育教学密切相关的知识，既包括存在于教师个体内部的知识（主要是指教师个人通过学习与成长而建构起的个人自身的显性知识体系），也包括存在于教师外部的文档化知识和电子化知识（或称为数字化知识）。

2. 隐性知识

隐性知识又叫意会知识、默会知识、缄默知识，国内外学者因研究切入点的不同而对隐性知识有不同的理解。尽管如此他们都认为隐性知识同个人的经验有很大关系，是相对主观的、存在于人的头脑当中，一般难以明确表述的经验、诀窍和灵感等知识。隐性知识难以被测度且不断变化，很难用语言文字表述，一般是通过行动表现出来，对一个人的价值目标的实现起着至关重要的作用。教师的隐性知识是教师在教育教学实践活动中所表现出来的，具有个体特征的、难以言传、难以批判，但却深刻影响其教学行为的蕴含在教师头脑中的价值、观念、情感，以及教师的教学组织管理能力、教学方法、教学技能、教学诀窍、教育研究能力等经验性知识。教师隐性知识的存在使其在接触新的教育观念时，往往会无意识地以习惯性的思维方式对新理念进行重组或加以改造。尤其是程序性隐性教育知识没有得到澄清与批判，教师就有可能在意识层面接受新理念的同时，行为上无意识地进行歪曲或抵制。

3. 显性知识和隐性知识的四种转换模式

(1)“隐性知识”向“隐性知识”的转化

“隐性知识”向“隐性知识”的转化过程也是教师社会化的过程。教师知识的社会化可以通过教研活动、经验分享、教学反思等方式实现。教研活动包括同步或异步的教学活动观摩,最常见的表现方式是师徒传授式教学。新教师通过观察老教师的教学活动,讨论教学内容,向优秀教师学习教学经验和教学风格,从而帮助新教师建构自己的知识,实现隐性知识的交流。经验分享可以通过聊天室、邮件等在线交流平台,在谈话中分享自己的教学经验、教学技巧,在潜移默化中实现隐性知识的传递。教学反思主要是教师课后反思自己的教学行为,发现教学活动中存在的问题,修正自己的教学不足,再重构自己的教学风格以实现自身隐性知识的传递。

(2)“隐性知识”向“显性知识”的转化

实现教师“隐性知识”向“显性知识”的转化即实现教师知识的外化过程,是教师知识转化的核心。主要通过教师反思提炼和各种技术平台的支持,将植根于教师头脑中的无形的、难以明确表述的隐性知识转化成有形的、能够表述的显性知识。

具体来说,就是创造良好的学校环境和校园文化,建立良好的激励制度,鼓励教师反思、总结个人教学经验和体会等,通过各种技术平台,使教师能够随时随地将其隐性知识得以显性化。教师可以通过撰写科研论文、出版学术论著、展示个人教案、以电子化文档形式公开发表教学经验和技巧等方式显性化自己的隐性知识。

(3)“显性知识”向“显性知识”的转化

实现“显性知识”向“显性知识”转化的过程也是实现教师知识的组合化,即将教师零散的显性知识系统化、组织化。这个过程主要是通过技术支持的教师知识管理系统对教师上传的教案、论文等显性知识进行整理、提炼,形成一定的知识体系,汇总成教师知识库。

(4)“显性知识”向“隐性知识”的转化

教师将获得的新的显性知识,经过消化吸收、具体应用后,反思总结出新的隐性知识的过程,实现“显性知识”向“隐性知识”的转化,也即是教师知识内化。具体来说,就是教师将学到的教学方法、教学技巧等各种新的教学理念,运用到教学活动过程中进行实践,并在实践过程中形成新的教学经验和教学理念。

教师知识在内化达到知识创新后,又开始新一轮的社会化、外化、组合化、内化,教师显性知识和隐性知识不断转化提升,形成螺旋式上升的知识运动过程,使教师知识不断创新,最终提高教师的授课水平和专业素养。

(二)教师的个体知识和公共知识

1. 个体知识和公共知识的概念辨析

英国思想家迈克尔·波兰尼(Michael Polanyi,1891—1976)1958年在《个人知识:迈向后批判哲学》(Personol Knowledge:Towards a Post-Critical Philosophy)一书中,最早提出"个人知识"这个概念。他强调个人知识、个人判断以及个人兴趣在知识形成过程中的作用,认为"个人性"、"默会性"和"寄托"是个人知识的三个支柱。在他看来,根据人类知识的表述和转移程度可以划分为两种。那些可以用书面语言、图表或数学公式表达出来的知识可以称其为explicit knowledge或articulate knowledge,在汉语中,往往被翻译为"显性知识"、"外显知识"、"明确知识"、"明言知识"、"言传知识"等;而那些存在于个人头脑中、存在于某个特定环境下、难以正规化、难以沟通、难以言传、难以清晰表达或直接传递、不能被系统地阐述出来的知识可以称其为tacit knowledge或inarticulate knowledge,在汉语中,往往被翻译为"隐性知识"、"内隐知识"、"缄默知识"、"默会知识"、"意会知识"等。其中,explicit knowledge可以通过书籍、报刊、光盘、数据库等载体得以表达,可以比较容易地得以整理、编码,具有确定的含义和内容,是一种编码型知识(codified knowledge),而tacit knowledge则是隐含的、难以编码的知识,它往往被偶然发现,并且不能和个人、社会及地域背景轻易地分开。就研究方法而言,"我们所知道的要比我们所能言传的多"(We can known more than we can tell),这是波兰尼研究个人知识的理论基点。tacit knowledge是知识创新的关键部分,人们在教育活动中只有以tacit knowledge为基础,才能意识到自己的理智力量。因此,个人的tacit knowledge相对于explicit knowledge而言,具有理论上的优先性,因为tacit knowledge本质上是一种理解力，是一种领会，它把握经验、重组经验，具有实现理智的控制能力，它是explicit knowledge的“向导”和“主人”，为个体的认识活动提供最终的解释性框架和知识信念。总之，tacit knowledge所强调的是认识活动中“无法避免的个人参与”，即个体特征在认识过程中的决定性作用以及（个体）认识主体对认识对象身心合一的整体理解。

罗素1983年所著《人类的知识》一书中，提出了“个人的知识”和“社会的知识”问题。针对“我们知道什么？”、“我们是怎样知道这些知识的？”这两个问题，他将人类知识做了上述总结性概括及分类。罗素坚持经验主义的判断——“个人的知觉知识是人类全部知识的基础。”①他认为“每个人的知识，从一种重要的意义来讲，决定于他自己的个人经验。”②罗素认为，科学知识的目的就是除去一切个人因素，揭示人类集体智慧的发现。科学知识借助于语言工具将思想翻译成语言，以便使个人的世界与公共的世界不断接近。但是，在个体将思想翻译成语言的过程中，最有个人特点的东西往往消失殆尽。罗素认为，教育中的知识传授者总是力求将语言变成不带任何个人因素的东西，以求获得知识的有效移植和传播。但实际上“一个人所受的教育越高，文字的世界和感官的世界的距离也就越大。”③罗素认为，我们生活的这个世界是一个结构，这个结构的一部分是科学的，一部分是先于科学的。其中，先于科学的那个结构就是个人从自己的亲身经历中所得到的经验和知觉材料。罗素在与个人知识相对的意义上评价科学知识，他所说的个人知识依旧带有主观因素，仍然是个人独特理解、感受和体验的无法言明的知识。罗素认为，经验是个体体验和感觉的总和，是其建构知识的依据，是连接主体理性与客体存在的中介。而事实上，个体经验获得与理性加工是知识建构过程中前后相继的两个必要部分，片面强调一方就会陷入经验主义或绝对理性主义的泥沼。总的来说，罗素所说的“个人经验”、“个人知识”隶属于余文森所论述的“个体知识”范畴，“科学知识”、“普遍的知识”则隶属其所论述的“公共知识”框架之内。

---

① 罗素. 罗素人类的知识[M]. 张金言，译. 北京：商务印书馆，1983：4.

② 罗素. 罗素人类的知识[M]. 张金言，译. 北京：商务印书馆，1983：4.

③ 罗素. 罗素人类的知识[M]. 张金言，译. 北京：商务印书馆，1983：11.

波普尔针对“客观知识”的探讨，对我们理解个体知识和公共知识概念具有参考意义。波普尔这样区分三个世界或宇宙：一是物理客体或物理状态的世界；二是意识状态或精神状态的世界；三是思想的客观内容的世界，尤其是科学思想、诗的思想以及艺术作品的世界。他称物理世界为世界1，意识经验世界为世界2，书、图书馆、计算机储存器以及诸如此类事物的逻辑内容为世界3。知识世界是世界1长期进化的必然结果。因为人的认识能力是在世界1的长期发展中形成的，随着人类认识能力和实践经验的不断增强、积累，世界2被不断地显性化和符号化，这样便逐渐形成一个世界3。[①]由世界1到世界2再到世界3，三个世界形成了一个先后相继的历史演化过程。波普尔将客观知识界定为：由我们的理论、推测、猜想的逻辑内容构成，它包括在书刊以及储藏在图书馆中的各种理论，包括关于这些理论的讨论，与这些理论有关的困难或问题等。在他看来，几乎所有的主观知识(世界2的知识)都依赖于世界3，即依赖以语言表述的理论。余文森所提出的“个人知识”概念大体与波普尔的“主观知识”、“世界2”、“主观精神世界”相近，而“公共知识”则对应与他提出的“客观知识”、“世界3”、“客观精神世界”。

2001年10月，石中英发表《波兰尼的知识理论及其教育意义》，第一次把波兰尼的知识理论引介国内。之后，在教育领域一批研究个人知识和默会知识的相关文章相继发表。教育学者余文森提出并论证了个体知识与公共知识。他认为，知识按照其所属主体与认知向度可以分为个体知识和公共知识两种类型。其中“具有单一主体性与理解向度”的知识被确立为“个体知识”，具有“复合主体性与认识向度”的知识被确立为“公共知识”，并将个体知识与公共知识作为一对相互依存、彼此规约的范畴进行论述。[②]

余文森将个体知识和公共知识作为概念提出，其思想来源有波兰尼对“个人知识”特别是“隐性知识”和“显性知识”的探讨；有罗素在其著述

① 卡尔·波普尔. 客观的知识：一个进化论的研究[M]. 舒炜光，卓如飞，梁咏新，等译.杭州：中国美术学院出版社，2003：109.

② 余文森. 个体知识与公共知识：课程变革的知识基础研究[M]. 北京：教育科学出版社，2010：32.

《人类的知识》中关于“个人的知识”和“社会的知识”的论述;以及波普尔在三个世界理论基础上对于“客观知识”的阐释等。

个体知识主要强调其知识的主观性、个人性、私人性,尤其是知识的单一主体及其理解向度。其理解向度,是指知识的个人建构性,旨在从心理、精神、意义、价值的层面上来阐发知识的不确定性、相对性和差异性。其最本质特征就是从生活经验的视角出发,强调认知主体的主动性、创造性,注重直接经验在个人知识形成过程中的建构作用。

公共知识则更为强调知识的客观性、社会性、开放性,尤其是知识的复合主体及其认识向度。认识向度,主要指知识的社会交往性,旨在从本质、科学、规律、真理的层面上来阐发知识的确定性、绝对性、普遍性和统一性。从科学认识论的视角出发,公共知识强调认知主体的社会性、交往性、注重间接经验在人类知识传播过程中的社会发展作用。

2. 个体知识与公共知识的相互转化

(1)个体知识可以转化为公共知识

个人在实践中获得的个体的理解和体验,是具有私人性、不被他人所知晓的私人知识,这种“私人知识”是一种特殊的个体知识。当个体的私人感受、体验一旦通过语言、文字等各种形式传播或扩散之后,私人知识便被社会所共享,为他人所认识、使用,个体知识便成为一种独立存在的客观知识。这种知识在一步步的“去个体化”过程中,随其社会性的凸显便不再以个体知识相称,而成为公共知识,其适用范围也由单一个人转为特定的社会群体,成为社会成员对某一问题的共识。这也是公共知识的多极主体性和知识共享性的总体表征,是个体知识由“社会化”向公共知识转化的过程。

(2)公共知识也可以向个体知识转化

个体在实践活动中不断地将公共知识内化为自身的知识结构,使个体的创造性得以发挥,个体知识得到不断完善和发展,这是公共知识“个体化”,社会知识私人化的过程。个体知识是单个人自主建构的结果,公共知识是不同主体之间通过社会实践集体建构的结果。由个体知识到公共知识,从公共知识到个体知识,不断转化,形成人类认识的无穷发展。

第三节 教师知识管理的主要环节

教师知识管理是对教师知识及对教师获取知识各环节的有效管理，前者是名词，是对教师知识即教师在教学实践过程中通过学习、探索、感悟的认识和经验结晶的管理；后者是动词，是指教师对获取知识的手段、途径和方式，获取知识的类型，教师在教学实践过程中对知识的运用，以及教师之间、教师与学校组织之间知识的分享与交流，教师隐性知识与显性知识的相互转化等过程的管理，目的是实现教师知识的转化与创新，促使教师专业知识结构的合理化、优化，最大限度发挥教师知识的价值，促进教师专业成长。因此，教师在教学实践过程中应重视对知识的获取、储存、共享、应用、创新等环节的管理，促使教师知识管理得以顺利、有效地进行。

一、知识获取

人类获得知识是一种“识知”(knowing)过程，是人脑不断与社会环境、自然环境进行信息、知识的交换过程。知识获取的任务在于把已有的知识包括经验、事实、规则等，从大脑中或书本中总结和抽取出来并转换成某种形式。知识的获得是一个积极的“内化”过程，即是将外在的知识转化为内在的知识，使知识成为自己的有机部分，嵌入自己的知识体系中，而不是机械地对知识进行表面的记忆和生吞活剥，它是个体在已有经验基础上生成、建构新经验的过程。

知识获取是教师知识管理活动的起点，是知识交流与分享及知识应用与创新的前提。知识获取即将未经组织的文档、数据等(显性知识)和存在于人脑的专家技能(隐性知识)转化为可重复使用、可检索形式的知识。获取知识的过程是动态的，对于教师而言，知识获取的一种重要方式就是学习。因此，教师应该充分运用学校组织的内、外部资源，通过各种学习途径和方式，获取多元化的学习资源，并以有意义的方式建构自己对知识的理解与掌握。

二、知识存储

知识存储是将教师个体和组织通过不同方式获取的知识进行分类、组织、存储的过程,可以为将来知识运用、知识创造等过程打下基础,是知识管理中实现知识再利用的一个重要环节。它一方面是学校通过对组织中的知识进行有效地分类与整理,并提供适当的索引,使教师在使用某方面知识时,可以快速地找到所需的知识;另一方面是教师利用知识管理工具对所获取的知识进行整理储存以方便提取。知识储存首先是将教师组织外部的知识进行搜索与整理,使之向组织知识转化。各种图书、期刊、报纸以及因特网上蕴藏着丰富的教育教学知识与信息,学校可将相关的知识与信息进行分类整理,并制作各种目录、索引、文摘数据库等,供教师查询利用。其次是将教师组织内部的各项工作进行规范的文档化管理,使组织的各种经验教训、教师教案、录像资料、各种讲座、会议记录等都以文档化或电子化的形式存储起来,并由专门的知识管理人员对其进行系统化的管理,从而构成组织记忆,成为教师知识及组织知识进一步增长的基础。三是利用信息技术实现对教师知识的撷取、捕获和储存。教师可以充分运用知识管理工具,如Blog,Mybase等个人知识管理平台,对蕴藏在教师日常工作中隐性知识进行撷取、捕获,并进行及时的分类、整理和储存。四是建立教师组织知识地图或专家网络图。由于教师的隐性知识难以用语言文字表述,很难将它直接放在知识库中,也难以搜寻。学校通过对每一位教师的知识体系结构与专业特长进行分析,建立一种"know-who"的知识地图,让教师们能按图索骥,知道"谁拥有我需要的知识"。教师知识网络地图不只限于学校内部教师,还包括校外专家、学者、优秀教师等人员的人际知识网络,使教师在需要相关知识的时候,帮助教师找到所需知识或解决问题。

三、知识共享

将系统内的知识进行有效的共享、交流是组织实施知识管理的出发点之一,通过知识在组织内的传递、转移、交流,将系统内的各种知识扩散传播到整个组织内。教师知识共享可分为显性知识共享和隐形知识共享。

教师间知识的交流与分享对教师个人知识管理具有重要作用,从教师经验性知识的积累,到对知识的反思,乃至知识的转化与创新,无一能脱离教师群体的智慧。闭门造车式的个人知识管理只能使教师陷入盲目的自我封闭,不仅缩小了教师的认知视野,而且教师个人所谓的知识创新有可能早已是他人的经验性知识。由此看来,卓有成效的教师个人知识管理离不开教师群体间的交流与合作,它有利于教师群体文化形成一种相互促进的良性循环,即群体合作提高了个人知识管理的成效,而个人知识管理反过来又激发了群体合作的积极性,使教师越来越勤于合作、善于合作。同时,在与他人的合作中,教师能够发现个人知识管理存在的问题,从而更能增加其知识危机意识和创新意识。尽管让每个教师都认识到知识分享的重要性非常容易做到,但实际上教师们心里也担心别人没有真正拿出有价值的东西。知识分享是一种群体行为,只有每位教师都具有知识分享的意识和能力,才能促成知识分享行为。

四、知识应用

"知识是因为应用之需而产生的,只有在应用中才能被确切理解。"①知识只有在利用中才能创造价值,不能利用的知识无论对于个人还是所在的组织都是没有价值的。知识学习和积累的出发点就是对知识的使用。作为个人来说,我们应摒弃一味积累的做法,而应将所学知识及时、有效、充分地运用到工作当中去,使所学知识充分创造价值,让所学知识成为个人发展的重要能力,最大限度地促进个人的发展。将知识运用到课堂教学、教育研究与问题的解决过程中,知识会不断生成新的知识,它是促进知识创新的重要基础和源泉,从而促进教师知识的发展和专业成熟。

五、知识创新

企业知识管理的创新包括:技术创新、知识创新和管理创新等。②中学教师知识管理中:技术创新是指教师教育教学技能的提高,教学监控能

① 刘儒德. 论建构主义学习迁移观[J]. 北京师范大学学报:人文社会科学版,2001(4):106-112.

② 张润彤,曹宗媛,朱晓敏. 知识管理概论[M]. 北京:首都经济贸易大学出版社,2005:148.

力增强；知识创新是指教师对教学经验和教学行为有意识的反思，写出富有价值的教育教学研究论文；管理创新是指教师的教师观、学生观和师生观发生明显的转变，能够建立民主平等的师生关系，娴熟的驾驭课堂，能够对校内外的课程资源进行合理的开发和利用，能够根据学生差异和多变的教学情境，创造性地、灵活地使用教材。教师获取知识，存储知识，教师间进行知识的分享与交流以及教师对所获取知识的运用，其目的都是为了实现教师知识的转化与创新。知识创新是实施知识管理的重要目标。

六、知识鉴别

知识鉴别是整体把握知识管理活动的战略性流程。首先，根据知识管理系统建立的目标，分别确定组织的知识需求以及个体的知识需求。其次，分析现有的知识管理各个流程的知识运转情况，为将来调整知识管理各个流程的策略提供依据。知识鉴别功能可以通过知识地图、知识统计和知识评价的应用实现。知识地图即将个体或者组织的知识状态以图形的状态清晰地显现出来，可以明确知识的存储位置、拥有人、在组织中的流转情况以及组织个人缺乏哪些知识；知识统计是通过对组织内知识存储的基本情况及流转情况的把握，可以了解知识流转过程中的各个环节的关键点，如知识存储的热点、共享的热点和知识管理参与度高的个人、组织，这可以分析、解决知识流转的瓶颈；也可以为将来知识管理绩效考评提供依据；知识评价通过组织内的个体对知识条目、知识拥有人、知识应用情况的评价，对组织内知识资源的价值进行科学的评估，从而进一步分析知识应用和创新的效果及带来的效益。

第四节　提升教师知识管理能力的基本途径

21世纪是知识经济时代，知识管理是使个人和组织在知识社会中提高竞争力，应对知识经济时代的一项重要策略。教师是极具代表性的知识工作者，扮演着传递、创造与学习知识的重要角色，只有不断追求专业的成长才能适应社会和经济发展的要求。教师提升专业素养的关键在于对知识的管理，教师如何进行有效的知识管理是提升自身素质和学校竞争力的关键。提升教师知识管理能力可以从组织和个人两个层面入手。

一、组织层面的教师知识管理途径

（一）构建知识型组织结构，制定教师知识管理目标

传统"金字塔"型的学校组织结构，已经不适应知识经济时代学校发展的需要。知识管理成为一个全新的理念，知识管理和教师专业发展的主体都是教师。要想让教师接受并认同这一管理理念，并认同其目标是促进教师自身专业发展，就必须把个人的专业发展目标与学校的发展目标紧密结合起来，达成目标共识，使学校的整体规划与管理目标理念高度统一，营造出一种尊重个人、鼓励创新、团结互助、乐意分享的校园知识管理文化，促进教师的持续学习与发展。构建"扁平式"的知识型组织体系，为学校和教师实施知识管理提供组织保障。

（二）创建有利于知识共享的学校文化和激励机制

学校管理要从教师专业的特性出发，在校内建立起相互信任、尊重知识、观念开放、鼓励知识共享的学校文化环境。广泛成立团队式学习组织，精心设计交流、分享知识的学习场所，让教师充分施展个人才能。在这样一种积极的文化中，教师个人知识的独创性、专有性能得到同伴、学校的认可和赞同，就能获得精神上的极大满足。同时，我们要明确教师的知识管理不同于侧重信息收集、检索、存贮、传输的信息管理，它更侧重于建立健全的激励教师参与知识共享的组织结构及管理机制。因此，学校要建立良好的激励机制，要求在激励方式上要做到报酬激励和精神激励相结合，尤其要重视精神激励，如充分发挥环境的激励作用，积极创造各种各样的条件，满足其学术专业成就需要与自我实现的需要。在绩效考核或职称评定时，不只注重个人创造有形成果的多少，更注重考核其在知识交换、传播、分享等方面做出的贡献，充分发掘个人的潜力，使得个体能量能够充分释放出来，使其成为学校焕发生机的武器。

(三)构建知识交流与共享的信息网络平台

要进行教师的知识管理,最基本的是建立一个能公开交流、知识共享、知识集成与创新的基础设施,它是知识管理的支持部分。当代信息科技特别是计算机网络的蓬勃发展,改变了人类的生活、生产方式和学校的运行环境,学校内部的网络化管理为教师的知识管理提供了极大的方便。同时,知识管理网络平台的建立与完善有赖于知识的获得、管理与存储、应用和创新这三个环节。利用多媒体技术和知识挖掘技术,将教师的隐性知识尽可能挖掘出来,并清楚地将其进行表述,从而开发出尽可能多的知识形成知识库。每个环节都应建立相应的管理机制,保证三个环节环环相扣,螺旋上升。

(四)运用知识管理策略,科学管理、利用与创新知识

每一位优秀教师的专业成长经历对学校来说,都是宝贵的无形资产。充分挖掘每位优秀教师专业成长过程中可资借鉴和广泛推广的知识资源,并使之积淀为学校的历史和文化的一部分,是学校创新和发展不竭的源泉,也是每一所学校追求的一种高境界。运用知识管理策略,通过对教师知识的共同化、外化、连接化和内化这四个环节的不断循环,来总结优秀教师点点滴滴的利于自身专业成长的经验和做法,这些都是隐性知识,需要充分挖掘使其显性化,再通过共享达到知识的分享和创新,让知识创造更大的价值,让教师与学校一起发展与成长。

(五)积极创造条件,开展教师继续教育

知识作为主要的生产要素在学校教育中的配置、交流和传播过程,实际就是对人的配置、培训和管理过程。人力资源优化配置是新时期高校赖以生存与发展的根本,对人才的教育和培训,将成为未来高校获取知识最直接、最根本的途径。因此,学校要设立专项经费,鼓励教师开展形式多样的继续教育,如鼓励教师在职深造,选派优秀教师进修培训,组织学校教师间的协作、交流、互访等,给教师"充电加油",为学校可持续发展提供动力充足的人力资源。

二、个人层面的教师知识管理途径

个人知识管理是一种新的知识管理的理念和方法，它将个人拥有的各种资料、随手可得的信息变成更具价值的知识，最终利于自己的工作和生活。通过对个人知识的管理，人们可以养成良好的学习习惯，增强信息素养，完善自己的专业知识体系，提高自己的能力和竞争力，为实现个人价值和可持续发展打下坚实基础。教师进行个人知识管理的过程就是对自身的经验、经历不断的反思、实践、提升的过程。要做好个人知识管理，可以从以下几个方面入手。

（一）建立个人知识库，提高自身知识管理素养

建构个人知识库，要做到经常对教学理论系统整理，对零散和不连贯的显性知识进行合成，并采用数据库对知识进行清点、评估、规划、整合和创新，以便能及时搜寻、提取想要的知识，提升显性知识的价值。教师在知识管理过程中要掌握一定的知识管理的技巧和方法。就掌握个人知识管理的基本技巧而言，主要是七个方面的技巧，即检索信息的技巧、评估信息的技巧、组织信息的技巧、分析信息的技巧、表达信息的技巧、保证信息安全的技巧和信息协同的技巧；就掌握知识管理的基本方法而言，一般有六个步骤：分析学习中对知识资源的需求；选择个人知识管理软件；建立知识的分类和编目准则；建立个人知识管理系统；更新个人知识库；掌握常用的知识管理工具，使用知识资源。

（二）建立个人知识管理系统架构

一是要建立三维信息网络架构，包括人际网络、适合教师职业的媒体网络和互联网，打造四通八达的信息通道，帮助教师快速、高质量地获取知识；二是建立起个人知识系统架构，主要包括对所需管理的知识进行分类，选择合适的知识管理工具，建立个人知识库，有效地利用已有的知识等。

（三）利用个人Blog开展教育叙事研究

进行教育研究是知识管理实现教师知识创新应用的有效途径。教育

叙事是教师在自己生活中进行的教育教学研究，它基于学校真实生活，去关注发生在自己教育生活中的事情，寻找其中有意义的细节，然后反思自己的教育教学，从而改进和重建自己的教育生活的一种研究方法。而Blog在教师知识管理中的应用，尤其为教育叙事研究提供了新的途径，它不但能使教师们有计划地建立个人专业知识体系，有针对性地吸收和补充所需的专业知识资源，不断更新、提高教师的个人专业知识，而且能有效地推进教师之间的知识共享与创新，从而进一步促进教学科研知识的更新，提高学校的教学科研水平。因此，教师应充分利用网络这一便捷的工具，对自己的日常工作进行反思、研究、记录形成研究报告，同全球的同行进行交流、分享，从而实现“个人出版时代”的梦想。

（四）破除心智智障，有效进行知识管理

心智智障是阻碍教师知识管理的重要障碍，具体体现在以下几方面：①利己主义归因。这是人们在进行原因归纳时，出现的一种偏差，即总是将成功的原因归结于自身，而把失败的结果归因为他人或外部环境。教师知识管理过程中出现的新情况、新问题阻碍知识管理的进程，组织成员往往会从引发障碍的客观因素找原因，而不愿反思自身。这往往导致教师不能寻找到阻碍知识管理的根本原因，从而降低知识管理的效率与效果。②消极思维。遇到知识管理困难时，不能从整体上去思考，而是故意拖延，往往使问题扩大，最终导致危机。而要实现知识管理的有效性，必须让教师的思维积极起来，培养前瞻性看问题的能力，掌握整体思维的方法，并积极行动起来，将危机扼杀在萌芽中。③经验思考的错觉。遇到问题，教师往往会思考以前解决问题的途径，运用以往的经验来解决问题的方法。但这要求问题没有超越时空的有效范围，具有完全的相似性。一旦超越这一范围，试图运用经验发现问题、解决问题的方法，就带有盲目性，有时会得到相反的结果。

思考题

1. 试从教师知识管理的视角，分析教师知识储量和学生发展的关系。
2. 试用教师知识管理能力的理论，分析为什么有些教师上课会照本宣科。

第三章　优秀教师的基本功之三：善的教师职业品质

教师职业是人类社会古老的职业之一，与之相伴的教师职业道德在人类社会文化发展的历史长河中源远流长。教师的职业品质在教师职业道德理论和实践中占有重要地位。人们研究教师职业道德，开展社会主义教师道德教育、提高教师道德修养水平，根本目的是使广大人民教师正确认识和处理社会主义教育职业活动中的各种利益关系，自觉把社会主义教师职业道德规范和要求转化为教师个人内在的稳定的职业品质。

第一节　国内外关于教师职业道德的研究

长期以来，对教师道德的研究较多而对教师职业品质的研究较少。目前国内外对教师职业道德的研究有很多观点，有对目前教师职业道德缺失的研究，有对教师职业道德与教师心理健康关系的研究，有对礼仪与教师职业道德的价值实现研究，等等。国外的研究主要是建立教师职业伦理规范具有世界性，划分便于实施的师德规范结构层次，把师生关系作为教师职业道德规范的核心内容，等等。下面将国内外关于教师职业道德研究做个简单介绍。

一、国内关于教师职业道德的研究

（一）关于教师职业道德缺失现象的原因及对策的研究

山东青州中学校长徐庆忠谈到，教师职业道德缺失的原因主要有：传统师道尊严的影响，市场经济大潮的冲击，片面追求升学率的恶果。他提出必须加快师德建设的进程：①进一步提高教师的法律意识与法律素质，自觉地依法执教；②进一步改善教师的工作条件和生活待遇，充分调动教师的积极性，投身教育教学改革；③进一步改革人事制度，吸纳有识之士，使教师队伍不断得到优秀分子补充，形成人员良性流动机制；④勇于表彰先进，树立典型，营造良好氛围；⑤教师应提高自身道德素质，树立正确科学的学生观。①

（二）关于礼仪与教师职业道德的价值实现研究

河北师范大学李树青和薛德合提出，礼仪是教师职业道德的重要教育力量或教育要素。它有利于塑造教师的良好职业形象；有利于展示教师的人格魅力；有利于维护教师的职业尊严；有利于增强教师行为的道德示范性；有利于建立起师生相互信任、理解的教育渠道。在教师的教育工作实践中要自觉遵守和实现教师礼仪规范，加强教师职业道德教育，提高广大教师为人师表的道德觉悟；重视舆论引导，营造良好的师德建设氛围，各级教育行政部门或学校，要根据教师职业道德要求，制定比较切合实际、操作性强的教师行为规范，把礼仪作为重要内容纳入其中，把教师的“自律”和“他律”结合起来。“自律”就是要求教师按职业道德规范的要求塑造自己的职业形象，把“扬善”和“惩恶”结合起来。“扬善”就是要大力宣传教师中涌现出来的先进人物，增强教师履行职业道德义务的责任感，使自身行为符合教师职业的要求。②

（三）关于新时期教师职业道德和伦理要求的研究

1. 服务意识较差，敬业精神欠佳

西北邮电学院艾格平老师提出，目前我国教师职业道德现状是：青年教师大多数没有学过教育科学理论、教学技巧等方面的知识，又没有参加过教育实习实践，缺乏教育学、心理学、伦理学、教学法以及工作规范等方面的知识；中年教师职业道德观念强，是一批不可多得的中间力量，但负担过重，面临着知识的不断更新、担负着社会和家庭赋予的不可推卸的责

① 徐庆忠，刘立奎.教师职业道德缺失现象的原因及对策[J].潍坊教育学院学报，2003(1)：55-56.

② 李树青，薛德合.礼仪与教师职业道德的价值实现[J].道德与文明，2002(1)：51-55.

任;老年教师虽然服务意识较强,有敬业精神,但不乏一些人有“媳妇熬成婆”,坐享其成的行为。

2. 不能严格履行教师职业道德和伦理要求

只管被动、机械地授课,毫无感情投入,没有把传道、授业、解惑,教书育人作为自己的职责。对工作制度、教学实践环节的执行,不是为了教育对象,而纯粹是为了应付检查。有失教师职业道德和伦理要求,以学生为对象,发泄私愤,甚至违法乱纪。

作为实施教育的行为主体,新时期教师职业道德和伦理要求应包括以下几项内容:积极高尚的思想道德品质;广博扎实的专业知识;较强的教育教学能力;富有创新精神和创造能力;成熟稳定的教师人格魅力;健康的身心素质。同时我们应该思考在新时期,如何培植教师自身的职业道德和伦理理念,以及加强教师职业道德建设和伦理要求。[①]

二、国外关于教师职业道德的研究

国外关于教师职业道德的研究,主要包括从古代希腊罗马的师德观一直到现在教师职业道德的研究。古希腊、罗马时期师德观主要有两种:一种认为教师对学生应该严格,使得学生绝对服从,提倡对学生实施体罚;中世纪托马斯·阿奎那提出,在教学过程中,教师应当充分考虑到学生的心智活动状况和学生的个人经验以及接受知识的能力,努力调动学生的积极性,激发学生的思考,避免盲目地向学生灌输知识,与此同时,教师应当考虑到学生的个性差异;文艺复兴时期的教育思想家反对教师的权威主义和对学生的体罚,崇尚自由精神。他们期望发展儿童的积极性和独立性,并激发儿童的创造性。意大利人文主义教育家维多里诺主张对学生实行自治,减少惩戒,禁止体罚。[②]近代师德观强调两种观点,一种是教师要培养学生在德、智、体各方面的能力。英国教育家洛克认为教师的责任是培养学生的绅士风度,使其形成良好习惯,怀抱德行和智慧,在学生需要的时候,给他力量、活力和勉励。[③]另一种侧重于教师自身的品质

① 艾格平.浅议新时期教师职业道德和伦理要求[J].中国医学伦理学,2004(4):53-54.

② 林崇德.师德通览[M].济南:山东教育出版社,2000:571-572.

③ 约翰·洛克.教育漫话[M].徐诚,杨汉麟,译.石家庄:河北人民出版社,1998:52-55.

培养,强调教师的集体主义。美国现代教师职业道德的研究,大致是从20世纪20年代开始的,一些学者用实证研究方法,比较系统地分析了教师的品质人格,概括了25项教师职业应有的品质,如诚实、热心、好学等。1948年,全美教育委员会所属的师范教育委员会,向全国教师发表了题为《我们时代的教师》的报告,对教师应当具备的职业道德品质提出了13项详细的要求和指导。1968年美国国家教育协会正式制定了《教育职业伦理准则》,这个准则成为学校聘用与获得教师许可证的基本条件。20世纪70年代后,美国教育界继续对教师道德行为和品质进行研究,实现了由重视"专业地位"提升的教师专业化发展到关注"专业素质"提高的教师专业化发展的转变。随着各国对教师素质的关注,一些国家在制定教师职业道德规范的同时,也开始了教师专业化的标准建设。如英国在20世纪70年代建立起现代教师培养制度,20世纪80年代构建了发展性教师评价制度、校本培训模式等。

对国外教师职业道德的研究,我们可以看出:西方教师职业道德规范和道德结构层次在不断走向专业化;将师生关系作为教师职业道德规范的核心内容;将内化渗透作为教师职业道德教育的主要方式。由此我们可以借他山之石,提高教师职业道德规范条文的操作性,加强教师职业道德规范要求的法制性;注重教师职业道德培养的渗透性,完善教师选聘及工作制度的严密性。

第二节　教师职业品质的内涵和作用

在教育实践中,职业道德是对教师的一种基本约束力量,但是要让这些约束的力量真正地内化到教师的教学实践,教师还需要更高的教育教学的职业品质,品质才是一个人为人处世的核心原则,是教师的气质外化的集中体现。目前国内外对这方面的研究还是屈指可数,本节将对教师的职业品质做简单的介绍。

一、职业品质的含义

在职业中,个体或群体在行为、作风上所表现的思想、认识、品性等的本质，称为职业品质；工作态度、社交技巧、工作艺术、意志等是它的主要内容，也称为工作情商。

二、教师职业品质的内涵

教师职业品质是教师在从事教育活动的过程中所表现出来的比较稳定的内在品性。教师职业品质的形成与教师职业伦理的要求密不可分，从本质上讲，教师职业品质是教师职业伦理的外在要求在教师个体身上的内化和个性化，是教师通过自我努力将教师职业伦理关系中所蕴涵的“为教之理”和“为师之道”内化为“为师之德”的结果。

在社会生活中，无论我们为自己选择一个什么样的职业，我们都会在客观上为自己建构一个全新的职业伦理关系。这一职业伦理关系，不仅赋予我们以新的社会身份和社会角色，而且还赋予我们新的“人伦之理”的要求。如果想要扮演好自己的这一身份和角色，那么必须顺应这一新的“人伦之理”的要求，认真地去领悟在这新的伦理关系中所蕴涵的“为人之道”，通过“得道化德”的方式培育自己相应的内在品性。在教育的职业伦理关系中蕴涵着教师的最基本的“为教之理”“为师之道”的要求，人民教师只有将这些要求内化为自己的内在品性，才能养成良好的职业德性。

三、教师职业品质的作用

教师善的职业品质的建设是全面进行教育的一个不可或缺的重要部分。它的作用主要有以下几个方面。

(一)从宏观方面看

1. 教师善的职业品质的建设是提高教师队伍素质的关键

教书者必先学为人师，育人者必先行为世范。教师的职业特点决定了教师必须具有更高的素质，其中，教师善的职业品质是教师重要的素质。教师职业品质决定了教师对学生的热爱和对事业的忠诚，决定了教师执著的追求和人格的高尚，同时，教师职业品质也直接影响着学生的成长。教师的理想信念、道德情操、人格魅力直接影响到学生的思想素质、道德品质和行为品质的养成。教师如果没有良好的品质，就难以教书育人、勇于创新,一所学校如果没有一支具有高尚品质的教师队伍,也难以形成良好的教风、学风和校风。因此,我们在进行教学改革、提高教育质量、推进素质教育时,不仅需要教师转变教育观念、更新知识结构、提高教育教学水平,更需要教师有良好的思想素质和高尚的品质,并采取切实可行措施,保证教师职业品质水平在实践中不断提高。教师职业品质建设决定着学校教师队伍建设的成败,也决定着学校教育教学改革的成败。在教师队伍建设过程中,要充分认识加强教师职业品质对提高教师素质、提高教育水平、推进学校持续快速发展的重要意义,切实把教师职业品质建设放在首要位置,不断提高教师的职业品质水平,为学校的改革发展提供坚实有力的师资保证。

2. 教师善的职业品质是实施素质教育的重要保证

素质教育具有对全体学生负责和对学生全面的素质负责之要义。实施素质教育是一次全社会教育观念的大转变和教育、教学模式的大改革。素质教育的新模式需要在不降低智育标准的基础上,认真抓好德育和体育等诸方面工作。教师是教育事业的支柱,是实施素质教育、提高教育质量和水平的关键。在以教师为主导、以学生为主体、以教材为主线、以课堂为主渠道的"四主"模式中,教师是决定教学质量和学生素质优劣的主导因素。素质教育要克服以考分为中心、以智育为中心、以少数高分数学生为中心和以升学为中心的弊端,就必须将学生的全面发展作为根本任务。这样,教师职业品质的优化就成为素质教育的基础保障和必要前提。教师是学生增长知识和思想进步的导师,大多数学生崇拜和尊敬教师,有师言必听、师行必效、师令必从的"向师性",教师的一言一行都对学生产生重要而持久的影响。教师崇高的职业理想,精深的专业水平,乐观开朗的个性,良好的人际关系,健全的意志品质和高尚的职业品质,必然对学生的全面发展产生积极的影响,对素质教育产生巨大的推动作用。如果教师的职业品质低下,被学生不分好坏、难辨美丑地全盘接受并大加模仿,就会对学生的素质培养造成极大的障碍和不可弥补的负面影响,直接影响到青少年的健康成长。因此,教师只有做到知识与高尚品质的完美结合,时时作表率,处处当榜样,做到"学为人师,行为世范",以自身的示范去引导学生,才能开启学生智慧,陶冶学生情操,净化学生心灵,成为学生成长的引路人;只有在思想政治、道德品质、教风学风上严格要求自己,自觉率先垂范,才能为人师表;只有具备了善的职业品质,以善的职业品质取信于广大学生,才可能克服奖金至上、名次至上的负面影响,真正关心每一个学生的成长,真正关心学生德、智、体的全面发展,真正关心开发学生的创造潜能。教师具备了善的品质,素质教育的实施就会收到事半功倍的理想效果。

3. 教师善的职业品质是教师职业的灵魂

教师工作的对象是成长中的青少年,教师要通过教育活动,把学生培养成能传承和创新文化、弘扬和培养民族精神、推动社会进步的人。教师的教:一方面是根据学生成长的规律,有计划、有步骤地实施科学的方案,并通过一定的教育内容、教育方法和教育手段等对学生长期而系统地产生影响;另一方面是通过本人的人格特征、言行举止等对学生的影响。在学生心目中,教师是社会规范、道德的化身、人类的楷模、父母的替身。他们把品质高尚的教师作为学习的榜样,模仿其态度、情趣、品行,乃至行为举止、音容笑貌、板书笔迹等。学生接受知识的过程,正是个性与品德形成的时期,是决定和影响人的一生的发展,以及道德观念、行为习惯、世界观等形成的关键时期,教师的职业品质,将会成为学生人生观、价值取向、道德品质发展和塑造自我的参照,对学生发展产生的重大影响超过社会环境和家庭等因素。正是教师的特殊角色及其职业特征,要求教师职业有其不同于其他职业的伦理标准,其人格和行为必须具有榜样示范作用,必须对学生的成长负有积极影响、正确引导的责任。高尚品质是教育活动之本,也是教师职业之魂。在教育中,一切善的品质要求都基于教师的人格,教师善的品质的魅力主要从人格特征中显示出来。历代教育家提出的"为人师表"、"以身作则"、"循循善诱"、"诲人不倦"、"躬行实践"等,既是善的品质的规范,又是教师良好品格特征的体现。只有教师具备了善的职业品质,学校才能培养出具有较高素质和完美品格的合格人才,才能推动社会的进步和发展。

(二)从微观方面看

从教师自身来看,如果教师在长期的学习和工作实践中,习得善的职业品质，那么教师就会潜移默化地将这种品质的精神内化为自身的做人方法和行事原则。在以后的教育和生活实践中就会引导自己的行为选择、对自己的行为进行控制和评价。

1. 在教师工作和生活实践之前，善的职业品质能够帮助教师选择正确的行为

教师在对学生施以教育的职业劳动中，总要采取一定的行动，使学生在自己的教育下健康成长。在教师做出某种行为前，善的职业品质总是根据自己应该履行的义务的要求，对行为动机进行自我检查，想一想自己的行为选择是否合乎善的职业品质要求，是否以身作则，为人师表，以身立教，想一想“我这样做会有什么后果”，“我这样做符不符合教育方针的要求”，“合不合教师的身份”等。对符合善的职业品质要求的动机予以肯定，对不合乎善的职业品质的要求的动机予以否定。这种严肃的思考、认真的权衡和慎重的选择，使教师可以避免不良行为的发生。相反，如果没有善的职业品质的指导作用，教师就可能受到邪恶观念的怂恿，或者发生没有理性判断的感情冲动，而作出错误的行为选择，就可能会发生不愉快行为。

2. 在教师工作和生活实践过程中，善的职业品质起着自我控制和监督作用

教师职业品质是隐蔽的个人行为的调节器。教师的职业劳动在劳动时间的支配上，不像工厂、机关那样约束性强，除上课以外，教师对工作时间的支配自由度较大。因此，在别人没有干预或无法干预的领域，教师职业品质是使自己内心世界去服从善的品质的自我法庭，对自己的行为起监督和调整作用。凡是符合职业品质要求的认识和情感、信念和意志就予以支持和鼓励，对不符合善的职业品质要求的情感、欲望和冲动就予以制止和克服。特别是在行为过程中，当某种行为可能危及个人利益，或个人利益与国家利益、集体利益发生矛盾时，或者是遇到突然变化而出乎自己预料时，发现认识错误、情感偏颇、手段失当时，教师善的职业品质能够使自己欲举辄止，中止不良行为的发生或改变其行动的方向和方式，以避免造成不良后果。

3. 在教师工作和生活的实践过程之后，善的职业品质对行为结果和

影响起评价作用

在行为完成之后,教师善的职业品质对行为的后果起自我评价的作用。教师都有这样的体验,当自己的教育观念、教育方案、教育行为被学生接受、认可、肯定,看到自己的心血和劳动产生了积极效果时,便会由衷地感到欣慰和满足。反之,教师如果发现自己的行为有损于教育事业和学生利益,产生了消极影响时,产生内疚、悔恨,即受到良心的责备,以致陷入极端痛苦之中。这种自我谴责,往往会形成一种力量,促使教师自觉地纠正自己的错误,改变自己的行为。教师善的职业品质是教师品质自我完善所需要的重要内省力量,没有它,教师就不能认识和评价自己行为的社会后果,也不能从道义上为自己的行为负责任。

第三节 教师职业品质的内容

在2009年教师节前夕,国家主席胡锦涛在北京第三十五中学调研,看望全校师生的座谈会上提出,教育是一项神圣而光荣的事业,国运兴衰系于教育,只有一流的教育,才有一流的人才,才能建设一流的国家,他希望广大教师要充满爱心,忠诚事业,学为人师,行为世范,做一名合格的人民教师。

教师两字有着深刻的内涵:作为社会分工的一种职业,它是社会的一名工作者,需要有忠诚、敬业和奉献的品质等;作为职业教师工作者,需要有慎独、至善和坚忍不拔的品质等;作为教师群体中的一员,需要有宽容、正直和感恩的品质等;作为教师自身,面对广大学生,需要有爱、公正和具有相关礼仪的品质等。当然,在教师的工作和生活中并不仅仅只需要这些职业品质,作为人类灵魂的工程师,更应该具备一些其特有的品质,而且这些品质要体现在其工作和生活的方方面面。

一、忠 诚

《中华人民共和国教育法》规定:教师要“忠诚于人民的教育事业”。这主要是指教师对于我们党和国家的教育工作要忠心耿耿,尽心尽力。忠诚于人民的教育事业,这不仅是教师个人的意愿、行为,也是全党、全社会对教师的共同要求，是我国教师队伍职业道德建设的核心和根本标准。首先，热爱祖国，献身教育，是师德的灵魂，是忠诚于人民的教育事业的直接体现。热爱祖国是中华民族的优良传统和崇高的思想美德；献身教育事业体现了教师热爱社会主义祖国，全心全意为人民服务的道德情感和道德责任。因此，人民教师应当自觉地服从人民教育事业的需要，自觉地把党和国家的利益、社会主义的利益放在首位，忠诚于人民的教育事业，认真地履行党和国家赋予的光荣职责。其次，遵循规律，教书育人，是教师最基本的职责，是忠诚于人民教育事业的具体表现。自古至今，教师都把教书育人作为评价自己工作和德性的重要标准。古代伟大教育家孔子的学而不厌，诲人不倦；孟子的得英才而教育之，乃人生之乐事；荀子的学为成人之说，就是把教育当作育人的活动；韩愈的"师者，传道、授业、解惑"，也是把教书与育人统一起来的。现代教育家徐特立曾提出教师既要做"经师"，又要做"人师"，他认为经师只管教学问，传知识，人师专事教思想品德，指出我们的教学应该是"人师"和"经师"二者合一，即既教书又育人。这里的"教书育人"是指教书要根据社会发展的需要和学生身心发展的规律，在教育、教学过程中，既传授科学文化知识，又进行思想品德教育，把学生培养成为德智体等全面发展的一代新人。[1]

二、敬　业

敬业不仅是一种职业态度，也是职业道德的崇高表现。因为敬业是传统职业道德的基本原则，敬业之于教师，意味着要恪守职责，扎实、勤恳地做好教育工作，以一颗尊敬、虔诚、敬畏和执著的心对待教育。教师敬业不能仅限于准时上下班、不迟到、不早退等时间或体力上，更重要的是道德、感情和智慧上的投入。它可以分为道德敬业、感情敬业和智慧敬业三个方面。道德敬业就是对工作兢兢业业、勤勤恳恳，脚踏实地、埋头苦干。要做一个新时期高素质的教师，就必须有敬业的工作态度，艰苦奋斗、无怨无悔；要有强烈的事业心，勇挑重担、百折不挠；要有严谨的职业作风和铁的职业纪律，尽职尽责、全心全意为教育服务；要在职业活动中坚持行廉操洁的原则，不贪受学生及家长的钱物，不贪占公共和他人的钱

① 陈善卿.教师要忠诚于人民的教育事业[J].道德与文明，1996(6)：10-12.

物，不沾染社会上贪、赌、欲的恶习，始终以清廉纯洁的道德品行为学生和世人做出表率。要注意，教师道德敬业的标准跟师德规范的区别，师德规范是最低限，具有强制性、被动性，而教师道德敬业则是主动的，比较高级的。感情敬业体现在教育过程中，要投入自己的热情，要与学生进行心灵的碰撞、情感的融合，始终保持对教育的良好情绪，不断升华自己的情感。智慧敬业则是教师在教学中以通过更多的智力投入而使常规教学工作时间缩短，教学效益获得提高，没有智慧敬业，一味苦干蛮干是不可能达到教育目的的。①

三、奉　献

奉献，在一般意义上讲，是一种主动的、自愿的、不计回报并且可以牺牲自身利益的给予或付出；从本质上讲，是个人或集体为了某种更高的价值而自愿放弃自己的部分权利和利益的行为。奉献既是一种高尚的情操，也是一种平凡的精神；既表现在国家和人民需要的关键时刻挺身而出，慷慨赴义，也融会和渗透在人们日常的工作和生活中。本职工作是奉献的起点，敬业是奉献的基础，乐业是奉献的前提，勤业是奉献的根本。奉献是中华民族的传统美德，也是社会主义职业道德和公民道德的最高境界。在《公民道德建设实施纲要》中提出的基本道德规范：爱国守法、明礼诚信、团结友善、勤俭自强、敬业奉献，奉献就是其中之一。在中华民族几千年的文明史中，最耀眼的是无私奉献的灿烂光辉，最醒人的是无私奉献的杰出人物。孔子、屈原、司马迁、陶行知等，他们之所以耀眼、醒人，是因为他们把自己的聪明才智无私地奉献给了社会、国家和人民。献身教育、奉献社会是教师崇高的职业境界，是教师世界观、人生观、价值观的综合表现，是教师进行职业道德修养所达到的最高层次。教师劳动的本质特征在于奉献，教师道德的不朽灵魂也在于奉献。教师的奉献精神可以理解为：教师对教育事业全身心投入和不懈追求的信念、态度、决心和行动，为了学生的福祉和利益，最大限度地履行其职责，把所有的精力奉献给学校，奉献给学生，奉献给教育事业，奉献给社会。教师的职业注定了他必然要追求的是“半根粉笔写春秋，两袖清风书华章”的精神境界。“春

① 胡燕.论教师敬业[J].四川师范大学学报，2010(1):2-4.

蚕到死丝方尽,蜡炬成灰泪始干"是教师奉献精神的真实写照。"人们要求教师既要有技能,又要有职业精神和献身精神。"因此,当代教师应热爱自己的职业,坚守自己的岗位,不为金钱所动,不为权势所屈,甘为人梯,把自己的全部知识无怨无悔地传授给学生。正如陶行知先生所说:"在教育活动中,我们确实感受到教育者所得的机会,纯系服务的机会,贡献的机会,而无丝毫名利、尊荣之可言。"[①]

四、慎　独

慎独,意思是说人们要严于律己,即使在独自居处的时候也要特别谨慎地对待自己的言行,防止有违道德的欲念和行为发生。自郑玄、朱熹以来,儒家逐渐将"慎独"作为自我修炼的方法,强调即使在无人监督、无人知道的情况下,也要坚持道德操守,通过自我监督、自我克制、自我教育达到自我完善。"慎独"首先包含着"克制"并以克制为起点,通过自我教育使个人品格得到升华。因此,"慎独"作为一种修身方法包括两个阶段:第一阶段是表现在外在言行上的自我监督、自我克制,第二阶段是体会于内在心灵中的自我教育、自我完善。[②]慎独是教师职业道德的试金石。一个教师是否具有良好的职业道德,不能仅看他在同行和学生面前的表演,更重要的应看他是否时时事事处处都言行一致、表里如一。一个人前道貌岸然,人后卑鄙龌龊,即"人前浇花,人后偷瓜"的教师是不具备教师资格的。慎独是教师心理品德的凝固剂。如果缺乏慎独精神,一味地对自己宽容、原谅、迁就、粉饰,无异于自欺欺人、姑息养奸,这不仅不会形成良好的心理品德,而且原来所具有的好品质好素养也会逐渐地丧失殆尽。[③]

五、至　善

"至善"一词,取之于《大学》开篇的第一句话:"大学之道,在明明德,在新民,在止于至善"。"至善"一词,关键在于"至"字,如朱子说:"'善'字

① 娄立志.21世纪教育的新理念——从《学会生存》到《教育财富蕴藏其中》[J].上海师范大学学报:哲学社会科学版,2000(29):5.

② 冯萱.教师的"慎独"修炼是和谐发展的内在要求[J].首都医科大学学报:社会科学版,2007:57-61.

③ 王月灵,高连球.教师慎独浅谈[J].当代教育科学,2003(4):43.

轻,‘至’字重”。在朱子看来,所谓“至”字当训为“极”,至善也就是极好的意思。要教好学生,至善是教师应有的品德、做人的根本。至善是指教师的思想素质、道德品质所达到的境界。教师的言论、道德行为不仅反映着其自身师德水平的高低,而且对学生也产生潜移默化的影响。至善主要表现在两个方面:一是修养高尚,行为规范;二是善待学生,教书育人。教师的内在气质、学识和涵养所形成的力量可以最有效地把学生吸引在自己的周围。因此,教师要自律,要慎独,要以尽善尽美的精神风貌来影响学生,尽量求得完美的教学效果。具体表现为,教师应具有健康的心理,坚强的政治信仰,强烈的爱国热情,敬业和无私奉献的精神,言行一致,平等待人,善于协调各种人际关系,能与不同性格的人合作共事。教师的思想素质是教师的灵魂,是贯穿教育全过程的精神支柱,以身作则,为人师表,才能成为学生的楷模。同时,一个互敬、互爱、民主平等的良好人际关系,能开发学生的智力,促进学生的求知欲望,激发创新精神,使学生敢想、敢说、敢做。搞好师生关系,善待学生是关键。教师要真正从思想、学习、生活各个方面去关心每个学生,公平对待学生,激励学生奋进,使每一个学生都能感受到教师的春风雨露,都能以健康的身心迅速成长。教育是一种感化人心的工作,而“感人心者,莫先乎于情”。教师用积极、健康的情感去感染学生,对学生倾注真诚的爱,才能换来学生的理解、支持和友谊,为师生双方提供一种心情舒畅、气氛融洽的心理氛围。在这样的环境中,学生才会更加积极主动地学习,教师真正达到至善的育人目标。

六、坚忍不拔

宋代苏轼的《晁错论》中“古之立大事者,不惟有超世之才,亦必有坚忍不拔之志。”其意思为自古能成就伟大功绩的人,不只是有超凡的才能,也一定有坚忍不拔的意志。“坚韧不拔”与“坚忍不拔”这两个词语都存在。一般认为,两者是异形词(《汉语成语大词典》,中华书局,2002年)。《汉语成语词典》(上海教育出版社,1987年)解释“坚韧不拔”时认为,也作“坚忍不拔”。坚忍,指在艰难困苦的情况下仍然坚持;坚韧,指的是坚固有韧性,也有坚持不动摇的意思。这两者都可以和“不拔”组合,形容意志坚强,任何艰难挫折都动摇不了。作为教育职业来说,广大教师需要有坚忍不拔的毅力,坚守在自己的岗位上,不为外界利益所诱惑。作为太阳底下最光辉的职业,教师应该具备学高为师,身正为范的条件,他们只有自己做到了坚忍不拔,才能将这种精神传递给他们的学生。教师的一言一行都在学生的眼里,对学生起着潜移默化的影响。因此,作为一线教师更应具备坚忍不拔的职业品质。

七、宽　容

在莎士比亚名剧《威尼斯商人》中有一段台词"宽容就像天上的细雨滋润着大地。它赐福于宽容的人,也赐福于被宽容的人。"我国现代汉语词典中对宽容的解释是:宽大有气量,不计较或不追究。因此,教师应该具备宽容的心态和职业品质。

首先,教师在与领导、同事交往的过程中应该具备宽容的品质。人是独立的个体,个体之间或多或少存在着差异,教师应该尊重这种差异,在与人交往的过程中既要突出自己的独特个性,同时更要表现出自己合群以及尊重他人的品质。在学校,教师与教师之间的竞争是非常激烈的,竞争的手段和方式各式各样,我们要在合情合理的范围之内接受这种存在。当自己的同事或者领导出现错误的时候,我们要以宽容的心态来看待。

其次,教师在与学生交往的过程中,也应该具备宽容的品质。因为每个生命个体都无好坏优劣之分,每个生命都有自己的特点和优点。教师的"划一"意识是扼杀学生个性差异的重要原因。秉持"划一"意识的教师通常对那些与众不同、差异明显的所谓"奇才"、"偏才"、"怪才"与"狂才"冷嘲热讽、大加斥责,这是缺乏宽容的表现。教师应该认识到,"所谓的'奇才'、'偏才'、'怪才'与'狂才'也许可以成为推动未来社会发展的真正力量。"[①]因此,教师要承认学生的发展存在特殊性、差异性。我们的教育应强调每个学生在原有基础上的提高和进步。教师对学生表现出来的"个性差异"给予宽容,并充分挖掘每个个体的特点和优点,才会最大限度地发挥每个个体的潜能,促进学生的自由发展。同时,教师要宽容学生的人性缺陷,容许学生有错误与失败。金无足赤,人无完人。学生的人性缺

① 刘德林.教师宽容的依据、实现及限度[J].教育科学论坛,2007(10):60-61.

陷集中表现在易犯错误。英国心理学家戴·冯塔纳曾指出:“大多数教师在评价和鼓励儿童的成功上很少有问题,更多的问题主要产生于面对失败时。我们总是特别强调的一点是,产生错误并不意味着失败,而只是表明它是整个学习过程的一个有机而重要的部分。通过思考这些错误是如何发生的,儿童得以从中学到东西,并发展一些策略来对付以后出现的问题。”[①]错误和失败往往是人发展过程中一个有机而重要的组成部分,不怕学生有错误和失败,重要的是教师要把握机会,让学生从错误和失败中获得经验及学习机会。

八、正 直

人格是心灵的尺度,权力和金钱丈量不出它。能保有着高贵与正直,即使在财富地位上没有大收获,内心也是快乐和满足的。——罗兰

正直的含义很广泛,①公正无私;刚直坦率。《书·洪范》:“无反无侧,王道正直。”蔡沉集传:“正直,不偏邪也。”《韩诗外传》卷七:“正直者顺道而行,顺理而言,公平无私,不为安肆志,不为危激行。”②指正直的人。《后汉书·党锢传序》:“自是正直废放,邪枉炽结。”③纠正邪曲而使之正直。《书·洪范》:“三德:一曰正直,二曰刚克,三曰柔克。”孔颖达疏:“一曰正直,言能正人之曲使直。”④不偏斜,不弯曲。清代林则徐《舆纤》诗:“不为丝绳留正直,此身谁到万峰头?”茅盾《耶稣之死》:“弯弯曲曲的地方要改为正直,高高低低的道路要改为平坦。”我们现代一般解释为,合符法则的,规矩的:公正、正派、正道、正气。

教师的正直主要是指教师不仅要有正直的为人,同时还要正直的教学。在与同事及学生的共事中,要做个正正当当的人。在同事面前不贪图小利,不在背后对同事评头论足;在学生面前,要平等地对待每个学生,不要戴有色眼镜去看学生的缺点。在自己出现错误的时候,要坦然地面对和接受有益意见。在课堂教学中,做到有课必上,除非是特殊情况上不了课;不浪费课堂的时间,充分利用上课时间完成课程目标;尽自己所能

① 戴·冯塔纳.教师心理学[M]. 王新超,译.北京:北京大学出版社,2000: 258.

去回答学生的问题,自己不能回答或者不懂的问题诚实地说出来,课后找答案,下次回答。鼓励并给予平等的机会,让学生参与课堂讨论。

九、感 恩

滴水之恩,涌泉相报。带着感恩的心去与别人相处,才会发现世界的美好。“感恩”是个舶来词,“感恩”二字,牛津字典给的定义是:“乐于把得到好处的感激呈现出来且回馈他人”。感恩是人性的一种表现,知恩图报是善举与美德。感恩分为仰视感恩、平视感恩与俯视感恩。最美好的感恩应是发自内心的、无所求的、单向的感恩。教师作为集体工作中的一员,应该怀着感恩的心态去与人交往。

首先,作为集体的一员,教师时常会受到领导的关怀和照顾,也时常会受到同事的帮助和鼓励。教师应该怀着感恩的心在工作和生活中,记着别人对自己的恩情,时刻准备着帮助和关心他人,这样才会形成和谐的工作氛围,使教育事业蒸蒸日上。其次,教师在与学生的教学和生活中,也需要具备感恩的品质。带着感恩的心给学生上课,这些学生是奔着我们学校和教师来的,他们带着家庭的期望和美好的梦想来到学校,我们不能辜负这一个个家庭和学生对我们的信任,我们一定要把自己最好的东西、最有用的知识教给学生。

十、爱的品质

爱的品质是教师职业品质的核心内容。爱学生是教师的天职,是由教师所肩负的重任决定的,教师的根本任务就是教育培养好学生,而教育培养好学生就要爱学生。这种爱,激励教师为教育事业而献身,成为联系师生情感的纽带,成为教育工作聪明才智的源泉和战胜一切困难的动力。教师爱学生是教师搞好教育教学工作的前提条件。

在现代教育观念下,教师的职责不仅仅是传授学生知识,更重要的是要为学生创造一个愉悦的氛围,让学生在这种氛围中,尽可能多地发挥自己的创新潜能。在教学中教师应摒弃“师道尊严”的观念,以一种平等、亲切的姿态主动走近学生,用自己具有亲和力的表情和鼓励性的话语作为与学生思想沟通和情感交流的媒介。师生之间良好的表情交流是其交流思想、沟通感情的重要手段和桥梁。如果在课堂上始终板着一副冰冷的面孔，就会给学生带来紧张情绪。相反，教师如果用真诚的微笑这一无声语言与学生交流，教学效果往往比用有声语言更富有吸引力和感染力。当教师面带着真诚的微笑进入课堂教学时，学生很容易在心理上获得一种对老师信赖、亲近的安全感。因此，教师在课堂上要用微笑面对每一个学生，当调皮的学生扰乱课堂秩序时，要微笑着提醒，使学生意识到自己的错误，并认真改正；当学生积极回答问题时，要微笑着表扬，使学生更加积极思考；当学生信心不足时，要微笑着鼓励，使其逐渐自信；当学生看到教师真诚的笑容，会让学生感觉教师是亲切的、温和的，这样才敢亲近老师，喜欢并信任老师，进而喜欢上课并放松地学习。另外，可用恰到好处的语言鼓励学生。恰到好处的语言，简单地说，应该是根据学生的心理特点、知识水平，客观地鼓励学生，使学生既要认识到自己的优势，又要认识到自己的差距，让学生明确努力的方向 。比如，对于课堂上学习不专心的学生，即便有偶尔一次的认真，老师也应该及时给予鼓励“虽然你平时不太认真，但是这次很好，希望以后继续保持。”对待积极回答问题，但又不是很准确的同学，教师也应及时表扬其学习的积极性，也应指出学生的不足。如“你能积极回答问题很好，如果认识能再深入一些就更好了”，等等。[①]

十一、公　正

《荀子·正论》：“故上者下之本也，上宣明则下治辨矣；上端诚则下愿悫矣，上公正则下易直矣。”公正，在《辞源》中的解释是：“不偏私，正直”。公正是一种关系性存在，从个体的公正角度来说，公正虽然是一种个人德行或者品质，但是这种品质具有特殊性。一方面，公正既然是个体的品质，这种品质就具有稳定性，是一种稳定的品质；另一方面，公正这一品质又是通过行公正之事得以形成，行公正之事就必然牵涉与行为对象之间的关系。个体与行为对象之间的关系至少可以划分为两个层面：个体自身与对象之间的关系，个体如何处理不同对象之间的关系。这两个层面之间的关系有着内在的联系，一个公正的人必须公正地处理好与对象之

① 颜海燕. 音乐课堂因教师的爱而和谐[J]. 黄河之声，2010(22):100-101.

间的关系。

教师的公正是教师在按照公正原则，评价和处理教育活动中的人际关系和利益关系中所形成的稳定的品质。教师的公正的对象是对待学生的公正和对利益的公正。首先，要平等地处理自身与学生的关系。平等地处理自身与学生之间的关系是教师公正首要的、最基本的要求。实现这一要求，既需要情感层面的关怀，也需要知性层面的理解。通过实践活动中知性层面和情感层面的相互作用，最终形成教师关于公正的信念，这才是作为个人品质的教师公正。其次，平等地对待所有的学生，要在学生之间持守一种平等和公正的原则。学生彼此之间存在着各种各样的差异，造成这些差异的因素非常广泛，既有先天的因素，也有后天因素。在后天因素中，既有来自于儿童之外的因素，如家庭环境；也有儿童自身的因素，如勤奋和努力；倘若考虑到群体性因素，如同伴群体产生的影响，将会使我们看到在一个班级中的差异是何等的复杂。这些复杂的因素交织作用，不仅使得教育过程中必然会出现各种不确定的情况，同时，还在相当程度上增添了教育公正的复杂性。这需要教师能够坚持公正的原则，践行公正的原则，从而形成公正的个人品质。①

十二、相关礼仪

荀子曰："礼者，所以正身也；师者，所以正礼也。无礼何以正身？无师吾安知礼之为是也？"意思是：礼仪是规范人的行为的，教师则是修正礼仪的。没有礼仪怎么能修正人的行为？没有教师又怎么能知道礼仪的正确与否呢？西方著名礼仪专家埃米莉·汉斯特的巨著《西方礼仪集萃》第一版问世时，她曾这样写道："表面上礼仪有无数的法规戒律，但其根本目的却在于使世界成为一个充满生活乐趣的地方，使人变得平易近人。它看似一些繁文缛节，却可使生活变得和谐而美好。"

作为教师要懂礼仪，重礼仪，做到自重而敬人；要懂得做人的道理、践行这些道理，并且向学生"传道"；言行要符合教师的行为规范，时时处处讲礼仪，成为传承文明的导师、讲究礼仪的典范。但在现实生活中，教师队伍的礼仪素质存在着很大的差距。有的教师职业道德不高，敬业精神

① 杨林国. 追寻教师美德——斯霞教师德行解读[M]. 南京：东南大学出版社，2007:74-94.

不够,工作热情不足:或是讲课时照本宣科,冷漠敷衍,了无激情,或是只会讽刺挖苦学生,不懂得鼓励和赞美,或是上课迟到、早退甚至缺课;有的教师着装打扮不合职业礼仪规范:或不修边幅邋里邋遢,或浓妆艳抹穿着怪异;有的教师言谈举止不合教师的行为要求:或语言不文明,或举止不文明。

从教育需要出发,教师的礼仪形象应为:谦逊文雅而不庸俗,朴实整洁而不呆板,稳重端庄而不怯懦,“温而厉,威而不猛,恭敬而又安详”(《论语·述而》)。具体而言,教师的相关职业礼仪规范有以下五个方面:良好的职业道德、端庄美观的仪表、文明得体的语言、优雅大方的仪态、礼貌宽和的交际方式。①

第四节　培养教师善的职业品质的路径

教师善的职业品质是教师待人接物、为人师表的前提。当今,有很多教师不仅具备很高的职业技能,同时还具备善的职业品质。但是也不乏有些教师由于主观或者客观的原因不具备或者不完全具备作为一名合格教师必须具备的职业品质。由此,我们建议在进行教育改革的同时,我们必须加强教师职业品质的培养,提高教师的职业品质,进而推进素质教育的全面发展。

教师优良职业品质的养成是一个循序渐进的过程。教师职业品质建设,宣传教育是基础,规章制度是保证。在教师职业品质建设中,要重视思想教育,提高对教师职业品质的认识,要以制度为保证,学校要按照国家要求和本校的实际,制定出切实可行的教师行为准则。建立健全教师职业品质的保障制度、教育机制、考评机制和监督机制,从而进一步规范教师的行为,提高教师加强职业品质建设的自觉性和主动性,努力形成教师职业品质建设的长效机制。

一、建立健全教师职业品质的保障机制

教育是人与人心灵相互交流对学生塑造的过程,教师的职业品质、人

① 马美琴. 注重教师礼仪,提升职业形象[J]. 潍坊学院学报,2010(6):118-120.

格魅力直接影响着学生的成长,甚至影响学生的一生。全面提升教师职业品质,切实加强教师职业品质建设,大力提高教师品质水平,已经成为一项刻不容缓的任务。

基础教育的改革与发展,特别是普及九年义务教育宏伟目标的实现,广大中小学教师作出了历史性的贡献,表现出了广大教师热爱教育,勤奋努力,无私奉献的高尚师德风貌和精神面貌。这是中小学教师队伍的主流,也是加强教师职业品质建设工作取之不尽的精神财富。在加强教师职业品质建设过程中,要唱响主旋律,弘扬正气,树立先进典型,广泛宣传。一方面鼓舞广大教师的士气,使他们学有榜样;另一方面让社会了解教师,感受广大教师崇高的道德品质和感人事迹,提高教师职业声望。同时,各级政府要认真履行《教师法》,依法保障教师的合法权益。

建立健全教师职业品质的保障机制,学校要把教师职业品质建设纳入重点工作范围,与加强教师队伍建设统一部署,统一规划,统一安排,并将各项工作落到实处。教育管理机构要将教师职业品质建设情况作为考核的一项重要内容。同时要充分发挥党员干部的先锋模范作用,带领和引导广大教师切实增强职业品质。

二、建立教师职业品质的教育机制

(一)加强政治理论知识学习

要坚持用马列主义、毛泽东思想、邓小平理论和“三个代表”重要思想教育全体教师,用党的教育方针、政策武装广大教师的头脑,使广大教师牢固树立科学的世界观、人生观和价值观,坚定共产主义和建设有中国特色的社会主义的理想信念,树立终身教育观念、素质教育观念和大教育观念,为适应教育现代化的发展,不断完善自己的知识结构和技能结构,构建与教育现代化相适应的、具有鲜明时代特征的教师职业品质观念。在加强思想政治教育时,还要坚持整体性与重点性的结合。所谓整体性,就是把做人的基本品质及教师所特有的职业品质看成一个整体,不能忽视任何一个方面;所谓重点性,就是针对不同阶段教师品质建设中存在的重点问题进行教育。用科学的理论武装头脑,树立新型的教育理念,坚定共产主义信念。学校要督促教师自觉执行《教师法》规定的职责,热爱祖国,忠诚于人民的教育事业,遵守教师职业品质原则,增强职业责任感,教书育人,为人师表。广大教师通过学习树立正确的世界观、人生观和价值观,不断提高教师队伍的思想政治素质和职业品质。

(二)加强专业知识学习

坚持专业知识的学习,夯实专业理论基础,不断提高专业技能和科研水平。要积极引导广大教师在思想观念上与时俱进,不断学习新知识充实自己,从而积淀文化底蕴,完善知识结构。学校除了组织教师集中学习外,还要积极引导教师利用业余时间学习,以进一步提升思想境界,开阔知识视野。

(三)坚持先进的教育理念学习

要加强对《教育学》《心理学》及现代教育技术的学习与运用。在实施素质教育的过程中,始终坚持把发挥教师引导作用和突出学生主体地位结合起来;把教师释疑解惑和引导学生质疑问难结合起来;把教师传授知识技能和引导学生掌握科学的学习方法结合起来;把学习文化知识和加强学生思想品质教育结合起来,不断更新教学理念,始终把握现代教育思想的脉络。还要组织教师积极参加教研活动,引导教师研究、解决在教育教学工作中遇到的实际问题,总结教学经验,从而提高教学水平,促进专业化发展。

三、建立教师职业品质的考评机制

教育部门要加强对学校的检查和指导,全面了解和掌握情况,推广先进经验,树立优秀典型,及时查处违纪的人和事,并制定教师职业品质考核细则,对学校教师职业品质建设进行专项督导,并将督导评估结果予以公布。

建立健全考核、奖励机制,各级组织要把教师的职业品质作为考核教师的一项重要内容,年度考核、专业技术职务任期考核以及实施各种奖励前的考核,要把教师职业品质作为重要内容重点考核,实行职业品质一票否决制。在事业单位人事制度改革,实施教师聘任过程中,将教师职业品质考核情况作为聘任的基本条件。参加教师职业品质集中培训未达到规定学时教师年度考核不能评为优秀级。大力宣传、表彰在职业品质建设中成绩突出的单位和职业品质高尚的教师,要组织开展形式多样的创先争优活动,要把教师职业品质考核与教师自身发展和切身利益联系在一起,在考核中要将教师个人自评,学校领导、教师、学生和学生家长评价有机结合起来。要充分发挥教师职业品质考核的导向作用,奖优罚劣,从而引导广大教师践行职业品质原则,不断提高教师职业品质水平和教育教学能力,并将教师职业品质建设的优秀经验加以总结和推广。

四、建立教师职业品质的监督机制

教育行政部门要建立行之有效的教师职业品质监督机制。一方面教育督导部门要将教师职业品质建设作为教育督导评估的一项重要内容,加强对教师职业道德建设的检查评估;另一方面,学校要改变教育评估方式。教师所担负的是培养人、塑造人的一项工作,教育评价要客观、公正地反映教师在教育教学工作中所付出的劳动,充分调动教师实施素质教育的积极性和创造性,使广大教师以更大的热情投身到教学工作中去,发挥他们在全面推进素质教育进程中的主力军作用。如果教师的劳动与付出得不到公正合理的评价,他们在思想上就会产生压力,背上思想包袱而消极应付,甚至有时会有一些失当之举,由此给教育教学工作造成负面影响。教育督导部门要制定教师职业品质考核细则,对学校教师职业品质建设进行专项督导检查。要强化教师职业品质的社会监督机制,学校要设立教师职业品质举报信箱、举报电话,接受学生、家长和社会各方面对教师职业品质的反映,发现问题及时处理和纠正。学校要为每位教师建立教师职业品质档案,记录教师职业品质方面的相关情况,作为对教师综合考核的重要依据。

五、营造良好的教师职业品质建设氛围

要开展形式多样的学习教育活动,大力宣传教师职业品质优秀教师的先进模范事迹。通过报告、演讲会,广泛开展向先进模范人物学习的活

动,弘扬教师职业品质新风尚。通过学习教育活动,引导广大教师以德施教、爱岗敬业、为人师表、关爱学生,充分发挥先进人物的示范带动作用,把教师品质建设引向深入。另外,学校还可以通过开展主题活动,积极营造学习教育活动氛围,使教师职业品质建设出成效,出特色。

六、注重教师自我塑造,提高教师职业品质的水平

教师职业品质的建设要靠教育,但又不能单靠教育。将外在的教育内化为个人思想品质素质还需要注重自我塑造。随着社会的发展,科学知识更新的速度越来越快,人的主体地位和作用将日益增大,社会活动将以人格的独立为前提,以创新精神为动力,以知识的丰富为基石。因此,必须要强化教师的自我解剖、自律和内省。教师职业品质作为教师行为原则性体现,主要通过教师内心的信念起作用,主要依靠教师在职业品质培养过程中的自我意识和自我觉悟。一个职业道德高尚的教师必定是一个自觉进行教师职业品质内省的人。教师要在实践中注重自我学习、自我修炼、自我约束、自我调控,要按照教师职业品质,经常对自己在教育教学过程中的思想品质和实际行为进行自省,进而调节自己的行为,坚持真理,纠正错误。教师要在单独从事教育教学活动、没有他人监督的情况下,自觉用教师高尚品质的原则和规范指导自己的行为,坚持从小处着眼,在“隐蔽”处和点滴小事上下功夫,在无人听见、看见的情况下,做到防微杜渐,自觉进行修养,不断追求最高尚、最理想的职业品质。

思考题

1. 根据您的从教经历,试分析教师职业道德会给教师带来什么样的压力。

2. 阅读本章内容后,您认为教师应具备什么样的职业品质。

第四章　优秀教师的基本功之四：高效的教学能力

我们经常可以听见说教师教得很辛苦，学生也学得很辛苦，但实际效果却并不理想，很多学生对知识的掌握和运用十分有限。通过分析我们可以发现在课堂教学中存在着很多无效的或低效的教学行为。如何改变这一局面成为教育工作者关注的问题。因此，希望通过对这一问题的研究，既能够减轻教师、学生的负担，同时又能促进教学质量的提高。

第一节　教师教学能力及高效教学概述

一、教师教学能力含义

在日常生活中我们经常提到“能力”这个词，通俗地认为“能力”指完成一定活动的本领。从教师教学方面来说教师教学能力，指教师在教学活动中完成教学任务应具备的本领，是以一般能力（智力）为依托，通过特殊能力表现出来的一般能力与特殊能力的结合。

二、教师教学能力的构成

（一）理论工作者观点

张大均在《教育心理学》中认为教师的教育行为主要与全面掌握与科学设计教学内容的能力、良好的语言表达能力、多方面良好的组织管理能力、善于因材施教的能力、教育机智的教育能力有关。

孟育群等在《现代教师论》一书中对教师的教学能力、思想工作能力、组织社会活动能力、科研能力、吸取新知识的能力等进行了剖析，指出无论哪种实际工作能力,从其构成的基本要素来看,均应包括以下几个相互联系、相互渗透的主要成分,他们共同组成一个统一的整体。①认识能力,主要表现为敏锐的观察力、丰富的想象力、良好的记忆力,尤其是逻辑思维能力和创造性能力等认识能力;②设计能力,主要表现为教学设计能力,与此相关尤其要注意以下几点:明确教学目标、悉心钻研教材和教学组织、讲究教学策略、实施教学评价;③传播能力,主要包括:语言表达能力、非语言表达能力、运用现代教育技术能力;④组织能力,主要包括组织教学能力、组织学生各种课外活动的能力、组织培养学生优秀集体的能力、思想教育的能力、协调内外部各方面教育力量的能力、组织管理自己的活动的能力;⑤交往能力,主要包括在教育教学中的师生交往能力。

此外,赵立伯的《教师心理学》、林崇德的《教育的智慧》等著作中均对教学能力的构成问题进行了论述,但不管对教学能力进行何种分解,有一点是共同的,即教师的教学能力是由多种成分构成的。[①]

(二)实践工作者观点

有相关研究者对中小学教师关于教学能力构成的看法进行了研究,利用开放式问卷让教师们描述教学能力的构成成分,并让中小学教师评定各项教学能力的重要性程度,最后得到如下结果。(见表1)

表1 中小学教师教学能力构成及各项能力的重要性程度

小学教师		中学教师	
序号 教学能力	重要性等级	教学能力	重要性等级
1. 语言表达能力	1.14	语言表达能力	1.16
2. 组织教学能力	1.21	组织教学能力	1.25
3. 培养学生良好学习习惯的能力	1.26	传授知识的能力	1.36
4. 全面掌握运用教材的能力	1.27	调动学生学习积极性、学习兴趣的能力	1.28
5. 调动学生学习积极性、学习兴趣的能力	1.29	启发学生思维的能力	1.38
6. 应变能力	1.34	分析处理教材的能力	1.40
7. 思想素质、敬业精神	1.35	应变能力	1.42

① 申继亮,王凯荣. 论教师的教学能力[J]. 北京师范大学学报:人文社会科学版,2000(1).

续　表

8. 概括能力	1.42	因材施教的能力	1.46
9. 备课能力	1.44	创造性地设计教学过程的能力	1.46
10. 知识结构	1.44	洞察学生心理变化的能力	1.47
11. 设计问题的能力	1.45	渊博的知识（知识面广、水平深）	1.53
12. 渊博的知识（知识面广、水平深）	1.47	思维能力	1.53
13. 因材施教的能力	1.48	概括能力	1.56
14. 培养学生自学能力	1.55	教师的兴趣爱好	1.57
15. 教师的兴趣爱好	1.61	及时发现、纠正学生错误的能力	1.57
16. 教学反馈能力	1.61	阅读理解的能力	1.60
17. 洞察学生心理变化的能力	1.63	设计问题的能力	1.64
18. 积累经验教训的能力	1.64	教学反馈能力	1.71
19. 实验操作的能力	1.64	实验操作能力	1.72
20. 板书的能力	1.84	教学诊断能力	1.80
21. 留作业的能力	2.03	控制自身情感的能力	1.86
22.		教具演示的能力	1.87
23.		科研、教研能力	1.87
24.		板书能力	1.91
25.		把握相关学科发展并渗透到本学科的能力	1.99
26.		写作能力	2.15

注：(1)重要性等级越低，越重要。(2)各种教学能力的顺序按重要性由高到低排列。

由上表可见，实践工作者所提出的教学能力构成较之理论工作者更为丰富、更为具体，不仅如此，此结果还在一定程度上解释了各项教学能力在教学活动中的相对重要性，这对指导教师提高自身教学能力、准确评估教师教学能力都是十分有意义的。[①]

三、高效教学

20世纪，国外一些教育家开始进行有效教学的研究，追求有效的教学(effective teaching)或好的教学(good teaching)。其核心是研究如何提高教学的效益，即什么样的教学是有效的？是高效、低效？还是无效？所

① 申继亮，王凯荣．论教师的教学能力[J].北京师范大学学报：人文社会科学版，2000(1).

谓有效主要是指通过教师在一段时间的教学后，学生所获得的具体进步或发展。教学有没有效益，并不是指教师有没有教完内容或教得认不认真，而是指学生有没有学到什么或学生学得好不好。如果学生不想学或者学了没有收获，即使教师教得再辛苦也是无效教学。同样，如果学生学得很辛苦，但没有得到应有的发展，也是无效或低效教学。因此，学生有无进步或发展是教学有没有效益的唯一指标。

（一）高效教学的基本概念

教师的教学能力是教师进行高效教学的核心能力。高效教学是相对于低效教学提出来的一个特定概念，属于有效教学的范畴。它与低效教学的本质区别在于，能否确保在规定的教学时间内，落实规定的教学任务。在高效课堂中学生不仅能记得住、记得快、记得牢，而且在理解的基础上记忆，更善于应用和迁移。

教学效率可以用如下公式来表示：

$$\frac{\text{学生学到的有用知识}+\text{学生形成的有用能力}+\text{学生养成的良好非智力因素}}{\text{学生投入的学习时间}\times\text{学生的脑力负担}}$$ [①]

（二）高效教学的理论依据

高效教学的主要理论依据是美国的学习专家爱德加·戴尔的“学习金字塔”理论。学习金字塔用数字形式形象显示了：采用不同的学习方式，学习者在两周以后还能记住内容（平均学习保持率）的多少。它是一种现代学习方式的理论。（见图3）

图3　学习金字塔

① 张庆林，杨东. 高效率教学[M]. 北京：人民教育出版社，2002：7.

第一种是“听讲”的学习方式,也就是老师在上面讲,学生在下面听,学习效率是最低的,学习的内容两周以后只能留下5%;第二种“阅读”的学习方式,学到的内容可以保留10%;第三种“声音/图片”的学习方式,可以达到20%;第四种“示范”的学习方式可以记住30%;第五种“小组讨论”可以记住50%的内容;第六种“做中学”或“实际演练”可以达到75%;最后一种在金字塔基座位置的学习方式,是“教别人”或者“马上应用”,两周后可以记住90%的学习内容。

通过学习金字塔理论可以发现,课堂教学中并不是教师讲的多学生就学的多,而是需要精讲。所谓精讲是我们老师在关键知识点和学生困惑处加以引导、点拨。课堂中应留有足够的时间让学生来进行讨论,并创造机会让学生在运用中学习。

第二节 教师教学的基本环节

教学是一种以课程为中介,教师教和学生学的双边活动,是学生在教师的指导下掌握知识、技能,全面发展的教育活动。[①]教师的教学工作是由一个个相互联系、相互衔接的教学环节组成。深入研究每一教学环节的内在联系、功能和质量要求,可以有效地提高教学质量。从教师角度来看,教学工作包括:备课、上课、作业布置与批改、课外辅导和学生成绩的检查与评定五个基本环节。

一、备 课

备课是进行正式教学前所做的准备工作,是整个教学工作的起点,是提高教育质量的重要保证。备课就是教师根据教学大纲的要求和本门课程的特点,结合学生的具体情况,选择最合适的表达方法和顺序,以保证学生有效的学习。

① 张轶. 教学原理与设计[M]. 北京: 化学工业出版社, 2010:3.

(一)备课要做好三方面工作

1. 研究教材

教学所用的教材包括教学大纲、教材和相关参考资料。通过研究教学大纲,教师要清晰所教学科的教学目的、基本内容体系和教学方法的要求。研究教材要求教师要熟练掌握教科书的全部内容,包括教材的编写与意图、组织结构、重点章节以及各章节的重难点和关键。教师在研究教材的基础上,教师还应围绕教材阅读和精选有关材料来丰富教学内容。教师对教材的研究一定要读懂、读透,教师要把握教材的基本体系结构,深刻理解教材内容并将自己的思想感情与教材的思想性和科学性融合。

2. 了解学生

对学生的了解能够使教学做到有效性和针对性。教师在备课时要全面了解学生的知识基础、理解能力、学习态度、兴趣爱好等。在此基础上教师应进一步分析来确定教学时的难度、进度、方法和可能会出现问题的策略,使教学能够更加切合实际和有的放矢。

3. 制定授课计划

教育是有目的、有计划展开工作的,为了使教学有目的性、自觉性和避免盲目性,教师同样需要制定授课计划。

①学期(学年)计划。学期(学年)计划是对一学期或学年的教学工作做出的计划安排,是在新学期或学年开始前制定的。内容包括对教材学生基本情况的分析,本学年或学期教学的总要求,教科书章节或课题及教学时数、教学手段等。

②单元(课题)教学计划。教师在上课前要对教学大纲和教材中一个较大课题或单元进行考虑并制定出单元或课题计划。主要包括单元或课题名称,教学目的,课时划分和教法教具等。

③课时计划。课时计划又称教案,是教师备课智慧的结晶。主要内容包括班级、学生名称、授课时间和教学目的等内容。

二、上　课

上课是教师教学工作的中心环节也是完成教学任务的主要途径。上课的质量与教学质量有必然联系。可以说上课的质量高则教学质量高,反之则低。教师上课应按照制定的课时计划进行,但又不能过于死板。上课是教师思想业务水平和教学能力的集中反映,是对学生进行系统知识学习和培养个性能力的途径。基本要求有以下几个方面。

(一)目的明确

教师与学生对于教学所要达到的目的要明确。一是教学目的要合乎教材和学生的实际情况,能够使掌握知识、技能、发展学生的能力和培养思想品质的有效统一;二是课堂上的教学要紧紧围绕着教学目的进行。

(二)内容正确

教师上课的内容必须保证科学性、思想性。在教学时要注意教材中的重难点和关键,使学生能够明确和把握知识之间的内在联系。在有新旧教材时既要注意彼此的联系,又注意理论与实际的结合。补充的内容要紧扣题目,不得脱离教材内容,或超越学生接受能力。

(三)方法恰当

教师在进行教学过程中一定要注意使用适当的方法。教师要善于启发和调动学生的学习积极性。各种方法有机结合、自如运用,使学生与教师进行密切的配合。

(四)结构紧凑

教学要具有严密的组织性和计划性,教学进程安排巧妙,结构严谨,教学环节要环环相扣,过渡自然,使学生和教师在积极的状态下和较少的时间、精力内得到最好的教学效果。

三、作业布置与批改

作业是课堂教学的延续,是教学活动的有机组成部分。组织学生作业的目的在于巩固消化课堂上所学的知识,培养学生技能、技巧,训练学生独立工作的能力和习惯。作业的质量与班级授课质量的巩固和提高有着极大的关系。因此,教师要重视作业的布置与检查。

作业内容可分为:

①口头作业,如朗读、阅读、背诵、分析、复述等;

②书面作业,如书面练习、书面问答、作文等;

③实践活动作业,如实验、测量、社会调查等。

布置作业时应注意下列几点:第一,作业内容应符合学科课程标准规定的范围和深度,有助于学生对"双基"的掌握和发展其智能;选题要有代表性,难度要适中。第二,作业应与教科书的内容有逻辑联系,但不应是教科书中例题或材料的照搬。作业要具有典型意义和举一反三的作用。第三,作业应有助于启发学生思维,含有鼓励学生独立探索并进行创造性思维的因素。第四,作业应尽量同现代生产和社会生活中的实际问题结合起来,力求理论联系实际,但不可牵强附会。

四、课外辅导

课外辅导是班级授课制的必要补充。课外辅导的方式有指导学生课外作业,解答学生学习中的疑难,给学习基础差的学生和因病缺课的学生补课;给成绩优异的学生个别辅导等。课外辅导的目的在于因材施教,以及对学生进行学习目的、学习态度和学习方法等方面的个别教育和指导。课外辅导虽然是一项课外工作,但搞好这项工作是为了更好地上课,提高上课的质量。因此,要重视课外辅导,充分认识到它和班级授课制的相辅相成性。

五、学生成绩的检查与评定

学生成绩的检查与评定是教学不可缺少的环节,是测试教学效果、诊断学生学习状况和调控教学过程的重要手段。学业成绩的检查与评定可以从两方面入手:一是检查与评定学生的学习效果,可以通过日常作业检查及各种测验来进行;二是分析评价教师上课的效果,根据学校教学评估检查指标体系来进行评估。学生成绩的检查与评定应注意以下几点:

第一,做好平时检查。做好平时作业和测验的检查,及时发现学生学习上的不足。

第二，认真批改。发现学生在知识、技能方面的错误和缺陷。

第三，仔细评定。作业一般应有成绩并尽可能写上简短的评语，以对学生学习提出明确要求，指出其未来的发展方向。

第四，及时反馈。检查情况应及时反馈给学生，以强化学生对知识的正确理解和运用，纠正学生的错误并指出其原因。

第五，重点辅导。对大多数学生在检查中易犯的错误，教师应找机会进行辅导、重点讲解或纠正。

第三节　无效或低效教学的表征及分析

教学效率的最大化是教学的理想状态。但在实际教学中，由于缺乏科学的理论指导，无效或低效教学现象依然存在。

案例一

随着星期一上午第一节课铃响，依岩老师开始了他的英语课堂教学流程：Revision（复习教学）→Introduction of the new lesson（新课导入）→Explanation of the important points（要点讲解）→Consolidation and improvement（巩固提高）→Homework assignment（作业布置）。

T: First let's review what we learned last class. What did we learn? We learned some friend-related words and sayings. We also did some translating.（首先，我们复习上节课学过的内容。我们学过什么呢？我们学了……）

T: Next we'll begin the new lesson "Secrets and lies".（下面我们开始上新课"秘密与谎言"）

T: Now we'll begin explanation of some important points（下面我们开始讲解要点）. First we'll learn the word "betray". This is a transitive verb. It has 4 meanings in Chinese. The first meaning is…Here is an example. The second is…

T: Let's begin consolidation and improvement by doing

some exercises(下面我们开始巩固提高练习). Here are 10 multiple-choice questions for you to deal with…Now time is up. Let's check the answers before explaining them one by one…

T: Now comes your homework(现在我们开始布置作业). Please review what we have learned in this period and preview next section.

……

案例折射出的问题——教学方法的无效或低效

上述案例中的无效或低效表现在以下几方面。

①教师垄断了整节课的说话权。教学过程呈现出教师的单边活动,没有师生、生生之间的互动,使得课堂气氛异常沉闷。

②忽视了师生间的语言沟通和情感交流。学生成了课堂活动的局外人,不能与教师形成情感上的共鸣。情浓浓的课堂变成了冷冰冰的场所,只见疲惫不堪的教师和无精打采的学生。

③缺少"组织教学"环节。复习教学环节已始,而同学们仍然沉浸在自己的课前兴奋中,吃早点,喝牛奶,聊身边趣事,侃周末趣闻……

④未发挥提问的激发作用。整节课的教学中,依老师只在复习教学环节运用了一次提问手段,而且没等学生思考,他就以自问自答的方式给出了答案。

⑤没注重学生问题意识的培养。课堂上,依老师只顾自己的语言输出,忽略了学生在语言输入时的感受和体验,没有启发学生进行质疑,也没给学生提问的机会。

⑥教学环节衔接机械乏味。这种平淡无奇的过渡、缺乏必要铺垫的环节引入不能引起学生对新的教学环节的期待。

⑦学生缺乏思维的训练。教师的"一言堂"剥夺了学生进行思维的机会,滋长了他们思维的惰性。

⑧要点讲解平铺直叙。单一化、叙述式的要点讲解不能激发学生的好奇心,不能吸引学生的兴趣,不能引起学生的无意注意。

⑨习题讲解平均用力。巩固提高环节,依老师准备了10道单选题给

学生当堂做。答题时间结束时,他没有了解学生做题的困惑和解题的需求,只是集体核对答案后,毫无侧重地逐题进行了讲解。

⑩作业布置笼统化。依老师在课堂结束之前例行公事似的要求学生“复习这节课学过的内容,预习下一课”,作业布置环节就这样结束了。

教学方法的无效或低效主要原因是:教师缺乏先进的教学理念,缺乏先进教学理念指导下的合理的教学方法的设计。理念决定行动,行动决定结果。教师的一言堂是教育界长期以来反对使用的教学方式,是教学改革中强烈呼吁必须摒弃的教学现象,但它依然受到某些教师的青睐。

案例二

乌筱老师惯常设计的英语课学生课堂活动形式有两类,即旨在学习新知识、培养新的语言技能的活动和意在检查课堂学习效果的活动。前者有:Individual learning work(个体活动)、Partner learning work(搭档活动)和Group learning work(小组活动);后者有:Individual preemptive answer activity(单个抢答活动)和Group competition(小组竞赛活动)。仅从设计的内容来看,可谓学习活动形式多样,学生活动面广,活动意义重大,竞赛既能增强学生的个体竞争意识又能培养他们团结协作的精神和集体荣誉感。但从课堂操作细看活动过程,不免令人忧心忡忡。活动前都是宽泛笼统的任务指令,检查个体学习活动效果时,一连五六个学生沉默不语,或是一人起立还未开口,周围的同学就提供了答案;搭档进行语言交际活动时,由于缺乏信息沟导致双方语言输出两三次后就无话可说了;小组学习活动时,整个课堂像煮开的粥,乱成一团,无法进行有效的语言交流活动,更有甚者,组员们干脆使用母语代替了目的语;小组竞赛时,竟然是无人主动参与;单个抢答时,只有有限的几个人反复应战。

案例折射出的问题——学生课堂活动的无效或低效

上述案例中的无效或低效表现在以下几方面。

①学生的学习活动没有具体明确的目标。活动前,教师未能让学生

明白活动的具体任务，导致检查活动效果时，连续数名学生不知问题的答案。

②学生的学习活动缺乏纪律的约束和有效的管理。纪律是活动出成效的保证，自由散漫必然导致活动无效。

③学生的学习活动缺少方式、方法的指导。进行英语对话操练前，教师没有进行示范演示，没有就如何展开对话进行技术指导。

④检查课堂学习效果时未能营造良好的氛围。没能激发学生的求胜欲望，导致了竞赛时冷场现象。

⑤检查课堂学习效果时没有很好地估计学生的知识储备和能力基础。抢答时大多数学生成为旁观者是教师过高估计学生的竞争力所致。

学生课堂活动的无效或低效主要原因是：授课教师为了表象而设计活动，没有很好地考虑活动的本质和目的以及活动的细节，没有认真琢磨达成目的的有效措施。

案例三

下课铃响，郎剑老师的英语研修课终于结束了。面对空白的黑板、标明“第38张”的课件，听课老师们感慨万端。细心的听课老师发现38张课件有7张静态图片课件，其余都是文字课件，后者中纯属摘抄课本内容的有21张，涉及教学步骤的8张，呈现课题的1张，展示结课（内容为“Thank you! Goodbye!”）的1张；每点击一下课件，都会出现伴奏音。整节课上，郎老师自己没有拿出教科书，也没让学生碰课本。教师的行为表现在：位于操作台前，点击鼠标，平铺直叙台式电脑屏幕上文字或解释图像内容。学生被一张张课件弄得目不暇接，课堂笔记本上留下的要么是片言只字，要么全是空白。课堂上，师生之间没有沟通与互动，除了师生课始的“问候”与课尾的“道别”外，听课老师所听到的要么是课件中预设的声音，要么是郎老师单调的话语……

案例折射出的问题——CAI课件制作和运用的无效或低效

上述案例中的无效或低效表现在以下几方面。

①太多的课件使得课堂成了课件播放的场所。教师的教学行为被如此多的课件所约束与控制,个人素质不能得以展现。

②太多的课件导致了师生情感交流的缺失。教师一味地忙于完成课件播放任务,无暇顾及学生的情感体验,学生被眼花缭乱的课件弄得精疲力竭,成了消极被动的观众。

③太多的课件造成了师生对课本的忽略。课本是师生教学互动必不可缺少的工具,人手一册的课本有时候用起来更简便,更有亲近感,更有效。

④太多的课件给学生增添了精神负担。学生走马观花似地过完课件,不能领略其内容,自然会产生焦虑感。

⑤太多的课件影响了板书艺术的展示。板书的直观演示作用是课件无法替代的。

⑥太多的缺乏设计、照搬课本内容的文本课件大大降低了计算机辅助教学的功效。

⑦按钮点击音分散了学生的注意力。

⑧展示教学过程各步骤的课件成了教案的替代品,大大减少了教学环节过渡的吸引力。

CAI课件运用的无效或低效主要原因有:授课教师忽视了CAI课件制作和运用的基本要求;各级教学赛课、公开课、观摩课评价标准的误导所致。现在评课标准中都有使用课件的规定,为了达到"运用了先进的教学手段"这一要求,教师们愿意在课件制作上耗时费力。其结果往往是适得其反,课件的实用性很差,从而产生了错误的导向。

案例四

星期六早饭后,高一学生李坤面对满桌上的家庭作业正在发愁,不知从哪儿开始。除了语文、英语作文外,数、理、化、生、史、地、政各门功课都有规定的同步作业和一套试卷,还有数、理、化、英上周书面作业的订正任务。经过思量,最终选择从最容易的做起:处理上周书面作业中的错误,并且根据兴趣的大小依次排序为数、化、理、英。时间在飞快地流逝,订正完数、化、理作业中的错误时已近11点钟了。因英语老师对错误订正有特别的要求:每错一处必须将其正确的形式写20遍,李坤决定补充能量后再继续。喝完一杯牛奶后,她打开英语作业本,痛苦地发现上周作业中词法错误较少,大多是句法错误,无奈,她只好硬着头皮逐处订正。处理到最后一处错“She eat breakfast.”时,已经是12点半了,饥肠辘辘的她匆匆订正完该句错误后,情不自禁地说道,“I is hungry. I eats lunch now.”

案例折射出的问题——课外作业布置的无效或低效

上述案例中的无效或低效表现在以下几方面。

①过量的课外作业达不到巩固课堂所学的目的。做作业的过程也是学生反思课堂所学的过程,学生得有时间进行思考。一味地赶做作业使有能力的学生失去了思考的机会,而意志薄弱的学生,基础较差的学生,往往会漏做作业,甚至逃作业。

②过量的课外作业挫伤了学生学习的积极性。一旦学生觉得处理课外作业力不从心时就容易产生消极情绪。

③过量的课外作业导致了学生自由支配时间的减少,影响了学生综合素质的提高和特长的培养。

④一周作业中的错误积累到周末订正,不利于学生纠错能力的提高。分散纠错能深化学生的理解和记忆。

⑤罚抄多遍的规定对高一学生来说,效果不大。已具备一定分析问题能力的学生纠错时需要时间内化错因,需要在类似的语境中尝试运用。

⑥班级中各授课教师在布置课外作业时缺乏沟通,大大增加了学生的作业负担。随着五天工作制的实施,学生周末时间成为各科教师争夺的目标。超负荷的课外作业不但起不到应有的巩固教学的效果,而且极大地影响了学生的身心健康。案例中的学生李坤仅处理作业订正任务就用了5个多小时的时间,剩下的那么多的作业她周末能做完吗?订正后的效果又怎样?从她最后一句的英文表达中可知。

课外作业布置的无效或低效主要原因有三:一是学校缺乏统一的作业管理机制;二是各课教师缺乏学生作业一盘棋意识;三是授课教师缺乏

科学合理布置作业的技能。

案例五

在一次高中英语作业批改情况交流检查中,两种现象引起了检查人员的深思。一是有的教师只是在学生的作业本上留下了成绩等次和日期,甚至只留下日期,没有对学生的作业进行任何评价。而且,作业本上也没有学生对上一次作业的自我订正或相互修改的痕迹,更没有自我反思的笔迹。从日期看这些作业批改得及时,从频率看次数达标甚至超标,然而,从效用看会怎样呢?二是有的教师不肯放过学生作业本上任一错处,逢错必纠,弄得作业本"红"迹斑斑、惨不忍睹。批改日期显示这种作业批改的频率大大低于前者。

案例折射出的问题——作业批改的无效或低效

上述案例中的无效或低效表现在以下几方面。

①教师对学生的作业没有作出正误判断,有两种可能:一是教师压根就没有看学生的作业,批改纯属敷衍;二是教师看了作业但认为不必要进行评价。第一种可能会使老师失去通过作业了解学生对所学内容掌握的情况,不利于检验教学效果,不利于发现教学中存在的问题;第二种可能说明教师不重视发挥评价对学生的正确引导作用。两种可能都不利于学生通过作业的批改了解自己的学习情况。

②作业批改中逢错必纠需要大量的时间和精力,偶尔为之尚可,但若持之以恒不现实,也不科学。教师长期将过多的时间和精力投入到作业批改中,那么用于备课、反思、学法研究、教材分析、教法探讨、理论学习、自我充电等方面的时间就会减少,势必导致教学质量的下降。同时,逢错必纠造成不能及时批改和反馈有效信息,容易削弱学生对所做作业的关注程度,不利于及时掌握知识和发现不足。另外,这种批改方式剥夺了学生的纠错机会,违背了语言的习得规律,不利于语言的学习。

③无论是作业批改中有错不标或不纠还是有错必纠都会挫伤学生的学习积极性。前者给学生留下教师不重视作业批改的印象,易导致"既然

老师不重视,我们干吗要重视?"的想法;后者易伤学困生和中等偏下的学生的自尊,使他们产生挫败感。

④作业批改后不要求学生进行必要的订正,不要求学生及时进行反思,是教师的一种失职,不利于学生形成正确的思维。

作业批改的无效或低效主要原因是:教师忽视了学生作业批改的重大意义,忽视了作业批改和促进教学之间的内在联系,忽视了作业批改和培养学生自主学习能力之间的内在联系,忽视了作业批改是与学生进行情感交流的有效途径之一。

案例六

个头矮小、身材消瘦的吴管老师在讲台上有板有眼地授着课,下面的学生却嘀咕声一片。"不要讲话了!"尽管吴管老师反复喊道,学生们依然我行我素。吴老师刚转身板书,就有学生不安分起来:玩弄手机,偷吃食物,看课外书,用耳机听MP3,阅读电子书等。突然间,吴老师一转身,逮到一位正在看武侠小说的男生。本想她会没收小说书并提出严厉批评,不料她却心平气和地说了声"下不为例啊!"。随即又转回身继续板书,她怎么也没想到台下接着发生的一切:先前的种种违纪行为仍在继续;几个顽皮的学生相互使了眼色后,对看武侠小说的男生竖起了大拇指,飘飘然的他又拿出了那本厚厚的武侠小说……

案例折射出的问题——课堂纪律管理的无效或低效

上述案例中的无效或低效表现在以下几方面。

①教师纪律管理言语的无力。"不要讲话了!"似乎说得很有力度,但收效甚微;"下不为例啊!"简直就是商量的口吻,根本无效。

②教师对学生课堂违纪行为的敏感性差。难以想象:在学生嘀咕声一片中,老师还能有板有眼地授课;逮到课堂上看武侠小说的学生,老师还能心平气和地说话。殊不知老师过分的大度是学生违纪行为的滋长源。

③轻视课堂上学生群体违纪现象。这种现象只靠课堂教学中临时管理是行不通的,它的扭转需要课堂内外以及班主任、任课教师、学生家长

和学生四方进行一系列细致有效的工作。

④外在弱小的教师忽视了内心的强大。客观地说,从表象看,外在弱小的教师在课堂纪律管理中处于劣势。这类教师更应发挥内在的强大以行使有效的纪律管理。

课堂纪律管理的无效或低效主要原因有二:一是教师没有充分意识到课堂纪律管理对教学目标达成的重大作用;二是教师缺乏管理学知识和管理技能。

第四节　教学走向高效的途径

一、教学设计科学合理、切实可行

教学设计是以系统的方法和设计观为指导,探索解决教学问题的有效方案,目的是实现效果好、效率高和富有吸引力的教学,最终促进学习者的学习和个性的发展。教学设计是以关于教和学的科学理论为基础,是一种产生学习经验和学习环境,提高学习者获得特定知识、技能的效率和兴趣的技术过程。教学设计是一种具有创造性、学科性、决策性的研究活动,它是背景范畴、经验范畴和组织化的知识范畴三方面综合作用的产物。[①]

新课程改革强调以学生的发展为本,将学生的发展视为课程的出发点和归宿。因此,科学合理的教学设计必须建立在为每位学生的发展创造良好的教学环境的基础上,重视学生的可持续和长远的发展。教学设计中要充分发挥学生的主观能动性,渗透发现性学习方式,培养学生的创新意识。教师要设计学生喜闻乐见的方式,引导他们积极主动地走向知识。教师要由原来单一的知识传授者转变为学生学习的促进者、组织者、指导者和合作者。因此,教师应全方位地思考自己的角色义务与职责。

(一)考虑到我国目前的实际学情,教学设计要切实可行

我国目前的实际学情因地域位置的不同和办学规模大小的不一存在

① 张轶. 教学原理与设计[M]. 北京: 化学工业出版社, 2012: 4.

很大差异。因而,将理想化、模式化的理论运用到个性化的学校时,我们要尊重事实,合理变通。例如,就目前我国的中学教学而言,一定程度的接受式学习很有必要,一味的发现式学习会拔苗助长、得不偿失。问题的关键在于:如何使接受式学习方式科学化?教师应该做到:

①带着知识走向学生前,定位学生的知识需求。

②带着知识走向学生时,激发学生的求知欲,使他们产生期待感。

③带着知识走向学生时,优化传授方式,使他们乐于且易于接受老师传授的知识。

④带着知识走向学生后,创新知识运用手段,使他们学会融会贯通。

(二)着眼学生的终身发展的需要,教学设计要放眼未来

①引导学习方式的转变。传统的教学方式的设计忽视了对教育的含义、课堂上的收获的深层理解,忽视了对学生的需要的尊重,使得学生始终处于消极被动的学习状态,疲于应付,抑制了他们的思想,妨碍了他们健康发展。

教育作为文化—心理过程,具有价值引导和自主建构两个基本点。学生的需要包括:探究的需要、获得新的体验的需要、获得认可与欣赏的需要以及承担责任的需要。课堂上的收获至少包括以下六个方面:经验的激活、丰富与提升;知识的建构与运用;认知策略与学习策略的完善;情感的丰富、细腻和纯化;态度和价值观的形成、改变与完善以及技能的形成、巩固和熟练。[①] 因此,基于教育的价值引导和自主建构的特征、学生的需要和广义的课堂收获,教师必须引导学生进行发现式学习。发现式学习包括三个方面:自主性学习、合作性学习和探究式学习。[②]就学习主体而言,是以学生为主体的自主性学习;就组织方式而言,是以学习合作小组为一般组织形式的合作学习;就基本方法而言,运用的是探究、讨论、交流的方法。教学设计中必须渗透转变学习方式这一理念,加大学生参与教学的力度,培养他们在小组中相互学习、协调发展、和谐共处的能力,

① 钟启泉,崔允漷,张华. 为了中华民族的复兴,为了每位学生的发展——《基础教育课程改革纲要(试行)》解读[M]. 上海:华东师范大学出版社,2001: 263-265.

② 吴松年.有效教学艺术[M]. 北京:教育科学出版社, 2008: 66.

提升他们的创新意识，发展他们的创造性思维。苏霍姆林斯基说过："人的内心有一种根深蒂固的需要——总想感到自己是发现者、研究者、探寻者。在儿童的精神世界中，这种需求特别强烈。但如果不向这种需求提供养料，即不积极接触事实和现象，缺乏认识的乐趣，这种需求就会逐渐消失，求知兴趣也与之一道熄灭。"

②重视思维品质的培养。心理学一般将思维定义为：是人脑对客观事物间接的和概括的认识过程；通过这种认识，可以把握事物的一般属性和本质属性。思维主要有十大方法：[①] 分析和综合、比较和归类、抽象和概括、系统化和具体化、归纳和演绎。学科教学的主要目的之一就是帮助学习者形成正确的学科思维并培养他们良好的思维品质。良好的思维品质包括思维的广阔性、深刻性、独立性、批判性、逻辑性、灵活性、敏捷性以及独创性等。随着学科思维能力的提高，学生综合思维能力就会发展起来。教学实践表明，良好的思维能力是取得成功的关键，学科成绩优异者无不具有优秀的思维品质，重视思维教学的教师收获的是学生成绩的提高。不仅如此，良好的思维品质有利于学生的自主学习与发展，为学生的终生发展打下坚实的基础。美国耶鲁大学心理系和教育系教授斯滕伯格(Sternberg，R. J.)和美国南康涅狄格州立大学特殊教育系副教授史渥林(Swerling，L.S.)在合著的《思维教学：培养聪明的学习者》一书中指出：教育的最重要目标就是引导学生的思维，这也是教育最令人欢欣的目标。斯滕伯格的思维三元理论表明：思维可以划分为三个层面，即分析性思维、创造性思维和实用性思维。[②] 教师在学科教学中有意识地培养学生的这三种思维模式无疑是"授人以渔"之举。

③全面设计课堂教学诸要素。课堂设计是个系统工程，需要教师通盘考虑并精心设计教学目标、教学内容、教学起点、教学环节、教学措施和教学评价手段等各要素，确保目标明确、内容适量、起点适中、环节流畅、措施得当和评价多元。只有在设计中通盘考虑课堂教学各要素才能做到上课时底气足、胆量大。

---

① 燕国材. 智力与学习[M]. 北京:教育科学出版社, 1982: 104-113.

② 斯滕伯格(Sternberg, R. J.)，史渥林(Swerling, L.S.). 思维教学：培养聪明的学习者[M].赵海燕，译. 北京: 中国轻工业出版社, 2011: 9.

二、课堂教学心理引领、灵活机智

在动态多变的课堂中实施预设的教学设计需要教师灵活应对。为了学生顺利进行所学内容的输入与输出，为了课堂呈现力求“凤头、猪肚、豹尾”之效，教师必须把握学生的课堂学习心理，运用心理效应，在精心设计的基础上机智教学。

（一）运用首因效应和近因效应开好头、结好尾

好的开头能快速将学生的注意力转移到课堂学习上来；好的结尾能使学生在集中的注意力中期待后续的教学活动。“凤头豹尾”之效的取得与首因效应和近因效应有关。

首因效应，是指第一次接触陌生人或事物形成的印象对人们后来的认识起到了先入为主的作用。这种印象不易改变，甚至会左右对后来获得的新信息的解释。美国心理学家卢钦斯证明，首因效应在印象形成过程中有着举足轻重的作用。近因效应，指的是这样的现象：总体印象形成的过程中，新近获得的信息比原来获得的信息影响更大。[①]根据首因效应和近因效应，课堂教学中要做到：

1. 巧导入

导入承担着吸引学生注意力、激发学生学习动机、复习相关旧知识、指明教学目标、酝酿情绪、渲染气氛等作用，直接影响着课堂教学的质量。[②] 在常规的导入方式中突出以下要素能起到引人入胜之效。

①利用已知制造悬念。悬念是指对学习对象感到困惑不解或疑问重重而产生的急切的心理状态。巴甫洛夫曾指出，任何一个新的问题的解决都是利用主体经验中已有的旧工具实现的。任何新知识都是从旧知识中发展而来的，教师要善于在新旧知识衔接处设置启发性的疑问，形成悬念，引起好奇，趣化教学和定向思维。

②利用情境启迪思维。借助实物、挂图、表情、板书关键性词语和电化教学手段等创设教学情境，在直观形象中开启学生的思考，引发学生的

① 刘儒德. 教育中的心理效应[M]. 上海: 华东师范大学出版社, 2005: 17-19.
② 张铁. 教学原理与设计[M]. 北京: 化学工业出版社, 2005:138-139.

求知。创设情境的基本原则有:[1]贴切性、针对性、启发性、挑战性、情感性、趣味性、简明性、实效性、新颖性、实际性、渐进性、化归性、开放性和发散性等。

③利用标题激发质疑。文章的标题是内容的凝练,教师从标题的结构入手引导学生质疑,猜想其内容要点,能有效激发学生的学习动机。

④利用设难导出目标。教师有意设难吸引学生的注意力,在挑战学生现有的知识和能力中展示教学目标,能起到深化目标、激发学习热情的作用。

这样的导入能在满足学生的情感需求和学习需要的同时活跃学生的思维,激发学生的学习欲望。

2. 妙结尾

结课的形式可以是首尾呼应,例如对课始提出的问题的解答;可以是提炼要点,表现在知识、技能、学法等方面;可以是升华主题,突出对学生的情感态度价值观的引领。总之,教师要策略性结课,做到声情并茂,干净利索,语言简练,达到深化印象、拓展思维、促进发展之效。

(二)运用系列位置效应科学安排学习材料

系列位置效应反映出记忆的“系列位置曲线(一个U形的曲线)”。这一效应表明,如果学习材料中各部分的位置不同,学习效果就不同。比如,识记一篇文章,开头部分和结尾部分的识记效果就比中间部分要好。[2]根据系列位置效应,课堂教学中要做到:

①把最重要的信息安排在开头时段。课堂组织教学和复习导入阶段时间不宜长,否则错过注意的“黄金时段”,新课要点的教学效果会大打折扣。

②教学环节中单个板块时间不宜过长,否则其中间内容就会相对增多,因而受到倒摄抑制和前摄抑制的内容就会增加,自然导致学习效果的降低。

③充分利用时段的结尾进行重要的信息的输入。要提高课堂小环节

① 党宇飞,周文涛. 中学教师语言与行为艺术[M]. 武汉: 湖北教育出版社, 2008:178-183.

② 刘儒德. 教育中的心理效应[M]. 上海: 华东师范大学出版社, 2005: 4.

的结尾和下课前时间的“含金量”,不能在松散中度过。

④科学指导学生的限时记忆。学科教学中,不乏需要学生记忆的内容。在学法指导中,教师要提醒学生变换“开头”和“结尾”的记忆内容,以便增强学生对识记内容的记忆效果。

(三)运用编码特异性原则优化知识的输入和提取情境

记忆痕迹有三个主要阶段:编码、储存和恢复。“编码”是指记忆痕迹的形成或获得,即把信息投入记忆;“储存”是指当时未被利用的编码信息的保留或保持;“恢复”是指重现和最后的保持间距的信息利用。[①] 编码特异性原则表明,当回忆时的背景与识记时的背景相匹配时,记忆的效果最好。根据编码特异性原则,课堂教学中要做到:

①教师在新课内容展示时要充分利用学生所熟悉的生活画面,贴近学生的生活实际,以便他们在课外相似的情境中能有效地回忆起教师课堂中的话语。

②教师在新课内容展示时要尽可能利用学生所熟悉的社会场景,贴近社会现实,以便他们置身在相似的情境中能有效地回忆起教师课堂中的话语。

③教师要丰富新课呈现的方式,以便学生在回忆教师课堂话语时能借助更多的记忆工具。

④教师要提高新课呈现的直观形象性,以便学生回忆时在想象中能很快搜寻到相似情景。

(四)运用注意规律提高学生的课堂注意力

注意是人的心理活动对外界一定事物的指向和集中。它分为无意注意、有意注意和有意后注意。无意注意指没有预定目的,也不需要做意志努力的注意;有意注意指有预定的目的,在必要时还需做一定意志努力的注意;有意后注意指事前有预定目的,不需意志努力的注意。利用注意规律组织教学时应做到:

① 道格拉斯 L. 欣茨曼. 学习与记忆心理学[M]. 韩进之,李月明,韩耀辉,等译. 沈阳: 辽宁科学技术出版社,1987: 294.

①运用无意注意和有意注意的相互转化延长学生课堂上的注意时间。只靠有意注意而没有直接兴趣的学习难以持久；单纯依靠无意注意进行学习也是行不通的。有效的课堂教学应是促使无意注意和有意注意的交替进行。一节课之始，应组织学生的有意注意；一旦注意稳定后，教师就应设法趣化教学促使学生对课堂所学产生兴趣，从而引起无意注意；在呈现教学目标、课堂重难点时，要强化有意注意；在突出重点、化解难点、落实教学目标的过程中，教师要运用多样的教学手段吸引学生的无意注意。这样就能避免学生因疲劳而出现的“听课走神”现象。

②努力把学生的注意引入并保持在有意后注意层面。这是需要高超的教学技能才能达到的教学境界。学习目的性强、成绩好、意志品质优秀的学生容易进入有意后注意的状态。

总之，在课堂教学中，组织好学生的注意是教学成功的一个重要条件。夸美纽斯说：“教学的艺术光亮是注意。”教师要运用有效方法组织学生的注意，利用注意的灵活性和稳定性搞好课堂教学，不仅要唤起学生的注意，而且要保持他们注意的稳定性，使他们真正成为课堂教学的主体。

三、学生课堂活动形式多样、讲究实效

目前，学生课堂活动设计存在重形式、轻实效的现象，导致教学效果远离预设的目标。因此，重视学生课堂活动的实效具有重大的意义。

学生是活动的主人，教师是活动的组织者、引导者与合作者。在组织学生课堂活动时，教师要发挥好自己角色的功能，应该注意以下几点。

（一）明确课堂活动的要求

开展活动前，教师要让学生明白活动的目的、任务、程序、时限和纪律。

（二）定位学生课堂活动的基础

学生课堂活动的设计依据有两方面：当堂所学内容，学生的认知发展水平和已有的知识经验。把握前者不难，掌握后者却不易。这就要求教师准确了解学生的认知发展水平和知识经验。过高地估计学生的能力，

设计出的活动就会超越学生的“最近发展区”，学生会“听”而生畏，必然导致活动受阻；反之，会降低活动的吸引力，同样不能引起学生的兴趣。

（三）做好活动的演示

较复杂的活动只凭语言叙述是不行的，教师要请班级优等生配合做好活动的演示，以增强活动的直观效果，调动学生的积极性。

（四）保持学生活动的层次性

因学生的个性和能力的差异，课堂活动的设计要有明显的层次性。活动的层次性有利于学生对号入座，进行自主选择。

（五）调动学生活动前的情绪

情绪具有信号功能，情绪的流露能传递思想和意图，集体中存在情绪的相互感染。活动前，教师应帮助学生营造活动氛围，必要的煽情能起到良好的效果。在激昂的情绪中竞赛活动绝不会出现冷场现象。

（六）丰富活动的形式

单一的课堂活动易使学生产生单调乏味感，不能满足学生特长的需求和课堂交往的需要。丰富活动的形式能促使学生多方位的发展。

四、CAI课件制作合理、运用得当

CAI是Computer Aided Information（计算机辅助教学）的缩写，既然是辅助教学，那只能是教学的辅助手段，不能是课堂教学的主导。教师不能过分依赖现代教育技术，而要充分发挥自己的教学艺术。只有现代教育技术为教学艺术服务，才能取发挥锦上添花的效果，也才能真正体现教育技术的价值。

《国家中长期教育改革和发展规划纲要（2010–2020年）》指出：到2020年，基本建成覆盖城乡各级各类学校的教育信息化体系，促进教育内容、教育手段和方法现代化。随着网络应用的发展，作为电化教学主要形式之一的计算机辅助教学越发受到广大教师的重视。

（一）CAI课件制作应满足“五性”要求

“五性”指的是直观性、实用性、动态性、智能性和辅助性。

①直观性。直观性表现在画面的形象逼真、生动有趣，文字的高度概括。

②实用性。要以服务教学为宗旨，以突出重难点为根本。课件应做到信息量大，调动灵活，设计精巧，具有艺术性，对教学起到恰当的辅助作用，以产生最佳效益。

③动态性。根据教学的需要，以呈现交际情景为主，应尽量设计动态画面。

④智能性。为使知识化难为易，对一些较为抽象的教学内容，学生在现实生活中难以看到的现象，应以模拟现实的方法，把描述与讲解融于动画之中，帮助学生运用直观思维加深理解，由形象思维逐步发展至抽象思维。

⑤辅助性。CAI课件表达能力强，能弥补传统教学和常规教学辅助手段的不足，但它仍然只是教学的辅助手段。课件不应包括整个教学过程的讲解、描述，不能取代教师的指导作用。CAI课件也根本无法代替师生之间的情感交流，教学过程中学生仍然需要得到教师更多的关怀与鼓励。[①]

（二）CAI课件操作要避免噪音的产生

CAI课件制作时不应设置按钮点击音，以免操作时产生噪音干扰，导致学生注意力的分散。

课件的运用应注意以下两个方面：

①运用要及时，避免出现过分前置或后置现象。否则，会给学生造成思维上的脱节。

②不能替代板书。板书的直观展示课题、教学重难点和高度概括、启发思维的教学流程的功能是CAI课件无法替代的。

---

① 安徽省中小学教师继续教育丛书编委会. 英语课堂教学技能训练[M]. 合肥: 安徽教育出版社,2000:190.

五、课外作业布置分层进行、协商控量

作业是提供学生运用已掌握的基础知识和基本技能进行实践活动的重要途径,也是教师了解学情,检查教学效果,以便进行教学调整,优化教学的有力手段。课外作业是课堂教学的课外延伸,是教师在反思教学活动基础上提炼出的一节课的精髓,旨在帮助学生巩固与拓展课堂学习所得。过多的课外作业会降低学生学习的主动性和积极性,更为严重的是会泯灭学生的创造性;"一刀切"的作业无法兼顾学优生、中等生和学困生的能力水平和个性差异,不利于学生的发展。因此,教师必须精心设计作业内容,创新作业形式,发挥课外作业在培养学生自觉性、避免为了应付检查而做作业现象中的作用。

作业布置的层次性包括以学校内年级为单位的层次差异、以年级中班类为单位的层次差异和以班级内学生学业水平高低为参照的层次差异。作业布置的层次性还可指指令性作业和指导性作业的层次差异。

协商控量指通过领导与教师、教师与教师、教师与学生等层面的讨论和协商达到作业量的控制,实现减负增效的目标。

"学生做啥作业老师先协商"① 一文报道了济南外国语学校减负增效的"绝招":该校建立了学生作业均衡协调减负增效的机制。学校为每个学生配发统一的作业夹,所有作业统一用A4纸印刷,以统一纸张、统一板式的活页作业,取代原有的教辅用书和名目繁多的作业本,学生每天每科作业不超过30分钟。实践证明,这一举措很好地解决了学生作业"类杂、量多、低效"的问题,取得了良好的效果。

(一)学生课后书面作业的布置

作为高中起始年级的学生,就英语课后书面作业而言,每周全班可以做一次集体上交的书面作业,这是指令性任务,每位学生必须不折不扣地完成,而且这样的作业必须是在认真做、反复改的基础上才上交的,师改是在学生自改或互改的基础上进行的。同时,教师应给学生布置指导性任务——在阅读中积累好的表达方式。这里的表达方式包括单词、词组、

① 学生做啥作业老师先协商[N]. 中国教育报, 2012-3-29.

句子、段落乃至整篇文章。教学实践表明，学生在学习中整体输入句子和段落时，效果会更好。从句中可以积累语法规则，通过句子可以记忆单词、词组。“句型可以说是语法的克星，学生不断地识记各种句子成分、接触各种句型，其语法概念就会日渐清楚，语言表达能力也会逐步提高。”①这些句子和段落学生可以从学过的课文中查找，也可从课外阅读中收集。

其实，各年级的每门课的课后作业都可分成指令性任务和指导性任务。需要教师探索与研究的是如何根据学生的心理特征、年级要求和学科特点合理安排这两项任务以及如何创新任务的形式。

(二)作业的分层布置

分层布置作业关键要把握好分层目标的制定，分层目标的制定既要考虑到学生的层次性又要根据教材的内容。在确保总目标一致的前提下，细化目标达成的步骤，将每一步骤中需要学生做的事进行难易分层，然后针对学生的实际落实作业任务。以牛津高中英语模块五第二单元第一课时课外预习作业的布置为例。该单元话题为“The environment(环境)”，因此课外预习作业应紧扣环境的现状展开。学困生、中等生和学优生的预习任务安排如下：

①学困生搜集与环境有关的英语单词若干个，并努力掌握这些单词的基本用法。

②中等生用若干个独立的句子描述身边存在的环境问题。

③学优生准备3分钟的发言，简析现存环境问题的原因并阐明环保措施。

在检查预习任务完成的情况时，教师按照从易到难的顺序分层进行。首先，请学困生将自己搜集的重点单词板书在黑板上；其次，让中等生口述准备好的单句，并鼓励他们用学困生写在黑板上的单词临场造句；最后，由学优生进行3分钟的演讲。这时，听讲的师生不难发现语言能力强的学优生进行有准备的演讲时，会巧用前面两类学生的思维成果进行即兴发挥。这样的预习作业的落实和检查方式无疑为进一步学习单元内容起到了良好的铺垫作用。

---

① 吴莉萍. 中学英语作业的布置与评价初探[J]. 中小学英语教学与研究, 2007(3): 52.

作业布置的协商控量需要学校建立相关的统一管理机制，由专门的机构牵头，组织有关人员对各科的课外作业量进行科学的评定，并由教研组与年级组落实执行。

在分层布置作业时，教师必须充分地了解学生，努力做到为每一层次学生布置的作业都靠近他们的最近的发展区。

六、作业批改创新形式、多管齐下

作业批改是教学过程的有机组成部分，它是教师验证教学效果，反思教学问题所在的重要手段，也是改进教学方法的依据。批改作业必须讲究科学性、目的性、及时性、实效性、激励性和多元性。教师们经常抱怨：批改的作业量太大，没时间细改详批。事实上，作业批改不是教师的“专利”，教师们应开动脑筋，创新作业批改形式，实施“多管齐下”。

(一)少收精改

与其“将作业收上来胡差事似地批改”，不如“少收精改”。这里的“少收”有三层含义：减少上交作业的学生数；减少书面作业的上交次数；减少上交作业的量。

减少上交作业的学生数，指的是并非每次书面作业都全交，而是根据作业批改的目的有计划地采取全交、轮交、重点上交和个别抽查的作业检查方式。作业批改旨在了解全班同学对所学内容掌握的情况时，必须采取全交全改的形式；作业批改旨在了解学生对要点内容的理解可能存在何种欠缺时，可采取轮交的形式；作业批改旨在了解某些具有认知或态度缺陷的对象对要点内容的理解的情况时，须采取重点上交的形式；作业批改旨在了解特定个体对特定要点理解的情况时，得采取个别抽查的形式，必要时有针对性地进行面批。同时，学生的作业应有多种形式，不能局限于书面形式。例如，像英语、语文等语言学科的作业除了“写”的形式外，应兼顾“听”、“说”和“读”的形式。

(二)过程性评价与结果性评价相结合

书面作业的评价也需要过程性评价与结果性评价相结合的评价体

系:既关注结果,又关注过程。并非老师布置的作业都要上交。如果上交旨在批改的作业具有结果性评价性质的话,那么在此评价之前应有适量的旨在巩固知识、训练技能的自主练习或指导性练习阶段,这一阶段作业的评价主体可以是教师、家长、学生本人或其他同学。

以上过程性评价采取目标与过程并重的价值取向,对学习的动机效果、过程以及与学习密切相关的非智力因素进行全面的评价。过程性评价主张内外结合的、开放的评价方式,主张评价过程与教学过程的交叉和融合,评价主体与客体的互动和整合。过程性的功能包括对学生的学习质量水平做出判断,肯定成绩,找出问题;促进学生对学习的过程进行积极的反思,从而更好地把握学习方式方法;理解和掌握评价的方法,作为与终身学习相呼应的一个方面,实现终身的可持续发展。[①]

(三)上交作业的评价

批改的作业究竟应该谁改,以什么方式改?谁改受益面更广?怎样改更有效?这也是值得广大教师深入研究的课题。

①教师可以组织相关学科成绩较好的学生组成作业评价小组,制定并共同学习评价细则。由课代表担任组长,负责召集评价小组成员轮流参评并将评价中遇到的问题反馈给科任老师,最后由老师把好评价关。显然,这样的评价方式可使学生更受益。因此,学生作业的评价应该改变传统的单一主体(教师)的评价形式,实现包括教师、学生及其家长在内的多元主体评价。

②教师应有选择性地重点纠错,同时留给学生改错的空间。另外,作业批改应承载激励学生的功能。教师要用欣赏的眼光看待学生的每一份作业,即便是做得很糟糕的,只要教师正视学生的差异性就能理性地对待质量不同的待批作业。以学生现有的知识基础和能力水平作为批改评价的依据,抓住作业中的闪光点,策略性地进行褒扬和鞭策。久而久之,学生就会在教师的作业批改中收获乐观、自信以及积极进取的人生态度。

---

① http://club.topsage.com/thread-1364426-1-1.html.2010-4-27.

(四)评价后的反思

作业一经评价,各授课教师应指导学生进行多角度的反思。反思自我学习中的缺陷,反思导致欠缺的原因,反思弥补漏洞的方式,反思日后学习中防范的措施以及反思举一反三的方法。在学生反思的基础上,每周要安排一定的课堂时间向学生反馈全班指令性作业和指导性作业做的总体情况,以及过程性评价和结果性评价中所发现的问题,及时予以方法指导,必要时安排适量的类似练习以巩固所学。学生每次拿到批改过的作业本及时做好两件事,一是纠正练习中所犯的错误,二是书写作业反思。作业反思包括所犯错误的类型、原因和避免再犯类似错误的措施。实践证明,这一举措能有效地提高全体学生知识和能力水平。

总之,作业批改是提高教学质量的重要环节。教师重视批改作业,学生就会重视完成作业;教师创新批改形式,学生就会得到更多的参与机会;教师善于发挥作业批语的情感魅力,学生就会获得更高层次的人格尊重和积极的情感体验;教师要求进行评价后的反思,学生就会收获更多的思维成果。

七、课堂纪律管理目标定位、刚柔相济

课堂纪律是指为了维持正常的教学秩序,协调学生行为,不干扰教师上课,保证课堂目标的实现而制定的要求学生共同遵守的课堂行为规范。制定纪律的目的是为了培植和形成学生对规则的认同感,是为了培植和形成学生对集体的归属感,是为了使课堂变成安全、有序的场所,是为了给学生带来真正的快乐和自由。[①] 纪律管理是课堂管理的重要组成部分,成功的纪律管理能保证课堂教学的正常进行。

(一)课堂纪律管理目标的制定

明确的目标能起到很好的指向作用,只有当学生明确了目标,才有可能把握前进的方向并用目标来指导和控制自己的行为。良好的行为目标制定的前提是为了学生的发展,“一切为了学生,为了一切学生,为了学生

① 钱卫民.这样做在学生中最有威信[M].长春:吉林大学出版社,2010:237-238.

的一切”。

课堂纪律管理目标常以课堂管理规则形式体现出来。规则的制定要注意以下几点。

①要符合学生的年龄特征和心理特征。不同年龄段的学生具有不同的心理特征,在制定课堂管理规则前教师要充分把握所教学生的心理特征。

②要符合学科特点。不同的学科有不同的思维特质,物理、化学和生物是实验科学,语文、英语和艺术是情感体验和表达,数学、哲学是推理。因此,对学生的课堂认知活动有着不同的要求,学生的语言和行为自然存在差异,所以在课堂管理规则的制定中应体现不同学科的差异性。

③要符合课堂教学的实际。不同年级、不同学科、不同教师的课堂教学中,同年级、不同学科、不同教师的课堂教学中,同年级、同学科、不同教师的课堂教学中,同年级、同学科、同一教师在不同班级的课堂教学中,学生的课堂表现都存在着很大的差异性。因此,课堂管理规则的制定应结合具体的课堂教学实际。

④制定应及时。基于“先入为主”的效应,教师应抓住“初始”机会与学生共建课堂纪律管理目标。例如,每个学段之初,中途接班之始。这样有助于加速管理制度的固化进程和缩短教学活动步入常态的时耗。

⑤由师生共同制定。教师要充分发挥学生的主人翁精神,引导学生参与课堂管理规则的制定。实践证明,经过学生集体讨论而形成的课堂管理规则容易被接受和遵守。

⑥可读性强、可操作性高。成文的课堂管理规则应是:简洁明了、合理可行。复杂冗长的内容缺乏吸引力,不易记忆;脱离教况学情实际的要求只能是纸上谈兵,不利操作。

(二)课堂纪律管理目标的达成

实践中发现,有的教师过高估计静态规则的作用,以为“政策出台”就“万事大吉”。其实不然,发挥静态的课堂管理规则的课堂约束作用比规则的制定要难得多。规则的执行是一项充满挑战的工作。以下几点值得我们注意。

1. 课堂纪律管理规则的执行方式要符合学生品德发展的规律

学生是否愿意遵守课堂纪律与他们的品德素养有关。因此,课堂管理规则的执行者要了解学生品德发展的状况。美国当代教育心理学家、发展心理学家科尔伯格提出品德发展的三种水平六个阶段模式。他的道德发展理论(Kohlberg's Theory of Moral Development)表明,人的品德发展可分为三种水平,每种水平各有两个阶段。①

①前习俗水平(0—9岁)。这一水平的主要特征是,儿童的道德观念是纯外在的,儿童是为了免受惩罚或获得奖励而顺从权威人物规定的行为准则。分为两个阶段:第一阶段,以惩罚与服从为准则;第二阶段,以行为的功用和相互满足需要为准则。

②习俗水平(9—15岁)。这一水平的主要特点是儿童为了得到赞赏、表扬或维护社会秩序而服从各种准则。包括两个阶段:第三阶段,以人际和谐为准则,又称为"好孩子"取向;第四阶段以权威和维持社会现有秩序为准则。

③后习俗水平(15岁以后),又称原则水平。这一水平上的人们表现出个人的义务感、责任感。由两个阶段组成:第五阶段,以社会契约和法律为准则;第六阶段,以普遍的道德原则和良心为准则。

基于品德发展的"三水平六阶段"特征,教师在要求不同水平和阶段的学生遵守课堂管理规则时必须采取不同的方式方法和技巧,巧用他们阶段性的品德优势进行有效教育,"投其所好"势必"高效"。

2. 课堂纪律管理规则的执行要刚柔相济

规则的执行要有力度的保障。执行的力度往往决定着规则的有效期。一是在规则出台之始。凡是新规则的落实都有固化的过程。为了使规则尽快转化成学生的行为准则,一开始必须有严厉的监督措施,使学生能深刻地意识到必须遵守新的规则并能自觉地维护规则。否则,新规则就会形同虚设。二是面对严重的违纪行为。教师必须明白:学生这种严重的违纪行为实际是在考验老师的课堂驾驭能力,处理得不妥会助长违纪者再次犯同样的错误,也会给其他学生以消极的心理暗示。因此,学生

① 国务院学位委员会办公室. 同等学力人员申请硕士学位教育学学科综合水平全国统一考试大纲及指南[M]. 北京:高等教育出版社,2005:395-397.

在课堂上出现严重的违纪行为时,科任教师必须当机立断、严加管教,不能优柔寡断、无原则地迁就,这也会对其他同学起到有效的警示作用。否则,教师留给学生的印象不是"人文关怀"而是"懦弱可欺"。在我们国家目前这种大班教学中,"铁的纪律"是不可或缺的。

规则的执行离不开"柔性教育"。课堂纪律管理的目的是为了促使学生更好的发展。学生是人,学生是发展中的人,学生是一个完整的人,学生是以学习为主要任务的人。因此,教师在执行管理规则时必须以人为本,尊重学生的人格,维护学生的尊严。

(1)采取有效的预防措施,防患于未然

这就要求在课堂教学的同时,教师要有敏锐的洞察力和高度的预见性,及时运用恰当的手段把学生的不良行为消灭在萌芽状态。教师可以灵活运用眼神、手势、靠近等无声方式或进行教学提问、布置课堂任务等有声方式,使学生觉察老师的暗示力量。掌握"80-15-5"效应能有效提高教师对课堂违纪学生的预见性。克文和门德勒(Curwin & Mendler, 1988)在大量的课堂观察中,发现了一个有趣的现象,即典型课堂中的80-15-5比例。在典型的课堂中一般有三类学生:80%的学生已经发展起了适合的课堂行为,很少违反规则,教师的课堂结构和程序只需要保护和支持这些学生的求知欲;少数学生(15%)会周期性地违反规则,他们并不无条件地接受课堂规则,他们有时会与这些规矩作对,教师需要建立一个课堂结构和程序来限制他们的捣乱行为,使他们重新关注正确的学校行为;最后,5%的学生是长期的规则违反者,这些学生需要额外的支持和帮助。优秀课堂管理者的诀窍是,要控制不让那15%的学生对课堂学习环境产生副作用,维持那80%准备学习的学生的兴趣,同时又不把那5%的学生逼上绝境。否则,同学的注意力都会被他们吸引过去,引起课堂的混乱,教学难以继续。[①]

课堂管理中,要做到"预防为主"、"干预有方"。教育教学实践表明,课堂问题行为的"预防"形式多样。

①良好的师生关系可达到课堂纪律不用管的效应。教师平日对学生的关爱和尊重会形成积极的情感反馈。学生会因为自己课堂的不慎而产

① 刘儒德. 教育中的心理效应[M]. 上海: 华东师范大学出版社, 2005: 225-226.

生对老师的负疚感，从而形成严格的自律。因此，教师要善于走进学生的情感世界，关心爱护他们，满足他们合理的情感需要，建立和谐的师生关系。

②优质的课堂教学能起到构建和谐课堂的作用。优质课的魅力能抓住学生的注意力，激发学生的兴趣，促使学生自觉参与到课堂活动中，因而无心顾及杂念和违规行为。教师自信的神态、奔放的热情、生动的语言、得体的教态、美观的板书、多变的教学节奏和扣人心弦的课堂表现，学生听课时的专注、活动时的投入以及师生间课堂上的默契能形成强大的动力，促使课堂教学高质、高效，这是对课堂问题行为的最高级的预防。因此，教师要苦练教学基本功，努力提升教育教学水平，以打造和谐的课堂为目标。

(2)把握好"刚"的度

教师在严厉批评学生的时候不能失去"理智"，不能侮辱学生的人格。课堂纪律管理需要惩罚，但不可迷信惩罚，惩罚要避免主观随意性，也要避免完全"公事公办"，惩罚需要"冷冰冰"，也需要人情味。①

责罚违纪学生时，不能连累其他同学，要避免微波效应。微波效应指教师责罚某一学生后，对班级中其他学生所产生的负面影响，非但不能使犯错误的学生受到教育，反而会引起其他同学对这个同学的同情，甚至对教师产生反感。②

(3)用真情打动学生的灵魂

教师应明白：学生是人，是需要尊重的人。美国著名作家爱默森说过："教育成功的秘诀在于尊重学生。"平日里，教师要了解学生的合理需求并设法满足他们的需求。"当学生有出格行为的时候，往往就是他们发出信号寻求帮助的时候，我们直接满足他们的需求，专门为他们提供解决的办法，这样就给他们创造了机会，使他们实现真正长效的转变。"③要改变传统的师生观，构建积极的师生关系。史密斯曾指出，"积极的师生关

① 王晓春. 课堂管理，会者不难[M]. 北京：中国轻工业出版社，2010:131.

② 国务院学位委员会办公室. 同等学力人员申请硕士学位教育学学科综合水平全国统一考试大纲及指南[M]. 北京：高等教育出版社，2005:370.

③ 史密斯(Smith, R.).破解优质教学的课堂管理之谜[M]. 郑丹丹，译. 北京：中国轻工业出版社，2010:194.

系往往最有助于消除学生长期的不恰当行为。”要满足学生的情感、动机需求，建立积极的课堂环境。在以下条件下，学生能自我调节其行为：教师尽力建立一种积极的课堂环境；教师和其他教职员工能反省传统的纪律思想，并给予学生对自己负责的机会；教师和学校愿意多花时间，以引导学生管理自己的行为。[①] 因此，教师要努力创造这些条件以激发学生守纪的自觉性。学生主动的自我约束是课堂纪律管理规则的落到实处的最佳方式，是真正意义上的教育成果。苏霍姆林斯基曾指出：“只有能够激发学生去进行自我教育的教育，才是真正的教育。”[②]

(4)要关注学生的差异性

教师执行课堂纪律管理规则时不能忽视违纪学生的个性差异。应区别对待性格内向与外向的学生、胆小怕事与胆大妄为的学生、自卑心理严重和自信心十足的学生。总之，要慎重对待心理弱势的违纪学生以防不测。

思考题

1. 作为教师，您认为教师的教学能力包括哪些方面。

2. 试从您的教学经历分析教师的教学能力与学生知识掌握的关系。

① 里德利(Ridley,D.S)，沃尔瑟(Walther,B.).自主课堂：积极的课堂环境的作用[M].沈湘秦，译.北京：中国轻工业出版社，2008:139.

② 苏霍姆林斯基.给教师的建议[M].杜殿坤，译.北京：教育科学出版社，1984:341.

第五章　优秀教师的基本功之五：合理的班级组织和课堂控制能力

“当今世界正处在大发展大变革大调整时期。世界多极化、经济全球化深入发展，科技进步日新月异，人才竞争日趋激烈。我国正处在改革发展的关键阶段，经济建设、政治建设、文化建设、社会建设以及生态文明建设全面推进，工业化、信息化、城镇化、市场化、国际化深入发展，人口、资源、环境压力日益加大，经济发展方式加快转变，都凸显了提高国民素质、培养创新人才的重要性和紧迫性。中国未来发展、中华民族伟大复兴，关键靠人才，基础在教育。”[①]教育是民族振兴的基石，要振兴教育首先要振兴基础教育，中小学教育要担负起历史重任，离不开学校管理的改革与创新。班级是学校的基层组织，是一个小社会，是学生接受教育的主要场所。合理的班级组织和课堂控制能力在学校教学中占有重要地位，有助于良好学习环境和学习条件的创建，是教学任务得以顺利进行的重要前提。

第一节　合理的班级组织能力

班级组织是班主任按照一定的原则和要求，采取适当的方法，为实现班集体共同目标，不断进行调整和协调的综合性活动；是对学生的思想、品德、学习、劳动、课外活动等各项工作的管理教育的活动。组织管理是班级管理的一个重要方面，是学校内部的基层管理，其目标在于把一个随机的学生群体，逐步建设成为一个目标明确、机构健全、规范有序、有凝聚力的班集体。班级不等同于班集体，班集体是班级发展的高级形态。从班级的组成到班集体的形成有一个过程，在此过程中，班主任的组织管理

① 国家中长期教育改革和发展规划纲要(2010—2020年)[M].北京：人民出版社，2010.

至关重要。学校管理活动的开展,要靠班级组织来落实;学校工作计划的实施,要靠班级组织来贯彻。因此,要管理好学校,必须首先管理好班级。班级组织管理有教师管理、民主管理、自主管理三个层次,使学生达到自主管理是班级管理的最高层次。作为班主任必须树立以人为本,以人的发展为本的观念,给学生开辟自主的空间,从而产生自主管理的愿望和主动参与的积极性,体现出班级组织管理的效果。

一、班级组织的概念界定

对班级组织概念的界定是研究合理班级组织能力展开的首要"规范"。

(一)班 级

班级是随着班级授课制的出现而产生的。班级是学校教育活动的基本单位。[①]班,是同一年龄段、发展水平相当的一群学生根据学校的安排固定地聚集在一起;级,是相互联系的不同群体的级别或层次。班级主要是指在学校中,由一群目标一致、成员相对稳定、拥有健全组织机构,并共同接受一定的规章制度约束的分级别的学生所组成的教育教学和学校教育的基本单位。从班级的含义可以知道:一个班级的形成需要多种要素的共同作用,但要使得学生成为一群目标一致、成员相对稳定、拥有健全组织机构又同时接受一定规章制度约束的整体却非一件易事。对于一个班级来说,从初建的松散群体发展成为巩固良好发展的班集体的过程中,需要班主任花费大量的时间和精力,即对班级进行组织管理。

(二)班级组织

通常班级组织包括两个含义:一是在班主任主导下的贯彻学校管理的活动,这是班级组织在校级行政层面上的意义,也是开展班级组织活动的外部支持与要求;二是班级组织是开展教育活动的保证,是开展班级活动的内在核心因素。这两个方面,一方面是管和督察,另一方面是教育。

由此,可以将班级组织概念界定如下:班级组织即是指班主任、任课教师、学生等与班级有关的人员共同处理班级事务,为了既定目标,在民

① 袁振国.当代教育学[M].北京:教育科学出版社,2004:300.

主协商的基础上,通过组织、沟通、协调、评价等手段,形成正确的集体舆论,建立完善的组织结构、合理的规章制度,提供良好的学习环境与条件,使学生主动、全面、个性化发展的一系列活动。

二、合理班级组织的原则

班级组织原则作为班级组织工作的基本要求和根本准则,既要吸收一般管理学中的一些最基本的原则,又要考虑班级组织本身的特点,反应班级组织工作的个性,尽可能将共性和个性结合起来,在个性中体现共性。学习和研究班级组织原则,不仅是班级组织工作的客观需要,也是作为一名优秀教师必备的基本功之一。

(一)方向性原则

方向性原则是指班级组织工作必须坚持正确的方向,用正确的思想引导学生。只有这样才能达到一定的目的,反之则会贻误工作。这是班级工作受社会政治、经济制约的客观规律的反映,也是我国社会主义教育的性质、目的、任务及其特点所决定的。

我们强调班级组织工作必须思想领先。所谓思想领先,是指在班级组织工作一开始就重视思想工作和思想政治教育,而且要贯穿于工作的全过程。要做到思想领先,既要用马列主义、毛泽东思想、邓小平理论去指导班级工作,去观察和分析各种现象,解决各种思想问题和实际问题,还要用正确的教育思想去教育和引导学生,要善于把正确的教育思想体现在班级的各项工作中。

我们也只有坚持和贯彻方向性原则,班级工作才能确立正确的目标,班级的各科任课教师和学生才有向心力、凝聚力。如果组织方向发生了偏差,它所造成的消极影响很难得到纠正。

(二)方法性原则

班级组织方法是实现班级工作目标,开展班级组织活动的具体手段和措施。班级组织方法的选择是否恰当、运用是否合适,直接影响班级组织活动的效果,并决定着班级组织活动的绩效。

行之有效的组织方法应遵循教育教学及学生身心发展的规律。主要包括:

①调查研究法。调查研究是一切领导和组织工作的前提。在班级组织中,不论是工作目标、任务的确定,还是教育方法的采用,都必须以调查研究为前提。调查是一种有目的的活动,要掌握班级全局情况,必须进行有明确目标的调查,并以此为依据去选择和确定调查对象;调查是一种研究性活动,需对调查得来的原始材料做分析研究,才能有助于指导工作,解决问题;调查还是一种经常性活动,班级工作要不间断地进行,要对某个问题做系统研究,把调查工作有计划地、经常地坚持下去。

②组织号召和组织推动的方法。这种方法是运用组织的力量向人们发出号召,并给予有效推动的组织方法。

③制度规范法。班级的各项规章制度必须符合教育和教学规律,符合学生的年龄特点,符合学校的实际情况。规章制度一经建立,必须坚决贯彻执行,使班内师生活动协调一致,高效能地进行工作和学习。

此外,随着社会的发展和时代的变化,社会对班级组织目标提出新的要求,班级组织对象在新形势下也产生了一些新的特点,为了使组织方法具有可行性,更好地发挥组织方法在组织活动中的作用,必然要求我们的组织方法具有一定的革新和创造性,否则,将会影响组织方法效能的发挥。

(三)民主性原则

民主性原则是将广大学生视为班级的主人,尊重他们参与各项管理的民主权利的管理原则。所谓民主性是指在班级管理中,把学生真正看作班级的主人和学习的主体,为学生创造民主参与的管理机制,让他们在工作和学习中感到自己是班级的主体,激发稳定、持久的自觉性,这样才有凝聚力,才能建立起良好的学风、班风。在班级管理中,学生既是管理的对象,也是管理的主体,班上的重大问题,应当通过会议、座谈会和各个组织系统的活动,让学生参与讨论,充分发挥民主,广泛听取意见,做到集思广益,工作上信任他们,生活上关心照顾他们,同时要充分发挥班级管理者的指导作用。

实行班级民主管理,还要正确处理民主和集中的辩证关系,管理者要防止"一言堂"、"家长制"和极端民主化,防止命令主义、主观武断,防止越俎代庖,缺乏主见等。既要依靠全体学生,又要发挥班级管理者的指导作用,以保证全体学生参与管理,把大家的智慧和才干集中起来,形成一股合力。

(四)个性化原则

所谓个性化原则,是指在管理活动中,不应对学生抱有先入为主的成见,从而把学生定型化,要正视学生的个别差异。因学生是具有个别差异的生命个体,他们因受到遗传、环境、教育、家庭等因素的影响体现出能力上、气质上和性格上的差异,要克服习惯于按统一的标准和尺度衡量学生,追求完全趋同、整齐划一的弊端,而应根据学生的各方面情况,采取不同的方法和手段,让学生充分发挥其特长和潜能。

人本主义认为,不仅每个人都有一定潜能,而且每个人的潜能是各具特色的。不论是发展的程度还是发展的方向均是如此。[①]正因为每个学生在实现自己的潜能方面,有着不同的发展速率和个性特征,所以,不存在任何时间对所有学生都适应的一成不变的要求、方式及课程程度、成就水平,必须提供形式广泛的活动,以适应学生的个性特征,让学生根据自己的发展状况和发展水平,积极参与班级活动和班级管理,从而不断取得进步。

(五)激励性原则

激励是指管理者针对下属需要采取外部诱因进行刺激,并使之内化为按照管理要求自觉行动的过程,旨在激发人的动机,使之产生一种内驱力,朝着管理者所期望的目标前进。它含有激发动机,形成动力的意思,能使人产生自觉行为,形成一种推动力、自动力。所谓全员激励,是指激励全班每个学生,充分发挥他们的智力、体力等各方面的潜能,实现个体的目标和班级总目标。

贯彻激励性原则。首先,要求班级管理者公正无私,一视同仁,用同样的情感和尺度对待每个学生。其次,要善于用适当的班级目标激励所

① 俞文钊. 管理心理学[M]. 2版.兰州:甘肃人民出版社,1989:250-254.

有成员。班级目标，是班级成员共同的期望、追求和达到的成果，它具有导向和激励作用。要引导全班学生积极主动地制订班级中期、近期、远期的努力目标，以及小组、个人目标。同时，还必须采取各种有效措施，使目标具体化并变为行动的过程。再次，要经常运用各种激励的教育方法。班级管理者可以采用情感激励、目标激励、参与激励和支持激励等手段，来充分调动学生的积极性，主动性和创造性，有效发挥学生在管理过程中的作用，从而求得学生更主动的更大的发展。最后，班级管理者在实施激励策略的过程中，应重视学生精神需要的满足，即重视学生的精神待遇。所谓精神待遇主要是指工作的胜任感、成熟感、责任感和被认可、受重视，以及个人的成长和发展等。

（六）协同性原则

班级的主要组织者是班主任，但是一个班级组织的如何，班主任不是唯一的决定因素。学校领导、各科任课教师、班干部、全班同学乃至家长、社会力量都是影响班级组织的重要因素，这就要求在班级管理中坚持协同性原则。所谓协同性原则就是调动一切相关力量共同参与管理，使管理工作趋于科学、完善。在班级组织中，学校领导、班主任、全体同学是当然的组织者，其他任课老师、学生家长及社会力量等就是必须争取的协同力量。

首先，需要任课教师的密切配合，形成一个团结一致的教师集体。没有良好的教师集体，就不能形成统一的教育力量，也就不可能把班级管理好；其次，要做好与团队和班委会的协调工作，团队和班委会是学生集体的核心，是班级管理者开展工作的依靠力量，要充分发挥他们在班级管理中的主动性、积极性和创造性；最后，要争取家庭和社会有关方面的配合。教师应经常同学生家长和学生所在的社区保持联系，主动了解学生在家里和社区的表现，主动向家长和社区反映学生的情况，反映班级和学校工作的要求，争取他们的支持配合。

在青少年成长的过程中，学校、社会和家庭所起的作用是不相同的，但是三者结合教育目标是具有同向性的，学校、社会和家庭的合作对促进学校良好的教风、学风和校风的形成有着不可忽视的作用。只有把学校、社会、家庭各方面教育统一起来,分工合作,密切配合,构建教育一体化网络,形成目标一致,功能互补的教育合力,才能取得最佳的教育效果。

三、班级组织的几种模式

(一)班级目标组织模式

目标管理最早是由管理学家德鲁克提出来的,这种组织方式强调自我、自控管理的重要性。目标管理也可以运用到班级组织中来,首先由班主任与学生共同制定班级的总体发展目标,然后逐步细化,分解成小组目标和个体目标,形成一个从班级总体目标到小组目标再到个体目标的目标体系。班级目标组织模式只要操作得当,对于推进班级组织活动、实现班级目标具有积极的意义。

(二)班级平行组织模式

班级平行组织模式是一种把集体和个人的管理结合起来的组织模式。这一组织模式来源于教育家马卡连柯的"平行影响"的教育思想,认为教师应该首先去影响整个班集体的氛围,然后去影响单个学生的发展,最后再通过整个班集体和教师的影响来促进学生的发展。

班级平行组织模式的顺利进行,一方面要发挥班集体的集体教育功能,使班集体具有一定的向心力和凝聚力,具有强大的教育功能;另一方面,班主任要通过转变个别学生来促进班集体的建设和发展。

(三)班级民主组织模式

班级民主组织模式是指班级所有成员在保证集体正常运转和承担责任的基础上,都民主、平等地参与各项班级事务的组织管理。

进行民主的班级组织主要要做好两项工作:一是要组织全班同学都平等地参与到班级的全程组织过程中,一起协商班级组织的计划、施行、监督、检查、总结等相关事项,班主任主要起引导和指导的作用;二是要在班主任的带动下,建立健全班级的民主组织管理制度,包括干部轮换制度、值日制度、评议制度等。

四、班级组织实施途径

(一)制定共同的奋斗目标

明确的共同奋斗目标是班级的发展方向,是班级向前发展的动力。奋斗目标的确定,可以使全班同学在认识上和行动上保持一致,形成强大的凝聚力。在确定奋斗目标时,班主任要结合本班的情况和特点,从实际出发,针对薄弱环节,提出适当的目标。制定目标要先易后难,先近后远,循序渐进,逐步提高,要与学生日常生活、学习和互动紧密联系。让学生在一个个成功的体验中,形成具有凝聚力的班集体。

(二)选拔和培养学生干部

学生干部是班主任的得力助手,他们的一言一行对班级的成员具有榜样和示范性作用。班主任要在民主选举的基础上,选取品学兼优、办事认真、乐于奉献、有一定组织能力、让其他学生信服的学生,根据他们的爱好和特长,让其在班级中担任一定的职位。班主任要对他们严格要求,充分支持,耐心引导,提高他们的管理能力。要在各项活动中充分发挥学生干部的主动性、积极性和创造性,发挥他们的带头、骨干和桥梁作用。另外,为了提高班级组织的参与度,要注意班委会的定期变动,这样能有效提高学生自主管理意识和积极性。

(三)建立严明的班级纪律

班级纪律是全体成员都必须遵循的秩序、规章和制度,是班级成员的行为准则。纪律对于维护和巩固班级、教育学生个人,都具有十分重要的意义。班级的纪律教育要具有引导和约束的作用,既要能引导学生向正确的方向发展,又要约束学生的言行,使其能够自觉地遵守。班主任要经常进行检查和督促,以使学生养成自觉遵守班级纪律的习惯和作风。同时要注意坚持公平原则,对班级的全体成员都应一视同仁,学生干部与普通学生一样,都要遵守班级规章。

（四）培养正确的集体舆论和良好的班风

正确的集体舆论和良好的班风有很高的德育价值，具有正确的集体舆论是良好班级组织的重要标志。正确的集体舆论和良好的班风一旦形成，对学习和生活在这个班级中的学生起着潜移默化的作用，有着强大的感染力。正确的集体舆论来自明确的是非观念，班主任在重大的、基本的人生价值观念、社会观念、道德观念上对学生要进行明确的教育，使他们懂得是非曲直。正确的集体舆论也来自集体中的活动准则，来自通过规章制度体现的各种要求，班级管理中的规章制度要健全，要明确具体，要深入学生的内心深处。正确的集体舆论来自学生对集体的责任感，来自他们敢于坚持真理的精神，来自对待批评与自我批评的正确态度。因此，要树立正确的集体舆论就必须培养学生正确的是非观念，树立正气、抵制歪风，学会正确开展批评和自我批评。

（五）开展丰富多彩的班级活动

班级活动是在班主任指导下，有目的、有计划地为实现班级教育目标而举行的各种教育、教学实践活动，是班集体形成、发展的基础和催化剂。班级活动的目的与学校的教育目标是一致的，都是为了促进学生德、智、体、美、劳等方面的全面发展，是实现学校教育目标的重要途径。班级活动能激发学生的工作责任感和集体主义精神，帮助学生学会正确处理人与人、个人与集体、小集体与大集体之间的关系。开展丰富多彩的班级活动是班主任对班级的学生进行集体教育和个别教育、培养学生素质基础的基本形式，也可以锻炼学生和学生干部，让他们在活动中寻找快乐、获得知识、提高个人多方面的能力。因此，班主任或任课教师应充分利用学校举办的艺术节、运动会、生产劳动和社会公益活动等，动员班级成员积极参与，在具体活动中感受集体凝聚力，培养学生责任感。

第二节　合理的课堂控制能力

课堂教学质量问题一直是教育工作者（包括教育理论工作者和教育

实践工作者）面临的难题。随着素质教育在我国基础教育领域的全面推进，如何上好一堂课，更成为一个严肃而迫切的现实问题。良好教学质量的获取涉及教育环境、教师素质、教学方法、教案设计、校园文化、家校合作等诸多因素。但就某个教师的具体实践工作而言，他们经常遇到一个与课堂教学效果的取得存在十分密切关系的问题，就是如何调控课程行为，维持课堂秩序，使教学进程得以顺利开展。因此，良好的课堂控制能力既是良好教学质量的保证，也是成为一名优秀教师必备的素质之一。

一、课堂控制的界定

美国社会学家罗斯（E.A.Ross）把控制放到社会这个大背景中来理解，站在社会心理学角度揭示了控制就是对于意志的、情感的、判断的“社会控制”①，也是一种有意识、有目的的社会统治。我国著名社会学家郑杭生教授认为，控制（Control）的概念，具有支配、调节、抑制、管理等含义，从其本意上讲是指人类对客观事物的运动过程及运动结果进行调节、引导和管理的行为过程，在这一过程中，充分体现了人类的主观能动性和创造性。②李诚忠等人从教育控制论的角度指出，控制是控制者作用于被控制者，使其改变或保持某种运动状态，以达到控制者的目的的运动过程。③

原杭州大学宋秋前对课堂控制作出界定，指出课堂控制的具体内涵，他认为：在课堂教学中，所谓“控制”，并非意指恢复旧式的纪律或把学生当成钟表机械地加以调整，而是意指富有组织和成效地管理一个课堂的过程，这种控制过程应包括两层含义。第一层含义，课堂控制是对学生行为的调整和组织，它既包括教师对学生行为的理解和控制，也包括学生自己对课堂行为的身体力行；第二层含义，课堂控制同时是教师认真检查师生关系中发生的实际情况，通过对问题行为性质的分析理解，调整教师自己对学生问题行为的反应方式。第二层含义的控制是为了更好地实现第一层含义的控制服务的。它们相互作用，共同构成了教师课堂控制

① 1901年，罗斯在他所发表的《社会控制》一书中首次提出了“社会控制”这一概念。

② 郑杭生. 社会学概论新修[M]. 北京：中国人民大学出版社，1994：435.

③ 李诚忠，王序荪. 教育控制论[M]. 长春：东北师范大学出版社，1986：3.

实践的双向机制。[①]

宋秋前的界定并没有揭示课堂教学对学生思维过程的控制。正如波多野谊余夫所说:教学的效果只是籍外显行为的变化来测量的,却抛弃了在行为背后起作用的某种过程的形成与控制。而形成并控制投入和产出之间的中间环节——思维过程,正是课堂教学过程中控制的目的。[②]而钟启泉教授则根据前苏联学者兰达等人关于"教育控制论"的见解,从课堂教学中学生思维过程的研究与控制出发,对课堂教学中的控制作出更为全面的界定,他认为课堂控制是"从有效控制的观点分析、评价教学过程,创造、开发出实现教学过程的各种条件、各种手段的种种尝试的总和。"[③]

综上所述,本文认为,课堂控制即通过采用控制和优化教学过程的手段,对课堂行为进行调整和组织,同时,对教学过程中教师讲授的速度、节奏以及段落衔接也要进行不断调控。既包括教师对师生关系的认识与反思、教师对学生课堂行为的理解,以及教师自身对学生反应方式的调整,也包括学生对教师课堂控制行为的理解,以及学生自身的课堂行为自我调控的实践。其目的在于为教学设计方案的顺利实施创造条件,为预定教学目标的达成提供保障,更为有效地施加教育影响。

二、教师课堂控制对象差异性

课堂教学过程就是师生互动的过程,控制者作用于被控制者,信息双向传输,即师生课堂交往的过程。教学效果良好的教师无疑会根据学生个别差异及其课堂反应来调整自己的课堂教学控制方式,学生对老师的反应方式随老师的课堂控制行为(即指令、建议和参与等)的变化而有所变化。成功的教学不仅依靠教师,而且也依赖学生。因此,提升教师课堂控制能力,就要了解课堂控制的对象差异性,并对其作出具体分析,从而为采用合理控制策略、优化课堂教学过程创造条件。

教师在课堂教学中的控制对象既指向班级群体,也指向学生个体。在实际课堂教学中,教师控制对象总存在一定差异,教师并不是给人人施

---

① 宋秋前. 试论课堂控制的基本策略[J]. 现代中小学教育,1996(4).

② 钟启泉. 苏联学者的"教育控制论"研究(上)[J]. 全球教育展望,1991(4).

③ 钟启泉. 苏联学者的"教育控制论"研究(上)[J]. 全球教育展望,1991(4).

加相同的控制。笔者从性别、成绩和职务三个维度对教师课堂控制对象的主要差异性进行分析。

(一)控制对象的性别差异

对于学生性别差异与学习动机的研究结果一直存在分歧，有学者认为女生学习成就动机明显比男生高；女生比男生更顺从老师、家长的管教与期望，再加上女生在生理和心理上早熟于男生，在学习中更易体现出积极的成就动机，持此观点的代表人物如大陆学者周国韬、台湾学者吴武典和陈李绸等；也有学者认为高年级男生比女生更易表现出强烈的成就动机，这种观点比较贴近事实，它考虑到男女生身心发展的阶段性差异；也有观点认为成就动机强度的性别差异并不显著，持此观点的代表人物如张兴贵和张春兴。事实上，性别差异对学习动机影响会随着年龄的提高而逐渐缩小，比如小学低年级女生多数比较温顺，成就动机比男生强，小学高年级时差距逐渐缩小。初中和高中课堂同样如此，男生的成就动机呈迅速上升趋势，而女生成就动机的上升速度与男生相比明显低于男生。尤其是在高一高二的课堂里，绝大多数男生势力明显增强，绝大多数女生势力相对明显减弱。但要特别指出的是在人文和自然学科的课堂情况性别不同也不尽相同。女生在英语、语文、政史地课堂中表现积极主动，而在理科课堂里表现得被动且成就动机相对较差；男生在理科课堂里和文科课堂里都积极主动，成就动机强。当然还要个别情况个别对待，在此仅探讨总体趋势发展状况。

(二)控制对象的成绩差异

教师课堂控制对象的成绩差异影响教师与其互动的频率，并因讲授学科性质的不同而表现不同。在人文各学科教学中，在对方法的提问、否定性评价等教学类型中，教师与成绩差的学生交流互动的人均次数多于成绩好的和中等的学生，并因知识类型的不同表现出显著差异，比如运用性强的活动如复述课文，以及理解性强的活动教师常常偏爱成绩好的学生，他们自己往往也表现出非常积极主动地参与和合作。成绩差一点的学生，往往解决陈述性知识的机会多一些。在理科各学科教学中，教师与成绩好的学生交流互动的人均次数比成绩中等和差的学生普遍多。而其他互动类型中,教师交流互动的对象没有显著的成绩差异。

(三)控制对象的职务差异

程晓樵等认为,学生在课堂中的交往行为因其职务不同而呈显著差异,担任班级干部的学生和群众学生都有一种自我角色期望,这种自我角色期望受其所在班级担任职务不同而不同,尤其是低年级同学,班级职务对其自身定位有重要影响。一般而言,学生干部因职责赋予其模范带头作用,对自身要求普遍较高,课堂自我监控能力也相对强于群众学生。在实际教学中,教师也往往倾向于对学生干部多作出肯定性评价,对群众学生的要求多带有指令性,所用的词语常常是"务必、一定、非不可、禁止等"。经常要求学生干部开放式回答老师的问题,有利于他们思考,学生干部参与课堂活动频率明显高于群众学生,而对群众学生要回答的问题常预设几个可供选择的简单答案。可见,受职务差异影响的自我角色期望决定着学生在班级中的活动方式,而且也直接影响学生在课堂中对教师行为的控制与反控制的行为,从而影响教师即时的课堂控制方式的应变。

三、增强教师课堂控制能力的措施

课堂控制指为顺利开展课堂活动进行的计划、组织、控制、监督过程。Doyle认为,课堂教学有两个主要任务,一是维持课堂秩序,二是促进学习。维持课堂秩序主要是建立和维持适宜学习的课堂环境。为完成这一任务,教师应进行课堂管理,具体策略包括建立课堂规则和程序、组织小组、监控课堂事件、对不当行为作出处理等。[①]可见,课堂控制能力,是指教师在课堂教学过程中,控制课堂教学按照预设方案进行,并恰当处理预设方案外的突发问题的能力。它包括各个教学环节时间的把握能力、控制课堂纪律的能力、控制学生课堂上行为的能力等。因此,提高课堂控制力可从以下几方面着手。

①D C Berliner.Handbook of Educational Psychology [M]. Simon & Schuster Macmillan, 1996: 675.

(一)拓宽知识层面,提高自身素质

1. 掌握既“专”又“博”的文化基础知识

教师要具有灵活的课堂控制能力,首先就要掌握精深的学科专业知识和广博的文化知识。深厚的文化积淀既是教师智慧生成的源泉,也是形成教学机智的基础。当今信息时代,各门学科的知识联系日趋密切,任何教师对学生的影响都不可能局限于某一个学科知识本身,而且思想活跃的学生可以通过大量信息渠道获取许多知识,他们可能提出一些不仅涉及广泛,而且具有一定深度的问题。因此,对新时代的教师来说,只有与时俱进,广泛涉猎新知,在“专”基础上也要“博”,形成比较完整的知识结构,在面对学生的提问时才能做到得心应手,避免尴尬局面,影响教师威信。

2. 具备系统的教育科学知识

作为一名优秀教师,除了具备了既“专”又“博”的文化基础知识,掌握教什么的问题外,还要解决如何教的问题,即如何把教师的学科知识以学生最容易接受的方式转达给学生。这就需要教师具备系统的教育科学知识,这也是教师成功从事教育教学工作的重要保障。现代教师必须系统地学习教育学、普通心理学、教育心理学、发展心理学、社会心理学、心理测量等知识,掌握系统的教育价值观、目的观、学生观、教学观等,了解学生身心发展规律,才能根据不同教学过程的特点、规律、原则、方法、和教材,进行灵活分析和处理。

总之,在知识迅速更新、知识获取极其便捷的今天,作为教师,如果不加强学习、提高自身素质,很难树立自身权威,更谈不上课堂控制力和提高课堂教学效率。从某种意义上讲,教师对课堂、对学生的控制力最初便是来源于教师在学生中树立的权威。因此,拓宽知识层面,提高自身素质是提高课堂控制力最根本的措施。

(二)认识课堂控制意义,明了课堂控制目标

1. 教师必须认识课堂控制的意义

研究表明,课堂控制得越好,学生的学习成绩就越好。[①]如Harlan曾指出,教师善于进行课堂控制管理,便减少了课堂问题行为,增加了学生进行学习的时间,并促使学生取得了最佳的学习成绩。[②]可见,课堂控制对教学起着核心作用,常被看作是实现教学目标和完成教学任务的关键,它促进了教学效果的改善和学生学习成绩的提高。从相反的方面看,教师如果不善于进行课堂控制管理,课堂教学时就会出现行为问题,出现破坏性,进而干扰教学的顺利进行,浪费了有效学习时间,导致学生的学习成绩差。由此可见,课堂控制对教学成功至关重要。教师应该充分认识课堂管理意义所在,高度重视课堂控制管理工作。

2. 教师要明了课堂控制的目标

埃默认为,课堂管理要达到两个目标:其一,必须建立能预防问题行为的行为规则,或者至少要设法使这种行为的出现降到最低程度;其二,为吸引学生参加课堂学习创造条件,即使课堂活动顺利、高效率地进行。[③]在笔者看来,课堂控制的目标在于通过对物质环境的安排、课堂规则的制订和执行、课堂秩序的建立和维护等使学生在课堂教学中与教师密切配合、遵守课堂纪律并致力于学业,保证课堂活动有序、顺畅进行,预防和制止课堂上的分心行为和问题行为。

(三)提高学生自我监控力,培养学习责任感

遵循课堂控制的人本主义传统(Humanistic tradition),课堂教学中教师的特定行为如考虑和尊重学生、与学生交流、重视学生的情感和需要、让学生自我控制和管理自己的行为等,会促使学生自觉遵守课堂纪律,全

① E T 埃默. 课堂管理:低年级[M]//简明国际教育百科全书·教学(上). 北京:教育科学出版社,1990:28.

② J C Harlan. Behavior Management Strategies for Teachers[M]. C C Thomas Publisher, 1996: 129.

③ E T 埃默. 课堂管理:低年级[M]//简明国际教育百科全书·教学(上). 北京:教育科学出版社,1990:30.

身心投入课堂学习[①]。笔者认为，教师进行课堂控制的一个策略是让学生养成自我监控的习惯，肩负起遵守纪律、参与课堂学习的责任。其一，教师可以通过私下交流、团体解决问题了解学生学习动机，或运用自身权威的影响力等来达到课堂监控的目的；其二，尊重学生，提升学生的自尊，有助于让其自我控制和管理自己的行为，并使他们的自我控制和管理能力逐渐得到提高；其三，培养学生对学习的责任感，使其意识到在课堂上投入学习是自己的责任，激发其自我监控和管理的主动性；其四，避免强迫学生改变行为，简单服从教师的指令，而应强调学生个人内在的思想、情感和需要，重视让学生主动地控制自己的行为；其五，注重与学生之间的合作，创设使其发挥学习潜力、实现自我、获得成功的学习环境，强调班级成员的主人公角色，为创设这样的环境而共同努力。

（四）制定和执行课堂规则，课堂控制从预防开始

20世纪七八十年代后出现的课堂管理理论格外看重预防在课堂管理中的重要作用，认为预防比干预更重要，确信管理的目的是预防而非对问题行为作出干预（Emmer, 1997; Evertson, 1997; Dole, 1986; Kounin, 1970）[②]。而预防问题行为的出现，重要的是教师进行高质量教学、制订和执行课堂规则、建立和维持课堂秩序。研究发现，有效教学的教师正如教授学科一样，制订和教授课堂规则，他们既告诉学生遵守规则的结果，又提醒学生破坏规则带来的后果，并在开学的头几个星期监控学生执行规则的情况[③]。课堂规则是师生特别是学生在课堂上如何行动的规范和标准，对建立和维持课堂秩序、预防课堂问题行为有十分重要的作用。因此，教师应掌握和运用制订和执行课堂规则的策略，提升制订和执行课堂规则的有效性。

1. 告诉学生课堂规则的重要性

在教学中，教师要告诉学生课堂规则的重要性，详细说明要有课堂规

① E T 埃默. 课堂管理：低年级[M]//简明国际教育百科全书·教学（上）. 北京：教育科学出版社，1990：29-30.

② G D Borich. Effective Teaching Methods[M]. Prentice-Hall, Inc, 2000：371-381.

③ G D Borich. Effective Teaching Methods[M]. Prentice-Hall, Inc, 2000：371-381.

则的理由。让他们明白适当的课堂规则具有双赢效应，不仅有利于建立和维持课堂秩序，预防课堂问题行为，还有利于教学任务的完成，促进学生的学习。此外，课堂规则的确立既要确保学生生理心理安全，不对他们构成威胁，又要有助于保护学校财物，还要捍卫教师教学的权利和学生学习的权利。[①]

2. 与学生共同制订课堂规则

规则只有在被学生认可、接受而不被看作是不合理的，是教师强加的前提下，才能发挥约束学生在课堂上问题行为的作用。与学生共同制订课堂规则，让他们参与课堂规则的制订，则可以提高课堂规则的认可接受度、影响力和约束力。教师在教学中实施课堂控制，要以学生为本，以有利于学生身心发展规律为原则，倾听学生意见，与学生共同制订课堂规则，商讨课堂规则的内容、具体执行方式以及执行过程的监控方式，并根据课堂具体需求对课堂规则存在问题进行修订和完善。

3. 确定适当的课堂规则

适当的课堂规则应该达到以下八项要求：第一，与学校规则一致；第二，在教师认可和学生身心发展水平允许的前提下让学生自己制订；第三，集中于课堂中的重要行为；第四，针对或指向可观察到的学生的课堂行为；第五，项目尽可能不要太多，一般以4~6条为宜；第六，课堂规则表述要简明；第七，明确学生遵守课堂规则将得到什么奖励，违犯课堂规则将遭受什么惩罚；第八，指出适当的行为，应用正面陈述的词，如上课认真听讲，按时完成作业等，避免使用否定的词。

4. 告诉并让学生理解课堂规则

研究表明（Leinhardt et al，1987 ），优秀教师在开学的头四天用于课堂管理上的时间多于用在教学上的时间[②]。有学者将管理得好的班级与管理得差的班级进行对比，发现管理的好的班级在学期开始时花费在教课堂规则上的时间较多，但在全学期的其余时间里，这方面所花的时间较

① P Burden，D Byrd. Methods for Effective Teaching[M]. Allyn & Baccon，1999：182.

② P Burden，D Byrd. Methods for Effective Teaching[M]. Allyn & Baccon，1999：187.

少,从而增加了教师和学生用在教学和学习上的时间。[①]可见,由于教师教学开始时告诉学生并让他们理解课堂规则的有效性比较低,教师有必要让学生了解和牢记课堂规则。面向学生教授课堂规则和清楚告诉学生课堂规则,是有效课堂管理者和无效课堂管理者课堂管理策略上的一个差异(Evertson & Emmer,1982),也是有效课堂管理的一个重要前提(Evertson & Harris,1992)。[②]因此,在课堂规则制定之后,教师在开学的头几天要加强对课堂规则的教授和学习,尤其是在第一堂课教师要对每一条课堂规则进行解释、复述,了解学生的理解情况,必要时再教,一直到学生完全理解为止。课堂规则如果太多,避免一次全部都教给学生,要根据需要逐步教给学生。

5. 执行课堂规则

能否执行课堂规则、监控学生遵从课堂规则,是课堂管理有效教师与无效教师课堂管理策略的差异之一。[③]制订并让学生理解课堂规则后,就要在课堂教学中严格执行。一方面,教师要用课堂规则维持课堂秩序。用课堂规则维持课堂教学秩序,既是执行课堂规则的经常性行为,也是课堂规则发挥作用的重要体现,更是预防课堂问题行为出现的前提条件。教师应经常提醒学生什么是课堂规则,课堂规则对学生有什么约束和要求,学生应怎样遵守课堂规则。同时,还应要求学生遵守课堂规则,重视用课堂规则约束学生的行为,规范课堂教学活动。另一方面,教师要处理违反课堂规则行为。告诉学生违反课堂规则将受到的相应惩罚或可能带来的后果,并对违反了课堂规则的学生施以必要的惩罚或给予预期的后果。

(五)建立和维持课堂秩序,创建课堂学习环境

Doyle认为课堂管理的主要任务是建立和维持课堂的教学、学习制

① E T 埃默. 课堂管理:低年级[M]//简明国际教育百科全书·教学(上). 北京:教育科学出版社,1990:28-42.

② C Evertson, A Harris. What We Know about Managing Classroom[J]. Educational Leadership, 1992,49(7):74-78.

③ W Wilen. Dynamics of Effective Teaching[M]. Addison Wesley Longman, Inc, 2000:68.

度，也就是要建立和维持良好的课堂秩序。[1]课堂学习与课堂秩序相关，维持秩序是进行教学的必要条件，影响学生是否参与教学和高效率学习。良好的课堂秩序是进行教学的必要条件，它不仅影响学生的学习投入，而且影响他们的学习效果。因此，在教学中教师要建立和维持课堂秩序。Schimmel曾论述了建立良好的课堂秩序要达到的目标，如使学习机会最大化、创建良好的环境、减少课堂管理时间等。[2]良好的课堂秩序表现为班级成员协调一致的活动，没有破坏性行为和干扰教学的事件，全体学生遵守课堂规则，更多地投入学习。教师建立和维持良好的课堂秩序，主要是组织好学年、计划好管理、组织好班级活动、安排好课堂教学活动的过渡、预防课堂上的问题行为和干扰性事件、机智应对课堂偶发事件、使课堂活动合理化，等等。在应对课堂偶发事件方面，教师应采取"宽容的策略、转换的策略、停顿的策略、幽默的策略、诱导的策略、暗示的策略、冷却的策略、糊涂的策略"等。

（六）进行高质量教学，使学生专注于学习

成功的管理者集中在建立和维持学习交流，而不是作为一个纪律控制者而发挥作用。选择促使学生高度参与的授课形式和学习任务是有效课堂管理的一个因素（Evertson & Harris，1992）[3]。为此，教师要用高质量教学和使学生专注于学习去预防课堂问题行为，进行课堂管理。教师可以从以下方面着手。

1. 引起或吸引学生的注意

教师应通过教学的生动性、有趣性，课堂活动的多样性和不断变化，教学内容与学生的相关性，讲授的清晰明了和组织条理化，从而长久地维持学生的注意，促使学生参与课堂教学和投入学习。

2. 教学的适度挑战性

内容难度切合学生水平，教学进度考虑学生的能力。这样既不会使

① D C Berliner. Handbook of Educational psychology[M]. Simon & Schuster Macmillan. 1996：675.

② P Riner. Successful Teaching in the Elementary Classroom[M]. Prentice-Hall，Inc，2000：103.

③ C Evertson，A Harris. What We Know about Managing Classroom[M]. Educational Leadership，1992，49(7)：74-78.

学生感到太难产生失败感,而丧失信心,不努力学习,并表现出问题行为;也不会感到学习太轻松,精力过剩,无事可干,而出现影响或干扰课堂秩序和教学的问题行为。

3. 教学计划的连贯性

提供自然、顺畅而有效的过渡或变换,减少中断或拖延,周密计划和完善实施教学。因为过多的中断、变化不自然、教学没有计划等更容易引起学生的问题行为。

4. 中止偏离教学的授课

教学不围绕教学目标、教学没有中心,对学生的指导和要求不明确,都会导致出现课堂问题。教师一发现有这种迹象,就应马上终止。

5. 监控学生学习和改善学习条件

不断监控学生的学习,对他们的学习作出反馈,让他们体验到成功的喜悦,牢记失败的教训,解决他们学习中遇到的问题,对他们的学习提供指导和帮助,为他们改善学习创造条件。

6. 使学生意识到学习的责任

告诉学生认真听课、参与学习是他们的职责,并让其了解在教学中肩负的任务,向他们提出明确要求,使他们专注于学习。专注学习的学生出现问题行为的可能性更小。

(七)发现课堂异常行为,采取有效策略及时处理

异常行为是指课堂教学中学生出现的偏离常规的行为,包括分心行为和问题行为。分心行为是指学生在课堂上偏离教学活动和学习任务的行为,一般而言,它只影响有这种行为的学生,对其他同学没有影响或影响不大。问题行为是指学生在课堂上表现出的破坏课堂秩序、干扰和妨碍教学开展的行为,它影响教学目标的实现和教学任务的完成,妨碍了班级其他同学的学习。Kounin 将其称为“波纹效应”(ripple effect),不过他认为“波纹效应”有两方面的含义。一是教师对学生的问题行为如果不进行控制或处理,就会影响其他学生,在课堂上扩散;二是教师用于控制或处理课堂上某个学生的措施或方法会对班级中其他学生产生影响。据

此，他主张进行课堂管理要及时发现并有效制止分心行为和问题行为。[①]因而在教学中，教师要及时发现分心行为和问题行为，对分心行为可以不采取处理措施，而对问题行为要及时制止，具体可采取以下策略。

1. 共在（withithess）

共在即教师能随时随地发觉学生的异常行为。[②]教师要定时巡视、监察自己的班级，既要知道课堂里正在发生的事，也使学生感受到教师随时随地都是与他们“共在的”。因为教师的关注程度与学生良好行为是存在一定正相关的。此外，教师及时关注课堂正在发生的事，才能将异常行为消灭在萌芽状态而不至于酿成大问题。

2. 发现异常行为，判明其性质

教师对分心行为和问题行为要有敏锐的洞察力，及时地、准确地发现。发现异常行为后，在采取措施前，要对异常行为进行研究，确定是分心行为还是问题行为，也就是要判明异常行为的性质。Leach & Rayooulel认为，对课堂上的异常行为可从八个方面进行分析：程度，即这种行为对其他学生活动的干扰达到何种程度；持续时间——这种行为持续时间有多久；频率——这种行为多长时间出现一次；背景情况——这种行为发生的原因；联系——这种行为是否与其他特定行为关联；普遍性——这种行为是否在很多情况下出现；正常性——这种行为是否偏离同学的正常行为；对其他同学的影响——这种行为是否干扰其他同学，怎样干扰其他同学。[③]据此，教师在决定是否对课堂上学生出现的异常行为采取干预措施前，可先从这八个方面对行为进行分析。

3. 进行处理

由于教师制止课堂异常行为一般要影响课堂教学的正常进行，导致课堂教学的中断。因此，教师在处理时要根据行为严重程度作出决断。对分心行为和程度轻微的问题行为进行处理时，如果是学生个人的分心行为，由于这些行为没有影响班级中其他同学的行为，也不干扰教学，而

---

①Ornstein A C.Strategies for Effective Teaching[M]. Harper Collins Publishers，Inc，1990：67.

②Ornstein A C. Strategies for Effective Teaching[M]. Harper Collins Publishers，Inc，1990：67-68.

③L G 凯思斯. 课堂上的问题行为[M]//简明国际教育百科全书教学：上册. 北京：教育科学出版社，1990：6-15.

且持续时间不长，教师就没有必要去管它，即可以忽视，不采取干预措施。如果是轻微的问题行为，持续时间不长，对教学的干扰不严重，对其他同学的影响不大，教师可通过提醒、暗示或高质量教学、强化期望行为等，使有这些问题的学生中止问题行为。

4. 进行干预

鉴于“波纹效应”的存在，当教师发现问题行为足以干扰教学、影响其他同学的学习、又可能诱发班级更多问题行为时，就要迅速采取措施，制止这种行为。当然，在采取干预措施时，教师要意识到中断教学，处理和制止问题行为对班级活动、对其他同学以及对课堂教学任务完成的可能影响，即意识到对异常行为的干预不当有可能比异常行为更具干扰性，对学生的干预要做到科学、有效，没有副作用。针对此，后文会进一步阐述。

（八）运用最小干预原理，维持教学正常进行

干预是将行为主义心理学的行为矫正和强化理论应用于课堂管理，通过负强化或惩罚来改变、消除不适当的行为，通过正强化或奖励来肯定、加强所期望的行为[①]。教师进行干预的目的在于中止课堂上出现的破坏性行为，以恢复课堂秩序，使教学重新顺利进行。因而，教师要明白，处理不良行为不只是为了维持纪律，更重要的是促进学生发展。因花在维持学生纪律上的时间与学生的学习成绩具有负相关，在处理日常课堂问题时，要以最少干预为原则，用最简单的干预纠正学生的问题。Slavin最早提出了最小干预原理[②]。

最小干预原理是指，在课堂教学中，教师如果对学生课堂上出现的问题行为运用最简单、最轻微的干预方法就能起作用，即可控制、制止问题行为，那么教师就要运用这种最简单、最轻微的干预方法；如果最轻微的、最简单的干预方法不起作用，教师可以转而寻找并采取更严厉的干预方法。这样做的主要目的在于避免以影响教学正常进行的方式来控制、制

① G D Borich. Effective Teaching Methods[M]. Ptentice-Hall, Inc, 2000:371-381.

② P Burden, D M Byrd. Methods for Effective Teaching[M]. Allyn & Baccon, 1999:200-201.

止问题行为(Evertson&Harris,1992)。[①]也就是说,教师在控制和制止问题行为时,应该运用教育机智,尽可能保证教学的顺利进行。面对课堂突发事件时,教师可运用非语言线索对学生进行引导,即运用目光、手势、身体接触等提示学生认真参与课堂学习;还可以运用幽默语言从不良行为过渡到正常的教学。教师可以运用幽默的言语将在课堂上发生的事情作为课堂内容的一次拓展或延伸,让学生迅速从干扰回到教学中;必要时可以适当运用惩罚,如让顽皮学生站几分钟,并告诉他"这种行为是不正确的,老师刚刚讲的内容你可能没有听清楚,所以让你站着,认真听懂后面的内容,下课后老师把前面的内容给你补上来"。类似这种善意的惩罚会取得意想不到的良好教育效果。课后教师还应对违纪行为从教师和学生两方面进行分析,与学生商讨如何改正。

思考题

1. 您在教学中是如何把控课堂教学纪律的?
2. 谈谈班集体在课堂纪律维持中的作用。

① C Evertson, A Harris. What we know about managing classroom[J]. Educational Leadership, 1992,49(7):74-78.

第六章　优秀教师基本功之六:良好的人际沟通能力

卡耐基说过:“一个人的成功,约有15%取决于知识与技能,85%取决于沟通。”英国文豪萧伯纳也曾说过:“假如你有一个苹果,我也有一个苹果,而我们彼此交换这些苹果,那么,你我仍然是各有一个苹果;如果你有一种思想,我也有一种思想,而我们彼此交换这些思想,那么,我们每个人将各有两种思想。”

在现实的社会中,人与人之间的沟通无处不在。作为教师通过与学生、家长、同事、领导之间的沟通不仅可以使相互之间的感情加深,形成一个良好的学习工作环境,而且会促使教育教学工作顺利进行,从而形成合力提高整个学校的教育质量。

第一节　教师人际沟通的内涵

一、教师人际关系和沟通

(一)教师人际关系

人是作为一个社会成员生活在社会环境中的,凡是在社会共同活动中人们彼此之间形成的各种关系都可以统称为社会关系。社会人群因学习、工作和生活交往而形成相互依存和相互联系的各种关系,如朋友关系,师生关系,同事关系,上下级关系等。人际关系是人与人之间通过交往与相互作用而形成的直接心理关系。它反映了个人或群体满足其社会需要的心理状态,它的发展变化决定于双方社会需要满足程度。[1]

① 郑全全,俞国良.人际关系心理学[M].北京:人民教育出版社,1999:2.

教师群体是由社会中个体的人组成的。教师在学校教育与教学工作中通过与学生、同事、领导、家长之间的人际交往而建立起教师的人际关系。这种关系实质上是一种社会关系，是社会人际关系体系中的一个侧面。教师人际关系有以下三个特点。

1. 文化性

教师在一定程度上代表着社会文化，他们肩负着传授知识的重任，教师的人际关系大多是在这个过程中建立的，因而这种关系具有一定的文化修养水平，也具有稳定性。

2. 强制性

为了共同完成教育教学的任务，即使教师之间存在矛盾，也必须与其打交道，使得关系正常发展。相对一般朋友之间存在的矛盾，教师人际关系如果得不到很好的处理就会使关系解体。

3. 示范性

教师不仅要教书育人，而且要为人师表。教师的言行、为人处世的态度都将影响到学生，学生大多会以教师为模仿的对象，因此教师要为人表率，起示范作用。

（二）沟　通

沟通是人类借助共同符号系统（包括语言符号和非语言符号）获得信息，彼此传递和交流的个人行为和社会互动行为，是人类有意识的活动及其能力。①

沟通的两种基本模式：语言沟通和非语言沟通。语言沟通是一种最常见、最有效的沟通方式，主要包括口头语言、书面语言等，通过语言沟通，信息可以准确、有效的传播；非语言沟通是沟通的另一种重要形式，其内涵十分丰富，包括我们的动作、声音、眼神等肢体语言沟通。在语言交流的时候，音调的变化常常透露出其他情感意义，这也是非语言沟通的一种情境。相较语言沟通而言，非语言沟通更注重情感和思想的交流。沟通的特点主要有以下几点。

① 赵升奎. 沟通学思想引论[M]. 上海：上海三联书店，2005：34.

1. 随时性

在日常的生活中我们所做的每一件事情都要经过沟通,沟通无时不在。

2. 双向性

在沟通的过程中我们不仅接收到对方给我们的信息,同时我们也要给予对方传达我们信息。

3. 相互性

通过沟通我们达成一定的结果。而结果的好坏与沟通的顺畅与否都是由双方决定的。

沟通贯穿社会生活的方方面面,对社会和个人的发展都有着重要影响。首先,沟通是人类集体活动的基础,是人类存在的前提。正是沟通才形成了原始人群和部落,然后不断进化形成现在的人类社会。其次,沟通是社会发展的重要命脉。社会的发展包括物质文明和精神文明的发展。对物质文明而言,资源、劳动力和技术等因素是必不可少的,通过沟通,资源可以合理地调配利用,劳动力得到真正的发挥,科学技术得以不断贯彻和创新,物质文明才能不断发展健全。脱离沟通,物质文明是不能实现的。对于精神文明而言,沟通更是不可缺少的因素。只有通过沟通,人类才能形成互补,在思想上产生碰撞,使人类文明按照最优化的道路前进。最后,人际沟通是建立人际情感的基础,良好的沟通对人际交往起着重要作用。

二、人际沟通

人际关系与沟通,可以简称为人际沟通。它既是指一种关系状态,也指一种活动。人际沟通是人类沟通中最重要的沟通之一,其目的在于分享信息、传达思想、交流意见、表示态度、交流情感、表达愿望等。人们之间的相互认知、相互吸引、相互作用都必须通过沟通来进行。人们通过沟通影响别人和调节自己的行为。离开了人际间的沟通,人际关系就不能建立和发展。事实上,任何人际关系的形成,都是人与人之间相互沟通的结果,人际关系发展与恶化,同样是相互交往的结果。沟通是一切人际关系得以建立和发展的前提，是形成和发展人际关系的根本途径。[①]

人际关系与沟通是密不可分的，彼此相互影响相互制约。有着良好的人际关系，沟通就会比较顺畅，顺畅的沟通同样会促进良好人际关系的形成。反之，人际关系不良会成为沟通的障碍，而沟通的不顺畅，会使良好人际关系变坏。可以说沟通是人际关系的基础，人际关系是沟通的目的。人际关系不太好的人最好先培养沟通的能力，以求改善人际关系；不善于沟通的人最好要加强人际关系，以期弥补自己的不足。事实上两者之一能够获得改善，对两者都有所助益。[②]

人际沟通其实并不困难，只要大家有个正确的沟通态度，也就是心态。人际沟通的双方都要理性沟通，而不是情绪上的沟通，这样沟通就变得简单有效。

良好的人际沟通对学校的发展、教师个体的发展和整个社会精神文明的建设都具有重大意义。

①有利于调动教师学习和工作的积极性。在一个和谐的集体中每一位教师都有心理上的安全感，感受到集体的温暖和体贴。教师之间如果能得到信息和情感的充分沟通并且在工作和学习中充满自信心和荣誉感，那么便会形成工作和学习上的驱动力。

②有利于教师心理健康。在现代社会，心理健康问题越来越受到人们的关注，而心理健康与人际沟通的状况又有密切的关系。在一个人际沟通和谐的环境中，教师之间的交往是广泛和深入的，彼此之间相互信任，教师能够从思想、情操、价值观等方面相互借鉴，不断提高自己的思想境界，保持开朗平和的心态 。

③有利于提高学校教育教学质量。学校教育教学质量的提高是全体教师共同努力的结果，良好的人际沟通是提高团队战斗力很好的黏合剂和润滑剂。

④有利于社会主义精神文明建设。团结友爱、相互合作是社会主义精神文明的基本要求。学校是知识传播的主要场所，是培养未来社会主义建设者的专门机构，是社会精神文明建设的重要组成部分。通过建立

① 李谦. 现代沟通学[M]. 北京：经济科学出版社, 2002：7, 302.

② 张文光. 人际关系与沟通[M]. 北京：机械工业出版社, 2009：57.

学校内部良好的人际沟通既能对社会精神文明进行局部改造,又能对整个社会的精神文明产生辐射的作用。

第二节　教师人际沟通的对象和内容

一、教师人际沟通的对象

人际沟通是普遍存在的一种社会现象。教师人际沟通的对象主要是教师与学生之间的师生沟通,教师与家长之间的沟通,教师与教师之间的同事沟通,教师与领导的上下级沟通。因为学校担负着教育教学的职责,人际沟通的状况将会直接影响教育的质量。

二、教师人际沟通的内容

(一)教师与学生

韩愈的《师说》中有一句话很好地概括了教师与学生沟通的内容:“师者,传道授业解惑也。”传道,指道德观念的教育,即是我们当下所说的“思想教育”,这个是基础教育,要以德为先,没有良好的思想道德基础不可成才。授业,指传授学生以学业、技能,这个技能是指能够使学习者适应生活、适应社会的各种技术、理论知识。解惑,指当学生面临未知事物之时,如何运用自身的知识和技能为学生解开困顿、迷惑。

教师在课堂上的教学过程本身就是一种沟通。教师向学生讲授知识,引导学生如何思考,与学生围绕着某一问题进行讨论,并且帮助学生解答困惑,这一过程可以看做课堂上的传道授业解惑。

除了在课堂上与学生进行沟通以外,课外的沟通也是必要的。通过课外的沟通,教师可以了解学生的思想情感,对学生进行引导,了解生活中影响学生学习的因素和困难,对学生进行鼓励。课外的沟通更容易建立一种情感上的联系。这一过程我们可以看作是课堂外的传道、授业、解惑。这一沟通可以与课堂上的正式沟通形成互补,能够特别对于特殊家庭的学生,这种课外的情感上的沟通更为重要,需要教师投入更多的感情和精力帮助他们解决实际的困难,帮助他们树立学习和生活的信心。

(二)教师与家长

教师与家长是因为学生而产生交集,所以教师与家长沟通内容的核心是学生的学习。

教师与学生家长的人际沟通的特点:

①学生是教师与家长建立人际沟通的中介。教师在与家长交往之前,往往通过学生彼此已有了一定的了解,这使教师与学生家长的沟通具有中介性的特点。

②教师是主导。教师要主动与家长沟通有关孩子的信息,调动家长教育子女的积极性。

③教师与家长是平等的。教师与学生家长虽然社会角色不同,家长的社会角色各不相同,但在教师面前都是学生家长是平等的,任何一方都不能采取凌驾于对方之上的态度。教师和家长只有互相尊重,才能有利于教育孩子。

教师与家长的沟通内容主要有三个方面。第一,学生的学习状态。学生的学习状态可以直接反应学生的学习效果。因为教师对于学生的学习状态的了解,往往比家长更有优势。因此教师在学生学习状态不高时应及时与家长沟通,让家长掌握孩子的情况,从而共同帮助学生调整状态。第二,学生是否偏科。如果一个学生出现偏科,就会影响学生的学业,这一情况教师应及时与家长沟通。第三,家长的教育方法是否存在误区。很多家长在教育孩子时会陷入误区,有的还认为是优势,例如有的家长喜欢用“棍棒教育”这种方式。因此教师要与家长进行沟通,及时发现家长教育中存在的误区并指正。

(三)教师之间

我国著名教育家叶圣陶指出:“教师之间要团结无间,互相配合。”学校是一个集体,教师在学校里是作为一个教育集体共同担负育人任务的。教育过程不可能只靠一两个教师来完成,而必须依靠整个教师集体的协作、配合才能完成,这是学校教育方式的一个基本特点。因此如何发挥教师集体的整个效应,是决定教育效果的关键。

教师之间的沟通内容有两个方面:一是作为教育工作者关于对学生教育的业务上的沟通;二是同事之间作为个体存在的人际沟通。在业务上教师之间的沟通内容主要是在教育目的指导下进行的,因此,他们之间的沟通内容主要表现为与教学活动相关的内容的沟通。例如,如何进行良好的教学,如何提高教学的效果,如何提高专业水平,如何处理课堂中遇到的偶发事件,如何进行教育教学上的合作,彼此分享宝贵的教学经验。而作为个体之间的沟通则更多的是在日常生活中互助,如聚会聊天、体育娱乐活动等情感沟通。

不同性别、不同年龄阶段的教师在进行沟通时的内容也存在着差异。例如,男教师在学生学业成绩、体育娱乐活动和外出旅游等方面的沟通内容较多;中老年教师则在日常生活互助、聚会聊天、学生学业成绩等方面沟通的较多。

(四)教师与领导

学校中的领导者包括从校长、主任到年级组长、学科组长等业务管理者等不同层次的领导。学校中的上下级关系与其他部门相比,最大的特点是它的平等性和融洽性。因为学校领导者的最基本社会角色同其他教师是一样的,首先是作为一个教育者,其次才是校长或主任。这决定了学校中的上下级之间在权力距离上差距比较小,在地位上相对比较平等。校长要想树立自己的威信,主要依靠非权力性因素的影响。教师与领导之间的沟通好坏会直接影响工作进展、教学质量等问题。

教师与领导作为学校集体中的一员都有一个共同的出发点,即如何提高学校的教育质量。因此教师与领导的沟通内容主要是针对学生教学、工作探讨和效果等问题的沟通。

第三节 教师人际沟通的原则

在日常的社会活动中我们都依据一定的原则进行活动。作为教师同样需要遵循人际沟通的普遍原则。

一、平等尊重原则

平等交往、相互尊重是教师在人际沟通中首要原则。如果教师在交往中与学生、同事、领导以及家长不能平等相待，而是居高临下，不尊重他人人格，有谁会愿意与其来往？更谈何与人良好的沟通？教师在人际沟通中只有做到平等才能进行深入交往。美国社会心理学家马斯洛认为每个人都有尊重的需要，既包括尊重他人的需要，也包括受他人尊重的需要。因此教师在人际沟通中要充分坚持尊重的原则，相互尊重，求同存异。在一个学校里，校长与教师、教师与学生、教师之间，在社会中教师与学生家长之间，在人格上都是平等的，而平等的交往是以相互尊重为前提条件。

由于兴趣、爱好、生活观念以及生活习惯的不同，教师人际交往与沟通中尤其要注重理解和求同存异，有了这样的基础，才能建立良好的人际关系，才能进行有效的沟通。

二、真诚相容原则

真诚不仅是做事的准则，更是立身安命的根本。教师在工作生活中面对领导、同事、学生、家长这四类不同身份的人时，只有坦诚相见、开诚布公才能赢得他们的真心；只有真心实意，坦诚相待才能从心底感动他人并获得他人的信任。教师为人真诚可以营造良好的人缘基础，也是赢得领导、同事、学生和家长信任的保证。

相容就是要求教师在人际沟通中要大度，有气量，能克己容人。相容要求教师在人际沟通中要异中求同，异外求同，要谦让、忍耐。汉代刘向有个重要见解：君子欲和人，譬如水火不相能然，而鼎在其间，水火不乱，乃和百味。有些分歧是不能消除的，它们尖锐对立如同水火，如果能找到一只鼎隔在其间，让他们发挥各自的作用，指向一个共同的目标，那么势如水火的分歧也能调和。相容，不是要求教师不讲原则，而是要求教师在民主、平等基础上的相容。相容讲宽宏大量、克制忍让，也要讲原则，一味迁就，软弱可欺，同样不能算相容。相容显示了一个人的自信，教师在与领导、同事、学生、家长的人际沟通中只有坚持真诚相容的原则才能更好地做好教育教学工作。

三、倾听共鸣原则

有一则寓言故事:一把坚实的大锁挂在铁门上,一根铁杆费了九牛二虎之力,还是无法将它撬开,钥匙来了,它瘦小的身子钻进锁孔,轻轻一转,那大锁就“啪”的一声打开了。铁杵奇怪地问:“为什么我费了那么大力气也打不开,而你却轻而易举地就把它打开了呢?”钥匙说:“因为我最了解它的心。”开启人们心灵之门的钥匙就是“倾听”,在倾听中可以产生共鸣。

教师要善于倾听。听取交流对象的意见时要真诚和谦虚,设身处地,让对方产生共鸣。成功交谈的一个重要前提是双方都有谈话的心情,而让对方明白无误地知道你很想听取他的意见,对他所说的话很有兴趣,则是使谈话在愉快的气氛中进行的最佳方法。为此,无论是与领导交谈,还是与同事、学生和家长交谈,教师应该养成真诚而又谦虚地听取别人意见的习惯,倾听是对人的尊重,是对交流对象的认可。

共鸣在沟通中有着举足轻重的作用,它是沟通成功的标志。教师可以在与他人的沟通中适当地提问。因为提出问题既能获得更多的信息,又有助于理解对方的语言,给对方一个信号:你在认真听他讲话。这样既可以鼓励对方继续发言,也能将话题向你感兴趣和有利于沟通的方向引导。因此,教师不时地提出问题不仅是一种人际沟通的手段,而且是一种人际沟通的艺术。教师设身处地地以对方的立场和角度分析问题,就很容易引起对方的共鸣,实现愉快的沟通。与之相反,如果教师一味地自以为是,以自我为中心,就很容易让对方产生反感,破坏谈话的氛围,甚至使谈话难以或者无法继续下去。

四、互惠原则

人在交往中,光靠语言说服别人与自己达成共识是不够的,必须培养互惠的观念,“投我以桃,报之以李”,在互惠的沟通中才能使双方感情进一步加深。①

① 李永利. 人际关系黄金法则[M]. 北京:中国纺织出版社,2003:341.

(一)付出不要图回报

人们常说,滴水之恩当涌泉相报,这是指每个人都应感谢别人的帮助。但是作为教师,我们不能在帮助别人后就图感激、图回报,更不能为了回报去帮助别人。身正为范,教师要在人际沟通中树立模范的形象。因此,一定不要对每一件事都要求回报,更不能带功利色彩去帮助他人而渴求别人回报。

(二)帮助别人,也要接受别人帮助

投桃报李是相互的,即互助互惠的,不但要向别人付出,也要让别人有机会回报你。教师在实际的工作生活中,难免会遇到些困难的事情需要他人帮助,如果在这个时候身边的领导、同事要帮助你,这时或许是建立良好人际关系的契机。

(三)投报之间,信誉、情意尽显

投桃报李关乎教师的信誉和人格。教师在人际关系和沟通的过程中有三种投桃报李的方式可以选择:语言方式、物质方式和行动方式。首先,语言的方式最常用,教师在与领导、同事、学生和家长人际关系沟通时受人帮助要经常把"谢谢"两字摆在心中。其次,给予热情相助的人物质上回报,也是一种不失礼节的方式。物质方式虽然不是教师人际关系与沟通中的主要方式,但它毕竟存在于现实生活中。有时合适合时的物质回报有利于培养良好的人际关系。最后,当教师的语言回报不足以表达心意,物质回报又不合时宜时,教师在行动中回报不失为一种得体的回报方式。教师在人际关系沟通中,教师的行动回报是无价的,于细微处见真情,好的行动无需用言语和物质证明。

第四节　教师人际沟通的方法

现代社会如果一个人不懂得人际沟通之道,不仅生活中形单影只,而且事业上也很难成功。因此如何进行良好的人际沟通就非常重要。

一、教师与学生

学校知识教育的主要对象是学生,学生是学校的重要组成部分。融洽的是沟通在教学过程中可以使学生的学习动机由认知需要上升为情感需要,是教师的工作动机由职业需要上升为职责需要。中国古代就有“教学相长”的思想,这一方面体现了学生的成长和发展离不开教师的教导,另一方面体现了教师自我价值的实现也离不开学生的成长。

教师与学生沟通可以采取以下几种方式:

①日记沟通。日记是学生书写个人心声的有效途径。日记也是学生心智走向成熟的有效平台。教师可以通过阅读学生的日记并且批注评语来与学生进行沟通。

②作业沟通。作业是学生完成学习任务、检测学习效果的必备环节之一。作业也是教师发现学生不足,了解其学习动向的一条重要途径。对于一些卷面整洁、美观的作业,我们要给予充分的肯定,并且帮助其朝更高目标努力,对于作业马虎的学生,则要在批评时给予科学的指导,让其改正不足。

③网络沟通。随着网络时代的到来,校园网络开始普及,网络空间广、信息量大、速度快,成为师生沟通的一个有效平台。网络的诸多功能可以弥补传统沟通的不足。

④书信、谈心、论坛。有些学生因为内向,或语言表达能力弱,不善于通过表达来沟通。因此借助书信可以帮助学生与教师的沟通。师生谈心是师生有效沟通的一种方式,师生单独谈心便于保护学生自尊心,可以坦诚布公。在师生谈心的过程中教师如果能掌握一些交谈的技巧,例如幽默、委婉等效果会更好。传统的论坛针对社会有争议问题,通过论坛来互相沟通。教师可以利用这一形式,建立班级论坛,在论坛上大家的各种观点可以逐一展现,有利于大家在互动中获得真知。

建立良好的师生沟通应注意以下四点:

①树立正确的学生观。教师要热爱学生,给予学生真诚的信任和鼓励,对学生始终如一的关怀和爱护,没有偏见,在人格上做到平等。

②提高自身素质,提升人格魅力。由于师生之间不仅是教育者与被

教育者的关系，同时也是成熟者与未成熟者，有知者与无知者，长辈与晚辈，管理者与被管理者，引导者与被引导者等多重角色关系，这就要求教师具有一定的吸引力、影响力和权威性。教师既要有渊博的学识和良好的教学艺术，又要有庄重的仪表和举止行为等。

③主动与学生交流，打破隔阂。师生之间交往不再局限于教学之中，而且应扩展到对学生日常生活的关心和彼此情感交流。这种课外的交流缩短师生间的距离，使交流更加自然，促进学生的成长和发展。

④注重双向互动沟通。传统的教学通常是教师在讲台上讲，学生在下面听。这种方式虽然有利于教师掌控整个班级纪律但是师生互动较少。教师在课堂中应注重双向互动沟通，增加与学生交流的频率和强度。

良好的师生沟通状况对学生的成长发展和教师教育工作的开展，以及对教育质量的好坏都具有重要的作用。

案例：

大教育家魏书生先生在教学实践中曾经碰到一位性格内向且成绩偏弱的学生。他上课从不举手回答问题，喊到他他也不回答。魏老师很纳闷，通过私下询问其他学生，他了解到这名学生也很上进，成绩偏弱在于基础差，知识面窄，对自己的学习缺乏信心，在一次次遭受失败的打击下，产生了很强的厌学情绪。面对这样一名同学，魏老师先是与他谈心交流，帮助其树立信心的同时，魏老师与这位同学私下约定；以后上语文课，老师提的问题他都要举手。会举右手，不会举左手，举右手就叫他回答，举左手就不叫。果然，上魏老师的语文课，这位同学敢于举手，开始举左手，后来慢慢改举右手。当然，举了右手，魏老师就会喊他。在回答完问题后，老师充分肯定孩子的回答。在一次次这种默契的配合下，这名同学成绩直线上升，个人信心大增，而且变得活泼大方，一改那种自卑、内向的状态，后来考取了理想的高中。

从这个案例中我们可以看到：魏老师巧妙地与同学沟通，双方达成有效默契,后来通过很长一段时间努力,终于帮助这名学生从不好的状态中走了出来。

二、教师与家长

学生是教师与家长建立人际沟通的纽带。学生作为共同的教育对象,受到双方的关注,是沟通内容的核心。

(一)教师与家长沟通的几种方法

1. 家长会

家长会是教师与家长进行沟通的常用方法。通过家长会教师可以与家长相互交流学生情况,家长和教师进行及时沟通可以帮助教师及时调整工作,共同寻找最佳教育方法和途径。

2. 网络班级

随着网络的普及,教师可以将学生家长用通过网络班级的形式组织起来,在网络中共同探讨学生学习问题。可以有效地做到沟通的及时性和持续性,例如建立家长QQ群等。

3. 家　访

教师通过家访可以有效地了解学生的家庭情况,这样便于教师制定更加有效和针对性的教育方法,并且还可以对家长进行家庭教育方法的指导。

(二)与家长建立良好的人际沟通技巧

1. 注重形象

学生健康成长是教师与家长的共同出发点与归宿点。教师一方面要为学生提供良好的交往形象,用自己与家长交往中的实际行动来做出榜样;另一方面不能利用家长爱孩子的心理来提出不合理的要求,例如教师节让学生“献爱心”,要求学生家长为自己办私事等。这些都会令教师丧失学生的尊重和家长的信任。

2. 保证主动性

交往过程中,教师应当主动与家长联系,教师的主动姿态会促进家长配合教师的积极性,实现共同教育的目的。教师可以通过多种方式来进行沟通,例如家访、家长会、家教专题讲座以及家长委员会等形式。

3. 坚持平等性

诚信尊重、平等相待是教师与家长交往中必须恪守的一项基本原则。它要求我们对所有的家长一视同仁,尊重、合理地对待家长意见。如果对有的家长热情逢迎,对有的家长傲慢冷淡,这种不公平会严重妨碍交往,挫伤家长和学生的自尊心和自信心。另外,厚此薄彼的态度也反映出教师功利的心态和不健康的人格。

4. 做到及时性

信息的及时沟通非常重要。教师和家长任何一方发现问题都应及时与对方取得联系,查找原因,共同解决。这样可以尽快解决学生的问题,并防止问题进一步恶化,避免因时间的拖延而导致解决问题的难度加大。

5. 互补性与一致性的有效结合

教师要与家长形成合作,共同教育引导学生的成长。教师与家长理想的人际沟通状况是教师、学生和家长三方之间形成双向互动模式,使每一方都能够获得另两方传递的有效信息。

学校是教育学生的主要场所,家庭同样是教育学生不可忽视的另一重要场所。因此,想要学生更好的发展,教师与家长的紧密配合是必不可少的,只有把两股教育力量汇成合力,才能更有效率的培育下一代。

案例:

王同学是单亲家庭的孩子,父亲于几年前因故去世,他的母亲带着他艰难生活。因为他的母亲不识字,家里活计又忙,平时在学习上对他管教显得力不从心。可能是这个原因,王同学养成了做事懒散的坏毛病,学习态度极其不认真,经常不认真完成作业,学习成绩更是差得要命。这样恶性循环,学习越差越不爱学,越不爱学学习越差。我虽然几次与他的母亲谈过这件事,但效果总是不明显。一次我请他母亲来到了学校,我把她带进了自己的宿舍,这样说话方便一些。还没坐定,王同学的母亲就急着问我:“王是不是没有写作业啊?”看她一脸无奈的样子,我把到嘴边的话咽了回去。“是这样的,王最近学习上挺有进步,看他学习劲头那么大,我就想给他补补课,把他以前落下的知识点给补上,可他手头又没有任何复习资料。我这不才把您请过来商量商量,能不能给他买一本复习资料啊?”王的母亲听我这么说,一下子高兴了起来“您是说真的吗?王最近真的进步了吗?”她嘴上虽然这么问,可看表情明显是已经相信了,既然如此我就接着编下去“确实是进步了,不过他的基础太差,还得好好给他补补,只要把以前落下的知识都补上了,王的成绩一定会上去的。”“既然这样那就让您多费心了!资料买什么啊?我也不懂。要不您帮我给他买一本吧。”说着王的母亲就要掏钱,我赶忙把她给拦住了,“您先别急,我先给您看看,看合适了我给您先买回来,您再给钱。不过这以后您可得在学习上多关心关心他。我也知道您家里家外一大堆事都是一个人忙,挺辛苦!可我们辛苦为了什么呀?还不都为了孩子吗?您说我们在学习上不关心孩子,孩子学习不好,我们再辛苦有什么用啊?”王的母亲听我这么说,不住地点头称是,我一看这效果达到了,就又说了些王的优点,让她坚信孩子是好孩子,现在要的是对他的教育跟上。最后王的母亲若有所思地离开了学校。这之后王有了明显的变化,交作业积极了,而且字一天比一天写得好,我也抓住机会对他进行表扬,到期末考试时他的语文成绩既然达到了七十几分。这在以前可是想都不敢想的。

通过上面的案例我们可以看到:教师与家长进行沟通时先说孩子的优点,再说要改进的方面,家长比较容易接受。教师发现问题不是单方面能解决时及时与家长联系。另外,教师进行了积极倾听,进行角色换位思考,提高了倾听的效果。

三、教师之间

教师间关系的最大特点是整体性与个体性的协调统一。整体性是指教育过程应该是教师集体协同活动的过程,要完成育人的任务必须依靠整个教师集体;个体性是指教育教学活动实际上是由教师个人完成的,其效果主要取决于教师个人的思想与业务素质。这两方面特点构成了教师在处理同事关系时值得注意的两个问题:一方面要强调个人素质在完成教育教学任务中的重要作用,鼓励教师充分发挥个人的能动性和创新性;另一方面又要防止教师过分突出个人的作用,忽视集体的力量。

传统教师之间的人际沟通主要是面对面的直接沟通方式。而随着社会的发展,新的通讯手段也成为教师之间进行人际沟通的重要手段。教师之间建立良好的人际沟通应注意以下两点。

(一)树立集体意识

树立集体意识,可以对教师之间的人际交往产生多方面的积极作用:第一,可以促进教师彼此间的相互认同,作为同一个集体的成员,大家在目标、利益、归属需要的满足等方面,都有很多的共同点,很容易在心理上彼此接纳,相互认同;第二,容易提高交往的广度和深度;第三,相互间容易配合。

(二)处理好竞争与合作

竞争与合作是实现集体目标的两个基本条件,我们要处理好竞争与合作的关系。我们经常看到有些人在竞争中表现出明争暗斗、相互诋毁等情形,这将导致集体的凝聚力下降、士气低落、人际关系紧张。因此竞争要把握一个"度",在促进竞争的过程中要强化合作的精神。教师之间应做到:第一,要尊重他人的劳动,维护同事的威信,发现问题要及时补救,不在学生面前贬低其他老师;第二,同一学科之间的教师要团结互助,互相学习,新教师要虚心向老教师学习,并且可以通过结对子、确定指导关系进行传、帮、带等方式做到共同进步;第三,同一年级不同学科的教师要密切配合,齐心协力做好工作。

通过培养集体意识,并且处理好教师之间的竞争与合作,教师朝着同一教育目标开展教育教学活动,这样学校才会充满前进的活力,教育教学质量才会更加过硬。

案例:

张老师最近感到很苦闷,知己的同事一下子疏远了自己。由于自己提升而造成原本较好的同事,关系疏远、冷却。他说他们同一年应聘到学校的十个年轻教师一直在工作上互帮互助,生活中乐趣横生,相处很融洽。但教学六年,由于教学成绩突出,他被提拔为年级主任,成为那些教师的领导。自从被提拔后,他与领导关系近了,常常按照学校规定和主任职责安排工作任务和检查,难免给人一种居高临下、爱摆架子的感觉;自认为是知己同事,说话便不顾及什么;如果同事工作没做好,就像以前那样喜欢当众指责、开玩笑、不给别人留面子。后来,慢慢发现那些以前的好哥们儿疏远了自己,不再和他畅谈聊天,周末聚餐也不再叫上他,见到他不再像以前那样热情,而是恭敬地喊一声"主任",但是神情好像是嘲讽。至此,张老师发现自己成了孤家寡人,很孤独很空虚,而他自我反省,感觉自己没做什么伤害他们的事啊!

通过上面的案例可以看出:张老师虽被提拔,成了学校新的领导,但角色的转变仅仅得到学校领导的承认。个别下属不服气,认为他不足以令人信服并遭到昔日同事的嫉妒。

四、教师与领导

作为普通教师,在与领导的交往过程中,既要适应对方的需要与个性特征,同时也能影响对方,反应自己的需要和个性特征。

(一)教师与领导的几种沟通方式

1. 口头沟通

口头沟通是教师与领导最常用的沟通方式,绝大多数的领导与教职工沟通是通过口头沟通方式进行的。

2. 书面沟通

书面沟通指教师与领导以纸张为信息载体进行的沟通。书面沟通可以避免在沟通中因信息不对称而造成误会。

3. 网络沟通

网络沟通包括QQ、E-mail等沟通方式。有部分教师在面对领导时可能会与内向型的学生与教师沟通一样，有好多的想法和看法、建议无法通过面对面的沟通提出。网络沟通可以有效地改变这一情况。

(二)教师与领导进行人际沟通应注意的要领

1. 了解领导的需要

领导为了建立良好的上下级关系，必须了解教师的需要。而作为教师要与领导者保持良好的关系，也同样应该了解领导的需要。因为每个人都希望受到别人的尊重，当领导的也不例外，所以教师首先要支持领导的工作，服从领导的正确决定，其次对领导的努力和工作成绩要给予充分的肯定和承认，不要只看缺点和不足，另外对领导有什么意见或建议应单独找领导谈，而不要当众顶撞或者有损领导权威。

2. 争取领导的支持

领导的支持是做好工作的重要前提，只有争取到领导的支持才能更加顺利地把工作做好。要争取领导的支持，不仅要尊重领导、相信领导。还要努力工作，做出成绩，引起领导的重视。能够得到领导支持的教师通常具有以下的共同特征：爱岗敬业、积极进取、事业心强。因此，教师要想争取领导支持和重视，就要立足岗位工作，努力做出一定的成绩。

3. 主动与领导沟通

主动沟通与被动沟通的沟通状况往往有明显的差异。研究表明，主动沟通者更容易与别人建立并维持广泛的人际关系，更可能在人际交往中获得成功。普通教师一定要认清一点，领导也是普通人，绝大多数的领导最大的愿望就是更好更快地完成任务，而不是一味的刁难。因此，通过主动与领导沟通缩短彼此间的距离建立良好的沟通。

4. 心中存有领导

作为普通教师在与上级领导进行沟通时要心中存有领导，并且让领导能够感受的出来。当下级心中存有领导与上级沟通时自然在语气、方式上都会有所注意。领导感受到教师的尊敬，自然就会对教师提出的意见有所重视。

在教师与领导之间的关系中,领导是建立和发展这种关系的主导方面。领导要实现领导功能,关键在于其影响力,即在与教师的交往中影响和改变教师心理行为的实际能力。领导者必须大公无私、作风正派、平等待人,善于倾听群众意见,时时处处为教师着想,不但与教师建立良好的工作关系,还要不断消除教师心目中"权威"与"服从"的心理隔阂和心理差距,做到与教师知心、贴心,常常进行心理互换,达到心理相容,努力建立良好的个人关系。

案例:

某校的王老师在学校教书之初,也不擅长和领导交往,觉得自己作出了成绩自然会引起领导重视。可是后来王老师发现教育本来就是个潜移默化的过程,润物细无声,学校教师那么多,新教师要作出成绩也不是很容易,可能要努力几年。经过自己的积极反思和同事提醒指点,王老师觉得要转变这种观念,要学会并且主动和领导交往。为此,他积极向其他教师学习、请教,自己也不断感悟。在尝试和领导交往后,发现领导也没有想象中的距离感和神秘感,很亲切,而且易于沟通,也急于想了解普通教师的想法。从此他经常向领导主动汇报教学成果,虚心请教教学策略和经验。这样,王老师的成长点滴都被领导注意到了,由于领导的支持和帮助鼓励,他教学进步很快,也受到学生欢迎,教学效果得到肯定。

通过以上的案例可以看出:王老师在工作中摆正自己的位置,积极与领导进行沟通,并且虚心请教,通过自己的努力最终得到学生和领导的肯定。

思考题

1. 根据您的教学经历,谈谈您是如何与家长沟通,强化家校联合的。
2. 您和学生沟通吗?是如何沟通的?

第七章　优秀教师的基本功之七：有效的教学反思能力

教学反思是影响当今世界各国强劲的教学思潮之一。我国自20世纪90年代开始对这一思潮也进行了相关的研究，并且已逐步融入学校和教师的思想和行动当中。教学反思已经成为广大教师提高个人业务水平的一种有效手段。叶澜教授说："一个教师一辈子写教案不一定成为名师，如果一个教师写三年的反思，有可能成为名师。"但在实际的教学反思中还存在着一些不足之处，例如到底什么是教学反思，反思什么，如何进行有效的反思来提高教师的水平等问题都是我们所要关注和研究的对象。

第一节　教学反思概述

一、教学反思的由来

反思这个词对我们来说并不陌生，在我国古代便已有"吾日三省吾身"、"反求诸己"、"扪心自问"等关于反思的至理名言。如我国最早的教育专著《学记》提出的教学相长的思想："学然后知不足，教然后知困。知不足然后能自反也，知困然后能自强也。故曰教学相长也。"[①]这里提到的知不足而自反、知困而自强就反映了在教学过程中，学生和教师进行反思的观点。明清时期著名的教育家王夫之在论教师的条件时也曾说："夫欲使人能悉知之，能决信之，能率行之，必昭昭然知其当然，知其所以然。由来不昧而条理不迷……欲明人者先自明，博学详说之功，其可不自勉乎。"其中提到的知其所以然、明人者先自明也同样说明反思应是教师具备的

① 学记[M]. 潜苗金，译. 杭州: 浙江杭州古籍出版社, 2011.

条件之一。对于教师这个职业，教学反思一直以来是教师进行“自省”的有效手段。

反思型教师教育思潮起源于20世纪80年代的美国，我国于20世纪90年代引入这一思潮，随后很快成为我国教育界研究的一个热点问题。反思型教师的培养是当今继续教育理论研究的一个热点问题。1933年杜威曾提到过“反思是思维的一种形式，是个体在头脑中对问题进行反复、严肃、执著的沉思。”①杜威进一步将反思解释为“对于任何信念或假设，按其所依据的基础和进一步推导出的结论，对其进行的主动的、持久的和周密的思考。”②杜威认为反思是问题解决的一种特殊形式，是一个能动的、审慎的认知加工过程。一般说来，反省思维解决的是现实问题，它允许在问题获得解决之前存在怀疑和困惑。杜威还提出，反省思维不是一种能够被简单地包扎起来供教师运用的一套技术，而是一种比逻辑理性的问题解决更为复杂的过程，反省思维涉及直觉、情绪和激情，理性和情绪交织在其中。杜威认为个体进行反思时，有三种态度是非常重要的，一是开放的头脑，二是责任感，三是专心致志，③正是这三种态度确保和推动了人们的反思行为。

随后经过美国教育家唐纳德·A.舍恩的发展，反思这一概念被广泛运用到职业培训中。20世纪80年代，在教师培训中对于教学所持的观点是过于技术化和过于简单化，认为只要向教师传授一定的教学知识策略，就可以使教师更好地解决教学中所遇到的各种实际问题，但实际情况却并非如此。一些专家、教师培训者开始渐渐意识到，教学是一种复杂的活动，每一次的教学都是依据具体情况来进行的，并且不同。在教学的过程中通常包含着许多两难的选择，并非像以前所理解的那样简单。因此，教师的培训不仅由外部向教师传授专业知识，而且通过教师对自己的实际教学经验的分析来增进其对教学的理解，提高教学的水平。正是在杜威的反省思维理论基础上，培养反思型教师和提倡反思性教学的运动于20世纪80年代在世界各国的教师教育界得到蓬勃发展。

---

① J Dewey. How We Think[M]. D. C. Heath and Company,1933:3.

② J Dewey. How We Think[M]. D. C. Heath and Company,1933:9.

③ J Dewey. How We Think[M]. D. C. Heath and Company,1933:30.

二、教学反思的理论背景

经验性学习理论和情境性认知理论是与教学反思相关的理论背景。以杜威、勒温和皮亚杰等为代表的经验性学习理论主张学习应该从经验,特别是个体的问题感开始,使学习者感到学习的必要性,从而更多地参与到学习中,这样的学习才会更有效,更可能导致行为的持久变化。

情境性认知理论认为学习要同时考虑学习的过程和学习的情境两个因素,认为学习最好通过积极的、社会性和真实性的过程来进行,应使学习者极大地参与到学习中去,应在合作中而不是孤立地学习,学习应在与学习者相关的情境中发生,这样的学习才是有效的学习。教师进行教学反思就是要从自己的实际教学活动出发,发现、分析其中的问题,并通过教师之间的合作讨论来探求改进教学的途径。

三、教学反思的内涵

探讨教学反思,我们必须首先探讨什么是教学反思?明确教学反思的内涵。教学反思的关键在于反思,而反思首先是教师的反思。因此,教学反思必然从理解教师反思开始。外国学者古德曼、舒尔曼等相关研究者对教师反思进行了深入研究。他们认为,反思是教师对于教育事件进行理性选择的一种思维方式和态度,是教师对教育事件进行的元认知。其成分主要包括:承认教育困境的存在;在确认该情境的独特性以及与其他情境的相似性的基础上,对这种困境作出回答;对这种教学困境进行建构和重建;采用不同的方法进行尝试,以发现其结果和实质;检验所采用方法的预期和非预期的结果,对该方法作出评价。[①]

在研究教师反思的基础上研究者又提出教学反思的概念。格里梅特和埃里克森综述了相关研究教学反思的文献,认为对教学反思的理解主要有三种:[②]第一种观点:认为教学反思是分析教学技能的一种技术,是对教学活动本身尤其教学技能、教学方法的深入思考,这种深思使得教师能

① D Ross.First Steps in Developing a Reflective Approach[J]. Journal of Teacher Education,1989(40).

② P P Grimmett, G L Erickson.Reflection in Teacher Education[M]. Teacher College Press,1988.

够有意识地、谨慎地、经常地将研究结果（技术层面的）和教育理论应用于教学实践，这里的应用从性质上说是技术性的、甚至是机械地应用。在该观点下，教师反思的目的是指导、控制教学实践，他们乐观地认为自己能够积极地影响教学实践。该观点的另一个明显特征是认为新的信息（例如新的教学方法、技能等）只能来源于权威（即能够公开发表文章的人），而不能来源于自身的教学实践。第二种观点认为：认为反思是对各种有争议的优秀教学观进行深入思考并依此做出选择，是对教育观念、教育背景的深入思考。持有该观点的教师能够考虑到教育事件发生的背景，能够预期不同行为将会带来什么样的后果。此观点有两个显著特征：一是关注教育事件的背景、发展脉络；二是能够对特殊的事件、情境进行反思。第三种观点：认为教学反思是对教学经验的重新建构。在该观点下，反思是教师理解、评价教学实践的一种手段，是对经验的重新组织和重新建构，并由此达到三个目的：对各种教学活动的背景有新的理解；对自身作为教师和教学活动的文化环境有新的理解；对关于教学的一些想当然的假设有新的理解。

我国学者王映学认为"教学反思也称反思性教学，是教师通过对教学活动进行的理性观察与矫正，从而提高其教学能力的活动。经常性的教学反思可使教师从经验型教学走向研究型教学，更新其固守的经验和模式，不断提高教学水平。"[①]熊川武认为："反思性教学是教学主体借助行动研究，不断探索与解决自身和教学目的以及教学工具等方面的问题，将学会教学与学会学习统一起来，努力提升教学实践合理性，使自己成为学者型教师的过程。"[②]综合我国学者对于教学反思的理解我可以将教学反思定义为：教学反思是指教师对教学过程的感性经验认真、反复地思考，加以总结，并自觉地使其上升为理性认识的思维活动。

① 王映学. 谈教学反思[J]. 中小学教学研究，2002(1).

② 李书平. 教师要有教学反思能力[J]. 中小学教学研究，2002(1).

四、教学反思的作用

(一)教师成长的需要

教育学家波斯纳指出:“没有反思的经验是狭隘的经验,至多只能成为肤浅的知识。”他提出了教师成长的公式:教研 +反思=成长,大多数优秀的教师都是在实践、反思、总结这条路径中成长起来的。教师的成长离不开教师自己的教学实践,教师的专业发展只有在具体的教学实践活动中,在对自身活动的不断反思中才能完成。因此,教学反思是教师专业发展的有效途径之一。

(二)促进教学研究结果和教学理念的应用

通过教学反思可以内省自己的教学理念落实多少、教学能力如何,以及对教学方法与教学活动的深入思考,这种深入思考会促使教师有意识、经常地将教学研究结果和教学理念应用于课堂教学的实践。

(三)创造性的再学习

一个人的经历是有限的,但通过我们的反思,则可以从有限的经历中提炼出许多的经验来。而教学反思就是一种通过对教学经历的反思而进行的创造性再学习。教学过程是师生交往、生生交往、共同发展的过程。对学生而言,学习是一种经历了对知识的理解、掌握教学知识和积累实践经验的过程;对教师而言,教学也是一种经历,教师在教学中经历了教学设计、创设教学情境、给学生提供自主探索学习活动的时间和空间,并且参与到学生学习的全过程。就反思的本质来看,反思的过程中有回忆分析、比较、概括、总结等相关活动,可见反思是一种实践性很强的学习活动。

(四)提高自身业务水平

我们常说教学是一门艺术,对于艺术美的追求是永无止境的。而教学反思是一个很有效的不断提高自身业务水平的方法。心理学研究告诉我们,人脑的功能有两个子系统:一个是对外部输入的信息进行加工的系统;一个是对自身身心调控的系统。后者是人体各种行为的始发者和协调者。真正的教育是自我教育、自我反思,而教学反思为自我教育开启了第一道门户。教师在教授一节课后或经历了一个阶段的教学后,只有不断进行教学反思,调整教学设计,不断积累经验,才能使自己一步步成熟,一步步走向名师的行列。教师学会了自我反思,就会以特定的眼光给自己在教学中的位置定位,就会站在素质教育的高度审视自己的教学行为,从而不断提高自己的思想素质、教学水平和教学效率。教学反思促使教师今后的课堂教学更为主动、更为灵活、更为专业。教学反思是一种隐性的教育资源,我们要充分挖掘这种资源,不断进行自我反思,做一个尽职尽责的教师,真正实现自我的人生价值。

(五)沟通两类理论

在教学中经常会发现教师教学活动所采用的理论与所倡导的理论不一致,而教师本人常常意识不到这种差别。由此产生教师的教学行为与预期结果之间存在不一致,这已成为妨碍教师改进教学的重要因素。奥斯特曼等人将教师的理论知识分为两类:一类是“所倡导的理论”,这种知识教师容易意识到,容易报告出来,它更容易受到外界新信息的影响而产生变化,但它并不能对教学行为产生直接的影响;另一类是“所采用的理论”,这类知识直接对教学行为产生重要影响,但却不容易被教师意识到,而且不容易受新信息的影响而产生变化,而是更多地受文化和习惯的影响。通过反思则可以使教师看到这种不一致,并沟通教师所倡导的理论与所采用的理论,使倡导的理论转化为所采用的理论进而对教学活动产生影响。

第二节　教学反思的构成要素

在探讨教学反思、如何进行反思之前我们必须先明确教学反思的构成要素有哪些,以及现实教学反思中存在的问题和原因,这样我们才能避免做无用功的反思,反思才会起到实际的作用。

一、教学反思的主体

教师是教学反思的主体。教学反思是教师对教学过程的感性经验认真、反复地思考,加以总结,并自觉地使其上升为理性认识的思维活动。教学反思本身不是目的,它是促进教师成长、学生发展的手段和途径。国内一些学者认为教师职业是应用性和创造性都很强的职业。教育教学活动具有很强的情境性,教师必须面对许多不可预测的偶发事件并随时准备做出某种判断和选择。这就要求教师要不断地学习和研究新情境与新问题,从自己的经验中学习并对自己的实践加以思考。[①]

二、教学反思的对象

教学反思的对象通俗地说就是我们进行教学反思应该反思什么,也就是对什么进行反思。

(一)对自身反思和改进

古人打仗时讲究"知己知彼,百战不殆"。教师要想通过反思来提升自己应从三个方面来反思自身。

①观念是人类支配行为的主观意识,它对我们思想和行动原则、方向起着根本的指示和规范作用。教师观念的正确与否将直接影响到教学行为的结果。法国文豪雨果曾说过:"没有任何东西比得上一个适时的主意,有时一个小时的思考,胜过几年的蛮干。"因此,我们的教师要首先对自身的教学观念进行反思和改进。素质教育观提倡教学要以学生为主体,充分发挥学生的自主能动性,可是在现实的教学中仍然有老师认为通过题海战术可以提高自己的教学实绩,这与素质教学观是相悖的,并且不利于学生的发展。教师教的累,学生学的也苦,收效也不大。此时我们的老师是否应该反思一下我们自身的教学观念是否出了问题。通过改变自己的观念让我们的教学能够在轻松愉快的氛围中高效的进行。

②对自己的知识积累是否足够进行反思。例如,在听完一堂好课后,很多教师会对人家精彩的教学设计羡慕不已,有时不禁发出感慨:"自己

① 吕达,刘捷:超越经验:在自我反思中实现专业发展[J].教育学报,2005(4).

天天也在研究教材教辅，也能把文本吃透，但为什么就上不出精彩的课呢？反思之后，我们才明白，这里有个人知识积累问题。一个教师所呈现出的每堂课都与他自身的文化积淀有关。学识浅薄，无以支撑，自然会和优秀课例产生差距。

③对自身的职业理想的反思。很多教师在刚入职时或许曾充满激情，希望通过努力把自己的教学理念形成一个体系。但因拘泥于学校以成绩为中心的评价方式，随着时间的推移渐渐沉溺于备、教、改、辅，忙于学生的高分。缺乏反思和改进，至多是积累一些教学经验，成为名副其实的"教书匠"，离当初成为研究型教师的理想越行越远。

（二）对教学对象的反思

在对教学进行反思时大多数教师认为就是指教学内容的反思，弱化了对"学生如何学"层面的反思。其实不然，对教学对象也必须进行反思。对教学对象的反思重点在于考查学生在某种教育教学条件下的心理和行为表现。思考如何使教学更好地满足学生学习和发展的需要。有数年教龄的老教师对于学生在想什么、需要什么有着最敏锐的洞察。教师在进行教学之前必须深入的研究教学的对象——学生。对教学期望的成果要实现，必须对学生已有的知识基础、思维方式、兴趣爱好、理解能力等方面有全面深入的了解；在学习过程中，关注他们的学习状况、情绪感受，以及相关信息资源，真正做到"因材施教"。

（三）对教学内容的反思

对教学内容的反思也是教学反思的重要对象。教师进行教学的内容一般是教材，包括教学大纲、教科书和相关参考资料。通过对教学大纲的研究，教师要清楚所教学科的教学目的、基本内容体系和教学方法的要求。研究教科书要求教师要熟练掌握教科书的全部内容，包括教科书的编写与意图、组织结构、重点章节以及各章节的重难点和关键。教师在研究教科书的基础上，还应围绕教材阅读和精选有关材料来丰富教学内容。教师对教材的研究一定要读懂、读透并且能够融合，要把握教材的基本体系结构，深刻理解教材内容并将自己的思想感情与教材的思想性和科学性融合。

网络时代的到来为师生提供了丰富的知识资源,教师在拥有知识资源上不再具有得天独厚的条件。在这种情况下,如果教师还是抱着一本教科书进行教学已经不符合时代的要求,也满足不了学生的需要。如何针对学生的实际生活、围绕课堂的核心内容来开发相关的教学资源与教学媒体,成为教师在选择教学内容时应反思的问题。如何利用好网络知识资源已越来越重要。

(四)对教学方法的反思

日常生活中我们常说做事情要讲究方法,方法用得好就可以事半功倍。对于教学也是如此,教师在教学时必须选择适合学生学习和发展的方法。方法得当教师教的轻松,学生也可以学的轻松并且掌握得好。教师们经常会提出这些问题:当学生萎靡不振时,如何使他们精神抖擞?当学生兴奋过度时,如何使他们波澜不惊?当学生漫无目的时,如何对他们指点迷津?当学生丧失信心时,如何激起他们奋斗的愿望?等等。美国著名教育学教授欧·巴士卡里雅有一个生动的比喻:"一个理想的教师就该肯于把自己当作桥梁,他邀请学生跨上桥,并在帮助他们走过桥之后,高高兴兴地把它拆掉,鼓励学生铸造自己的桥梁。"面对不断变化的学情、不同的学生,教师应如何呈现教学内容,如何合理安排自己的教学时间、分配教学资源;教师的教学方法是否适合教学内容和学生的知识基础与个性差异;学生在教师的引导下,是否真正投入到教学活动中,参与程度如何;教师是否对学生的学习状况和进步予以积极而恰当的评价,是否激励学生不断地探究和持续地求知等。这都是要求我们反思如何正确"搭桥"、"拆桥",找到适合的方法来改进我们的教学实践,促使自己成为更加优秀的教师。

三、教学反思的参照系

教师要进行教学反思,就必须确定反思的参照系,即以什么为标准来反思才正确、有效。

(一)以教学理论为参照系

大多数的教师进行反思时是通过分析个人的教学经验。虽然对教学经验的反思有利于认识自己,但是个人经验可能是狭隘的、局限的。为了更好地进行教学反思,教师必须借助于理论的分析。因为系统的理论分析可以帮助教师审视教学中的直觉判断和经验性的知识,帮助教师认识和理解自己的行为和思想,而且还可以为教学实践提供多种可能,增强清晰地陈述自己行为的理论基础。以理论为参照系进行反思可以使教师获得一种完善、系统的理论工具和标准。并且教师经过反复的理论反思和教学实践可以发现现有理论中存在的不足,进而修正已有理论中的不足之处,推动理论的发展。这样教师就将理论和实际联系起来,教师朝着研究型教师、专家型教师的方向发展,成为推动教学理论发展的重要力量。

(二)以学生为参照系

从学生的角度反思教学行为及其结果是教师进行有效反思的重要保证。教师反思的重要目标之一是改善自己的教学行为从而促进学生更好地学。许多优秀教师都是通过学生的反应和学习效果来调控自己的教学进度和教学行为,并把学生的学习效果作为自己教学成效的日常反思尺度。在日常教学生活中,教师要意识到对自己意义不大的事、话语、行为和决定,却可能被学生看作是表现教师权力和权威的意义重大的表达,会对学生有潜移默化的影响,甚至教师不经意的话语都会对学生的未来发展产生意义深远的影响。因此,以学生为参照系的反思无疑是重要的方面之一,可以有效地增进教师更理性化的教育行为。

(三)以同事为参照系

有句俗语叫当局者迷。教师在进行教学反思时要借助于他人的评判,尤其是同事的建议和帮助,才能在分析、认识自己的教学时更加客观、有效。在学校中合作是教师职业的一个重要特点,这里合作包括教师之间进行相互建议、评判,发现彼此的不足之处。大家共同进步,共同提高教学能力,共同提高整个学校的教育质量。每一位教师都应该欢迎那些愿意给自己提建议的同事，因为他们能够和自己分享、探讨教学实践，并为自己的思想和行动提供具有挑战性、学术性、友好有益的反馈信息和建议。让同事来评判自己的教学行为，通过事件的叙述，让同事分享自己真实的想法和建议，然后他们把所看到的、听到的反馈信息收集起来，最后会发现他们的观点和建议常常会让自己沉思和反省，甚至会有使自己惊异之处和新的发现点。同事是教师进行教学反思和改进的重要参照系，能为教师分析和解答疑惑问题提供新的思路和方法。

（四）以自己的经历为参照系

一个优秀的教师，除了以学生、同事为参照系反思自己的教学外，还有就是学会与自己进行对话，从反思到自我反思，让教学反思成为一种自觉的、积极的、主动的教学实践活动。从反思中认识自己，从反思中提高自己，从反思中找到自己真正想要的东西。对于教师而言，反思的最终目的就是为了提高教学质量，从而达到发展自己，提高自己的目的，也只有这样，我们才能实现作为教师，作为一名人类灵魂的工程师的应有价值。每一位教师的成长经历都蕴含着自己的体验、经验，反映出自己所处的环境和所过的生活。教师往往把自己的学习和教学经历叙述、记录下来，成为自传或故事。这样的自传常常被那些理论专家看作是主观的、经验性的、充满感情色彩的，但它对于教师教学的理解、洞察和体认具有重大的价值和意义。教师通过对自我经历的分析与回顾，发现自身的人格特征和认知特点、知识结构、对个人成长的决定性因素以及个人专业发展的转折点和关键事件、个人常用的教学方法、教学成功案例和教学诀窍等。这有助于教师认识和了解自己，而不一味地听从别人，盲目地崇拜权威。通过对自身经历的回顾与反思，教师对各种理论、假设、信念和自己的实践有了更加清晰的认识和理解，对一些概念能够进行比较彻底的再诠释，教师专业发展就多了些主动探究的成分。

四、教学反思的过程

教师进行教学反思的过程我们可以从发现问题、观察分析、重新概括、积极的验证四个阶段来分析，从而提高教师的反思水平和教学水平。

(一)发现问题阶段

发现问题是进行教学反思中最困难也是最富有挑战性的第一步,需要发挥教师的创造性和坚持性。通过反思发现存在的问题教师就会感到一种不适,于是为改变这种状况,教师将思考如何解决问题。值得注意的是,让教师明确意识到自己教学中的问题往往并不容易,这是对个人自信心的一种威胁。进行反思发现问题的过程中往往会有许多的阻碍因素:首先是大多数人并没有积极主动养成进行反思发现问题的习惯;其次能否通过反思发现问题与教师与相关问题的背景和专业知识有关;再次教师是否愿意花费大量时间去反思和发现问题;最后教师是否愿意进行发散思维倾向。教师如果能够克服上述的四个障碍,那么反思的首要阶段便会有良好的效果。

(二)观察分析阶段

教师通过广泛收集并分析有关的经验,特别是关于自己活动的信息,以批判的眼光反思自身,包括自己的思想、行为,也包括自己的信念、价值观、目的、态度和情感。通过这种反思教师可以借助自述与回忆、他人的观察模拟、角色扮演、录音、录像、档案等方式获得观察的数据。在获得观察的数据之后,我们便要对它们进行分析,看促使自己教学活动的各种思想观念到底是什么,它与自己所倡导的理论是否一致,自己的行为结果与期望是否一致等,从而明确问题的根源所在。

(三)重新概括阶段

在通过分析观察明确了存在的问题成因之后,教师要重视自己教学中所依据的思想,并积极寻找新思想与新策略来解决所面临的问题。在这一阶段,新信息的获得有助于更有效的概念和策略的产生,这种信息可以是来自研究领域,也可以来自实践领域。由于针对特定的教学问题,而且对问题有较清楚的理解,这时教师寻找知识的活动是有方向性、目标性和定向性的,因而不同于传统教师培训中的由外部控制的知识传授。这一过程教师可以自己单独进行,也可以通过与同事或者理论研究者的合作方式进行。

(四)积极的验证阶段

这一阶段要对上一阶段所形成的假设和教学方案进行检验,在检验的过程中,教师会产生新的具体经验,发现新的问题,从而又进入第一阶段,开始新的循环。通过不断的循环,教师的反思不断前进,教学能力不断得到提高。

第三节　教学反思中存在的问题和原因

目前,教学反思已逐渐成为各个学校评价、考核教师的一项重要内容。教师进行教学反思的目的是通过反思来发现教学中存在的不足,来促进自身的发展和改进教学,但在现实的执行过程中还存在一些问题。

一、问　题

(一)思想认识不充分

有些学校教师的课业负担重,教师对于教学反思的思想认识不充分,对于教学反思仅仅是当做完成学校的一项任务,为了应付常规检查。这样的反思是流于一种形式的反思,其内容要么与教学风马牛不相及;要么词不达意;要么摘抄文稿,甚至是教学反思行为的缺失。

(二)反思能力较低

有些教师想进行教学反思,但不知该如何去进行;有些教师虽然进行了教学反思,但质量偏低。例如,某位教师的教案上写了几节课的教学反思,但却都是同一句话:“进展顺利,完成了教学任务。”有些教师的教学反思仅仅是对课堂教学的简单回顾,只是教学过程的重现,没有思想冲突,也没有产生新的感悟。可见某些教师的反思方法不足,反思能力较低。

(三)不敢正视不足

进行教学反思就要发现自己的不足,并改进不足。但有些教师对优势方面写得较多,不足之处却挖掘得少。一些教师写教学反思时,尽量少写或不写不足之处,担心反思写出来后,被同事或领导看到后会影响自己的形象,或被领导作为考核与评价的依据。一位教师在《海底世界》一课的教学反思中,花了较长篇幅写了两个成功点:一是充分运用多媒体展示海底的奇异,用瑰丽无比的珊瑚和那些没有见过,甚至都没有听说过的动植物来激发学生的学习兴趣和求知欲望;二是通过自由读、推荐读、小组读、男女生比赛读等活动,强化学生的个性化阅读行为,以发展学生的个性,取得了良好的效果。但在谈到本堂课的不足时,仅用一句"这节课也存在某些不足之处,我将在今后的语文教学中不断努力,使课上得更精彩,更受学生的欢迎"来带过,没有明确教学的缺陷在哪里,也没有提出具体的改进措施。

(四)形式单一

大多数教师的教学反思仅限于写教后记,写作形式千篇一律,一般都由两个部分组成:一是成功之处;二是不足之处,且同一个问题在不同的反思中多次出现。由于缺少深度挖掘,空话、套话较多,反思不仅没有任何价值,反而还浪费了时间。

(五)缺乏理性分析

大量的反思都停留在对一些教育、教学现象的描述上,而对现象背后的教育理念、对学生发展水平的影响、课程目标的落实情况、教材的运用、学生综合能力的变化、今后教学的影响等方面的思考却相对缺乏。

教师的根本任务是培养人才,教育的过程包括教学过程。所以,教师的反思是否全面,不能单看对教学问题的反思,还要从根本上反思自己的教学是否体现了培养全面发展的人的教育理念,是否致力于改变学生的学习方式。教师也需要对自己在教学活动中所体现出来的教育观、课程观、学生观、评价观进行反思。只有这样,教师的反思才能促使自身观念不断更新、不断发展。

二、原　因

造成现实教学反思存在的问题有多方面的原因。

(一)不重理论

贺麟先生曾经讲:中国人轻视理论是从骨子里的,轻视理论的结果就是重视经验。教师缺乏阅读,不能吸收先进的教育教学理论,过分的相信经验,为经验主义所左右,导致的结果是忽视实践,缺少反思,不能从真正意义上去理性地思考“怎样才能做得更好”;用哲学的眼光来看“经验主义”,我们最大的教训是经验主义者缺乏思考和创新,容易陷入定势思维,最终会使我们的课堂教学走向闭塞、缺少生机和活力,变成一潭死水。这是影响反思的原因之一。

(二)职业倦怠

另一方面造成教学反思不畅就是教师的职业倦怠。教材、习题、辅导材料、教学方法的陈旧、单调与枯燥乏味;生活的过于规律、单调、缺少情趣;生活圈子的相对狭小造成慢慢形成惰性,不愿听别人的建议和与别人进行交流。看不到学生的闪光点,也意识不到自己的缺陷,全凭自己的经验和感觉进行自己的教育教学。越是对原教材和已有知识结构熟悉的教师,就越容易形成这种倾向,也越容易产生职业倦怠。这种状态在教师心里不断滋生并积累,不仅影响到教师自己的工作和生活,甚至会带到课堂教学中,把这种心态传染给学生。教师在恶性循环的过程中找不到自己的存在价值、定不准自己的人生坐标,没有成就感、没有成功的喜悦、没有失败的痛苦,缺少静心思考,慢慢对工作和生活失去激情,对周围的一切漠然置之,走向心理枯竭。罗曼·罗兰说:“要散布阳光到别人心里,先得自己心里有阳光。一个不愉快的人,提供的只能是不愉快的服务。一个心中没有阳光的人,整日持一种小肚鸡肠,绞尽脑汁,计来算去的人生心态哪里有海纳百川、包容一切的气势,哪里还能给别人阳光!”

(三)知识面狭窄

知识经济时代和信息网络的全球化为我们的阅读提供了前所未有的保证,但是教师书架的大面积空白,不能不说是现代教育教学的遗憾。被称为俄国教师的教师乌申斯基曾经说:“教师的人格就是教师的一切。”文化积累薄弱,不去或者不能主动地提升自己的境界,怎么能体会人格、修养的真正内涵?按照英国著名哲学家怀海特在《教育的目的》中的说法:“在某种意义上,随着智慧的增长,知识可能会减少;一个只会阅读教本和辅导材料的教师拥有的最多只能说是‘知识’,而不是‘智慧’。”现实中部分教师却对此全然不知。一个学科知识背景过于狭窄的教师,思维视野肯定狭窄,在没有宽广的知识面的基础上形成的所谓专业深度,在一定意义上,是褊狭度。

(四)忽视实践、安于现状

某些教师忽视自己的教学实践,安于现状。把理论看得离自己很遥远,不积极的进行探索实践而只是对于新的理论做浅尝辄止的了解、以偏概全,做新理论的追随者。陶行知先生说:“生活即教育,社会即学校,教、学、做合一。”理论来源于生活。一种简单的想法,或者是一种老生常谈的说法,只要我们善于琢磨其背后的深意,并把自己独到的理解转化为教学行为,在教学过程中经过反反复复的搓揉,把先进的教育教学思想、哲学思想慢慢渗入,日积月累很可能会形成一种方法,上升为一种理论,并获得成功经验。

第四节　教学反思的途径

教学反思对促进教师的发展起着关键作用。如何通过教学反思促进教师的发展,这既是一个理论问题,更是一个实践问题。布鲁克菲尔德曾经说过:“当教师踏入反思之旅的时候,就会有不同的途径。通过这些不同的途径,教师可以观察自己的课堂教学,重新审视自己所持有的教育教学理念及行为,并作进一步的审查和调整。”[①]教学反思有哪些途径呢?

一、从个人经历与教学理论相结合中反思

奥地利著名教育学家 Goodson 认为,教师的行动与个人过去的生活经历、经验密不可分。教师过去所经历的生活内容会成为支配教师日后思考与行动的影响因素,甚至对教师后来的经验选择与重组度都有影响。由于个人经历深深植根于教师的日常生活之中,是教师个人职业生活的直接体验和感悟,是真实的、具有情境性的,因此教师的个人经历和经验对于教师在教育生活中认识自我和把握自我发展是一种有效的方式。同时也是教师建构自己教育理论的一个重要通道,它为教师的认识活动和行为方式提供了一个合理的解释框架,为教师个人的成长和发展提供了内在知识和信念支撑。但经历经验是不会自己启示教师知识与智慧,有的教师能从自己的经验中获取发展的资源和动力,从而不断发展;而有的教师则忽视经验所包含的宝贵价值,从而出现“二十年的教学经验是一年工作经验的重复”的现象,造成这种情况的根本原因就在于教师对个人经历的反思水平不同。

外国学者范梅南把反思分成了三种水平。[②]一是技术合理性水平。处于这种水平的教师只注意到教学知识和基本课堂原则的应用以获得良好的结果,而看不到教学结果以及课堂、学校和社会中的问题,这是反思的最低水平。二是实用行动水平。此阶段高于前一水平,处于这种水平的教师,开始对学生和教师的行为进行分析,能够对系统和理论进行整合,经常认为教学事件中存在着问题,但往往表现出个人的偏见。三是批判反思水平。在这一阶段,教师能够整合道德与伦理的标准,不带个人偏见,关注对学生发展有益的知识和社会环境的价值,这是反思的最高水平。只有达到批判反思水平,教师对个人经历的反思才能避免局限于狭隘的技术性关照,才能从个人经历中获取成长的智慧和发展的动力,也使教师的各种经历成为有意义的体系。

通过对自身经历的回顾与反思,教师对各种理论、假设、信念和自己

① 布鲁克·菲尔德.批判反思型教师ABC[M].张伟,译.北京:中国轻工业出版社,2002:32.
② 刘加霞,申继亮.国外教学反思内涵研究述评[J].比较教育研究,2003(10).

的实践就有了更加清晰的认识和理解,对一些概念能够进行比较彻底的再诠释,教师专业发展也就多了些主动探究的成分。[①]教师在对自己的经历进行反思时必须与教学理论相结合,克服个人经验的狭隘性和局限性。利用理论工具来反观自己经历并反观理论,做到理论与实际的深切结合。

二、从课堂教学环节中反思

教师可以从教学前、教学中、教学后三个阶段来进行课堂教学环节反思。

(一)教学前的反思

教学前的反思是对教学内容和学情的反思,并对可能的情况进行预见。教师在反思中要看课文的导入是否能激发学生的学习兴趣和促进学生有效地学习;教学环节的设置和知识之间的衔接是否自然等;对教材的重难点把握是否恰当,是否还需斟酌。

教师在教学前进行反思是否深刻对于后期教学的顺利进行和学生对于知识的把握具有重要的意义。

(二)教学中的反思

教学中的反思具有监控的作用。教师通过反思可强化自己的教学调控和应变能力。教师在面对不可预料的情况时,应立足现有的教学资料和设施,运用教师的机智来进行引导,从而达到教学的目标。教师在教学中还应利用学生的反馈情况对进行的教学进行调整,学生是否已经掌握重难点,还有哪些地方学生不清楚等,教师都可以通过在课堂上与学生的互动来进行。教学中的反思需要教师平时的观察和积累,积累丰富的学科知识和经验。

(三)教学后的反思

教学后的反思相对于教学前和教学中的反思意义更加重大。教师通

① 赵昌木. 教师在批判性教学反思中成长[J]. 教育理论与实践,2004(5).

过反思应清楚自己的教学特色、自己的教学理念是否更加突出、对于教材的处理是否有效、教学的方法是否得当、教学的效果是否成功、教学是否还有改进之处等,这些都是教师可以进行反思的方面。教师通过课后的反思可以积累更多的教学经验,并且形成自己行之有效的独特的方法,从而增加教育智慧,促进自身的发展。

除了上述三个阶段外,教师也可以通过说课、听课、评课来进行反思。

三、阅读中反思

教师职业特点之一在于工作的本身就具有反思性。无论此种反思是在实践过程中进行的,还是在实践之后进行的,教师个人的反思对于教师自身专业的发展都具有重要意义,但教师在反思的同时也存在着肤浅式的思考的局限。[①]如何避免教师的自我反思走进误区,是值得我们特别关注的。其中可能的途径或许有许多,但必要和关键的一条路径就是阅读。阅读是教师反思不可或缺的方法和手段,读一本好书不仅能丰富教师的文化素养,更深刻的意义还在于它可以帮助教师重新反思个人经历,促使教师从更广阔的视野中审视自己的思想和行为,重新理解教学的意义,增强自己的理性智慧,以批判的态度反思个人教学实践的合理性。教师阅读反思的过程,就是统整个人实践、理论和他人知识的过程。阅读反思中,教师所获得的不仅仅是对自己行动的理解、实践的改善、知识的扩展,还有对所拥有理论的提升。只有当教师将阅读融入到教学生活之中,与个人的信念、兴趣、爱好、特长、习惯等个性品质紧密地结合起来,才能在成长的进程中体验人生的快乐,不断提升自身的精神境界。

四、合作中反思

Gadamer 在《真理与方法》中强调,一方面我们隶属历史传统,另一方面关联社会群体。人的生活世界是一个包括他人的共在;共在不仅是与他人“共同在场”,而且是共同生活在一个沟通对话的共同体中,分享着历

① 操太圣,卢乃佳.伙伴协作与教师赋权:教师专业发展的新视角[M].北京:教育科学出版社,2007:58.

史文化的经验，自我不是封闭孤立的实体，而是与他人互动的自我。[①]教师可以提升自我反思意识，但这种意识并非只取决决定于个体意志，它常常与外在情境产生密切结合，往往反映在真实的社会情境之中。同样，反思不是闭门思过，而是与外界的沟通与交流，这是教学反思的重要途径，教与学的社会性本质决定了反思也是一种依赖群体支持的集体性活动。孔子曰："三人行，必有我师焉"，讲的就是人际交往中的智慧助长。作为教师，同事交往是其个人交往的重要组成部分，而工作业务上的交往又构成同事交往的主要内容。同事之间不论合作程度怎样，你都可以从他们身上学到对你成长有价值的东西。因此，同事可以作为一面批判的镜子。教师通过与同事研讨交流来反思彼此的教学行为，可以更好地发挥集体的力量，明确应该朝向哪个方向行动以及如何行动，有助于教师专业技能的提高。

除了同事之间进行的集体反思外，还可请专家或教育研究者加入，提出有针对性的建议，促进教师不断反思，使其能意识到隐藏在教学行为背后的教学理念，不断反思和建构对教学意义的新理解，从而提高教学的理论水平，拓展教师的专业视野。

第五节　教学反思的形式

一、撰写教学日志

教学日志是一种教师对自己的思想变化和行为变化的记录。教学日志不是仅仅记录和罗列教师日常教学生活的事件，而是通过写教学日志，教师给自己提供进行反思的资料和提出一些问题。事实上写日志的过程本身就是教师对教学进行反思的过程，它可以检查自己在工作过程中的不足，然后为消除这些不足而制定解决问题的计划和今后自身发展的目标。写日志是教师用来记录和理清自己思路的方法，也是洞察和澄清实践意义的方式。写日志可以是客观的、主观的、创造性或者是富有表现力的。作为反思性实践者，教师可以经常性地回顾自己的记录，评价自己最

① 谭光鼎，王丽云. 教育社会学：人物与思想[M].上海：华东师范大学出版社，2009：131.

近一段时间的进步状况,对自己的思想和行为变化进行深入的思考。它实际上是一种与自己进行对话的方式。可以说,教学日志有利于分析、认识、改变和超越自我,是一种促进自己专业发展的强有力的工具。

二、写反思日记

教师在自己的教学过程中或教学结束之后,对自己教学的长处和短处可以进行总结性反思。写反思日记是教师经常采用的一种反思形式。教学活动结束后,静下心来,总结自己的教学,全面地评价教学上的成败得失,或抓住教学过程中存在的主要问题,或抓住其中最成功的一点,进行实事求是的分析总结,并引出自己的见解,写在日记本上。通过写反思日记进行反思可以是灵活多样的,普洛格伏就曾建议,日记的格式或段落可以包括:教学过程中的经历、与他人的对话、深度的感触、隐语和期望等。记反思日记应体现专题,也可以就自己刚刚结束的教学活动进行全方位反思。反思日记可以分为三栏:第一栏对教学中包含问题的教学事件进行详细、忠实地描述;第二栏谈谈你的看法和体验,提出问题;第三栏可以提出改进的教学建议。教师不但应将自己教学中的诸多感悟记下来,还要特别牢记日记中提到的专题性问题和改进建议,以真正促进教师的成长。

三、集体讨论

教师们聚集在一起进行集体讨论也是反思的形式之一。教师们针对课堂上的问题,把教学过程中最典型的、需要探讨的教学现象集中起来,以教学理论为指导,对它们进行全面深入的剖析、研究、整理和提炼,通过认识、实践、再认识的过程,探索适应学生发展的教学模式和教学环境。教师各抒己见,共同讨论解决办法,得出最佳方案为大家所用,可以达到共同提高的目的。

四、建立档案袋

档案袋主要记录一个教师的发展历程,记录自己的少年、青年时代的变化以及做教师后的成长状况。它是一个丰富的、发展着的数据库,是一个私有的文件夹，属于教师本人。档案袋包含着许多专题形式的档案，他们记录着教师的学习、研究和教学等方面的情况。档案袋建立的过程是教师对已有的经验进行整理和系统化的过程，是对自己成长的积累过程，也是教师自我评价的过程。从档案袋中可以洞察教师个人在某一领域的发展历史、现状和未来趋向。教师通过回忆过去的经历，审视目前的现状，提醒自己正在成为什么样的人，将成为什么样的教师。建立档案袋是教师学术反思和专业发展的强有力的工具，并可成为供其他教师分享的丰富教育资源。

五、网络分享

现代社会高速发展，网络已经成为一个人生活中不可缺少的因素。在网络迅速发展的时代背景下教师也必须利用好这一工具。网络时代的到来为师生提供了无可限量的知识资源，同时也为教师反思提供了新的形式。教师可以利用网络的分享功能将自己反思的结果搬上网络，可以与同行们进行交流。可以说网络极大地扩大教师进行反思分享和交流的范围，使交流的范围不在仅限于自己工作学校的教师。

思考题

1. 根据您的教学经历，您认为教师教学反思的现状怎样。
2. 根据您的教学经历，您是如何看待教师的教学反思的。

第八章　优秀教师的基本功之八：适切的教育科学研究能力

“教师即研究者”，这是新课程改革对教师提出的要求与期望。1999年颁布的《中共中央国务院关于深化教育改革全面推进素质教育的决定》指出，教师“要遵循规律，积极参与教学科研，在工作中勇于探索创新”。2001年发布的《国务院关于基础教育改革发展的决定》也指出：“广大教师要积极参加教学实验和教育科研。”可见，教育改革要求教师结合教育教学实践开展科学研究，努力提高教育科学研究意识和研究能力。

科研是科学研究的简称，是创新和运用知识的探索过程，也就是通过一定的手段，对某一现象进行有目的、有计划的探究活动，以求得对该现象解释或结论的过程。随着教师专业化的不断深入发展，教师的科研能力是教师必备的素质，他们的科研不是传统上所认为的高深理论研究，而更多的属于应用研究和开发研究的层次。

第一节　选　题

选题是进行科研的第一步，而且是至关重要的一步。爱因斯坦曾说过：“提出一个问题往往比解决一个问题更重要，因为解决问题也许仅仅是一个数学上或实验上的技能而已，而提出新的问题，新的可能性，从新的角度去看待旧的问题，都需要有创造性和想象力，而且标志着科学的真正进步。”可见，提出问题对于科学研究具有重要意义，所以，作为研究者应该集中精力来发现问题和选择研究课题。

选题就是对研究问题（现象、对象）和研究方向（目标）的选择与确定，任何研究都是从选择研究问题开始的。教育研究是一个不断提出问题和解决问题的过程，在这个过程中，提出问题往往是研究的出发点，解决问题则是研究的重点。选择课题就是选择要研究的对象,选择要研究的问题。

一、选题的来源

中小学教师的选题来源较高校教师的科研选题有更大的空间,他们不仅可以选择教育主管部门拟定的研究课题、当时的教育热点等,还可以从他们的教育实践和工作需要中选题。

(一)以教育实践为选题的来源

中小学教师每天面临的教育教学任务,在书本理论与实践教学相结合的过程中,难免会遇到一些困难和疑惑,这些困难和疑惑,实际上这就是教师选题的一个来源。现在我国的中小学教育正处在迅速发展和巨大转型时期,教育教学过程中面临着许多亟待解决的突出问题,教育工作者们可以从中选择一些有价值的、针对性强的问题来研究。如关心学生心理健康教育的研究,关于全面提高教学质量的研究,运用系统科学的原理研究班级管理问题,运用多媒体技术开发新的教学手段等。教师也可以通过对自己教学行为的回顾、解剖和检讨,发现矛盾和需要解决的问题,比如课堂教学时间的有效安排方面、学生课程资源的合理安排问题、怎样应对课堂上学生的即兴提问等教学问题。教师通过对自己教学实践的反思,运用具体案例,提出一些新鲜的观点和做法也是很有意义的。

(二)以课程教材建设为选题的来源

新课程改革提倡教材的开放性,这就为广大中小学教师选题提供了广阔的空间。教材是否贴近现实生活、是否符合适龄学生的身心发展规律、是否能够被广大师生吸纳和接受,这些问题都可能是选题的来源。新课改之后,许多地方和学校都提出要开发地方课程和校本课程,教师可以从这些项目中寻找问题的来源,探究怎样将社会上出现的新情况、新问题、新内容及时纳入到课程中去,弥补统一教材的不足,发扬地方文化和学校文化。教育工作者们可以从中挑选有价值的问题进行深入的研究。

(三)以社会发展的需要为选题的来源

社会存在是教育存在的前提,教育的发展和社会的发展是相互依赖、相互促进的关系。我国的教育历史源远流长,也是不断发展进步的。尤其是在当今不断发展与变革的社会,政治、经济、文化等的不断发展与变革,必然推动着教育的不断发展和变革。在这其中出现了一系列的教育问题。例如,出现了东中西部地区、城市与农村政治、经济、文化的不平衡发展,出现了区域间以及城乡之间的不平衡发展,如进城农民工子女的教育问题、留守儿童问题等。这些社会变革带来的教育问题是值得广大中小学教师深思的问题,他们可以在一线的教育教学工作中贡献自己一份力量。

(四)以教育理论或者成功经验为选题的来源

教师不仅仅教学,而且要经常进行在职培训,学习先进的教育理论,了解别人的科研成果,探讨成功教师的经验,等等。只要他们认真的学习和领悟,都会从中受到启发,发现和提出问题。通过教育理论的收集、筛选、整理、学习,从中受到启发,发现和提出问题进而形成研究课题。如把已有理论用于教育实验研究,在已有成果的基础上进一步发展,开辟新的应用途径,或者发现理论之间,或者理论与实践之间的矛盾,从而提出课题进行论证。也可以从教育理论、教育理念、教育成果转化为具体的教学实践活动时所遇到的问题中选题。比如,在教学实践活动中怎样运用所学习的因材施教原则?因材施教有什么具体的标准?是否学生的所有才能和潜质都应该或者能够充分的挖掘?这些都可以作为选题的突破口。

(五)以媒体信息和时代热门话题为选题的来源

信息时代,我们可以通过很多方式接受外界的信息流。我们通过电视、网络、广播、报纸了解到现阶段热门的教育话题和我们应该注意的教育问题。那里有成功的经验、新的科技成果、新的理论见解、新的研究动态、新的教育猜想可以供广大教师分享,那里也有失败的教训、存在的教育问题让广大教师注意。如,2011年高考前,为了抓紧时间努力复习功课,许多考生体力不支,出现了吊瓶班。素质教育推广到今天,这是值得我们深思的问题,用身体去换分数是否合理?作为一线的教师,不仅要做好自己教学本职工作,还要注重教育信息动态,研究新颖的教育问题,指导自己的教育实践。

(六)以著名教育家的教育思想及理论启发为选题的来源

我们在进行教育实践的同时,要不断地充实自己的教育理论。业余时间更应该读读教育名家的一些教育著作,从中受到启发,作为自己选题的来源。我们不仅可以读国内一些教育名家,从古代教育家孔子、孟子到现代教育家陈鹤琴、陶行知的教育思想,结合中国的教育实际,对自己的教学实践做出规划和调整,而且我们可以读读国外教育家的一些著作,如美国教育家杜威的《民主主义与教育》、卢梭的《爱弥尔》、洛克的《教育漫话》等,思考一下国外一些教育教法,与中国现在的教学区别,从中找到灵感,做点研究。

二、选题的标准

作为我们研究的选题应该具有价值性、创新性、可行性和科学性。

(一)选题的价值性

价值性是一切选题的基础,也是我们进行研究的前提。价值性体现在我们的选题要具有方向性、针对性和普遍性。方向性是指我们的选题必须要符合人类教育发展的规律,符合我们国家的教育方向、教育政策和教育法规。那些违背教育规律和国家教育方向的选题不仅没有价值,在实践上也是行不通的。针对性是指我们的选题要切合实际情况,针对教育教学研究或教育改革发展过程中的不良教育倾向、薄弱的教育环节和突出的教育问题,选择那些针对性强的进行研究,才具有满足事业需求的现实意义和实际价值。中小学教师在做教育选题时一定要有很强的针对性,因为我们的研究不同于高校教师的研究,高校教师的研究可以在广泛的理论基础上进行系统的研究,是一种规范性的研究。而我们更多的是操作性的研究,从自身的条件来说,我们更应该倾向于我们身边的教育实际情况，有针对性地进行研究，研究的结论不仅能丰富我们的教育理论，而且能提高自己的教育实践水平。选择普遍性的课题是为了使研究成果具有客观规律性和推广的普遍性。针对性更多的是对选题本身而言的，选题的普遍性更多的是对选题的目的和结果而言的。普遍性越强的课题，它的社会价值就越大。但是，普遍性也并不是说我们研究的任何课题都要有很强的推广性，它是一个相对的概念，也有研究是某个部门、某个单位为解决某个实际问题而做出的，这样的普遍性就不要很高。比如说，我们上面提到的由进城农民工子女教育问题和留守儿童教育问题引发的教育公平问题，这是一个普遍的教育话题，研究的结论是值得推广的。而我们说的地方课程、校本课程的开发，这个研究是有针对性的，其研究结果推广也是没有太大价值的。

（二）选题的创新性

创新是研究的灵魂，教育研究的目的就是去寻找前人没有找到的真理，去认识前人没有认识或者没有充分认识的教育规律，解决他们虽然认识到但还没有解决的教育问题。创新性要求观点新颖、方法独特和材料有新意。提出的观点主要是对教育实践的洞察和对其他人的教育观点的批判。观点新颖是研究的深层创新，是提出一个与别人截然不同的观点，当然，我们不能因为要提观点而提观点，要真正发现与别人对此问题的不一样认识，切实的提出新观点。运用新的研究方法，需要开拓的思维和广泛的阅历，我们可以通过逻辑思维的训练，阅读哲学书籍，模仿别人的思维，以致最后形成自己独特的思维。在阅读的时候发现别人的观点比较好，但是研究无力，如欠缺现实的调查和数据，我们可以根据自己的实际条件进行一些调查研究，访谈研究等，寻找生动的研究方法。材料有新意需要我们对于生活的积累和广泛的阅读。如果我们的研究与别人的研究在观点或研究方法上有类似之处，那么我们就可以让新材料成为我们创新的突破口。要想自己的研究有新意，我们需要了解前人研究了些什么、怎样研究的、用了什么方法、用了什么材料、研究的结论是什么。我们需要了解前人为我们的研究打下了什么基础，做个有心人，使自己的研究充满创新之意。

（三）选题的可行性

可行性是指根据实际具备的和经过努力可以具备的条件来选择研究的问题,对预期完成问题的主观、客观条件尽可能的估计他们确实可行。科学需要幻想,要把幻想变成科学就需要满足现实的条件。课题的可行性标准需要我们考虑以下几方面的问题:

①研究这一问题,需要研究者具备哪些知识和能力以及非认知因素（如信心、意志等),本人是否已具备或经过努力可以很快具备;

②研究这一问题,需要的基本经费是多少,是否有可能解决;

③研究这一问题,需要的设备和材料是否充足,是否容易获得;

④研究这一问题,在面临艰巨的教育任务的同时,我们是否有充分的时间和精力;

⑤地方和单位的上级领导是否同意和支持对于这一课题的研究;

⑥在研究的过程中,能否争取到必要的单位和个人的支持与配合。

要考虑的问题甚多,我们在研究之前一定要认真理清楚,脚踏实地,不好高骛远。充分利用自己和身边的优势,扬长避短,对各方面进行深思熟虑之后再动手研究。但是,我们也不是说要绝对的各方面条件都具备,缺一不可,这样也会阻碍研究的进程,造成畏首畏尾,停滞不前,要辩证地看待条件,很多时候条件是靠我们自己创造的。

（四）选题的科学性

选题的科学性是指选题要有科学的理论做指导,立论根据要合理,防止走向非科学或者是伪科学的道路。在选题的时候要以一定的事实为根据,使其有坚实的实践基础,同时要以教育科学的基本原理为基础,使其具有一定的理论支撑。科学永无禁区,但选题是有一定约束的。被科学实践证实行不通的东西,就不要再去选择,否则科研的课题就是非科学的。但是在科学与非科学之间有很大的空间,并不是说可以绝对的划分界限的,有时候我们还是很难去区分的。有的课题看似很荒诞,没有意义,但是那可能是在事实材料和理论根据不充分的前提下我们做的错误判定,我们也不要去轻易否定选题。有的课题根据现有的理论似乎可以信任,但是在没有充分事实去证明的时候,也不要去轻易地肯定它。总而言之,判断一个研究课题是否符合科学性的标准,需要以科学理论和科学事实为基础。

选题没有固定不变的模式,但是我们要有个清晰的思路。一般的选题过程是,首先确定研究问题的领域,然后查阅相关资料,还要界定研究问题的范围,最后要清楚地陈述研究问题。同时,我们选题要避免题目过大、难度太高、主题太偏等一些问题。好的开始是成功的一半,一个优秀的选题,对后续的研究至关重要,做好以上几点,相信我们的选题应该很不错。

第二节　教育科学研究方案的设计

在选题之后,我们要对自己的研究有个粗略的计划,设计一个合理周密的研究方案。科学的研究方案犹如我们工程的施工图,它的好坏直接影响研究结果。研究方案是让我们清晰自己到底要研究什么及怎样研究。比如:课题名称、问题提出、文献综述、研究的目的与意义、研究的内容、研究的重点难点、研究假设、预期成果、研究方法、研究技术路线、课题的组织与管理等。不同类型的研究对研究方案的要求不一样,但是一般来说,实证性的定量研究,对研究设计的严密性要求更高;思辨性的质的研究对研究设计的要求相对较低。[①]有的研究甚至不要求有明确的、事先设计的研究方案,如教育行动研究、经验总结研究等,有的简单的思辨研究甚至以“构思”代替文字规范的研究设计。[②]高校教师的研究主要是量化的研究,中小学教师的研究主要是质性研究,两者都要有个周密的研究方案的设计,否则课题研究的实施将步履维艰。

教育科研设计就是引导教育科研进行的计划或策略,是对教育研究活动开展全过程的设计,它是回答研究什么和怎么进行研究的问题。研究方案一般包括研究目的、研究问题、预期研究成果、研究重点和难点、研究方法、研究分工、研究步骤、研究周期、阶段研究任务以及研究成本核算

① 叶澜.教育研究及其方法[M].北京:中国科学技术出版社,1991:63-64.

② 李方.现代教育研究方法[M].广东:广东高等教育出版社,2004:70-71.

等方面的内容。

一、确定研究课题的名称

研究课题名称的表述要体现研究的目的、研究的问题、研究的方法等。课题名称要简洁、明了，让读者看了就能明白你所要研究的内容。常用陈述句表述，字数一般在20个字之内。如：博洛尼亚进程中德国学位制改革的特点、浅论普通本科高校科研团队的建设策略等。

二、提出科学研究问题

在选题的时候我们基本确定了研究的问题，在提出研究问题这一部分我们首先要定位自己的选题，然后阐述该领域存在的问题和解决这一问题的迫切性、重要性，在此基础上明确提出所要研究的问题。也可以从综述别人的成果中发现问题，然后找到研究现实问题的突破点，突出研究的必要性和重要性。

确定问题之后，要界定自己的课题，详细地描述课题是什么。说明课题名称及其关键词和重要的定义、涵义及来源。在设计成文章时也要有一定的步骤：

①说明研究原因，一般来说要说明时代背景和针对的问题，还要注意说明学生发展的需要和学校发展的需要。

②说明本课题研究的先进性，主要叙述目前国内外关于此课题研究现状以及预测未来的发展趋势，体现出选题的先进性。

③说明本课题研究的实践意义和理论价值。

④说明本课题研究的指导理论。这些指导是针对“问题”提出的能够指导操作的少而精的理论。

三、作出文献综述

文献就是已经发表过的或虽未发表但已被整理、报道过的那些记录有知识的一切载体，这里的一切载体包括图书、期刊、学位论文、科学报告、档案等常见的各种材料。按照其性质和用途通常可以分为：零次文献、一次文献、二次文献和三次文献。零次文献即曾经历过特别事件或行为的人撰写的目击描述或使用其他方式的实况记录，是未经发表和有意识处理的最原始的资料；一次文献是研究者在教育教学实践中直接产生的原创文献，是离事实最近的文献，是为科学研究宝库添砖加瓦的文献；二次文献又称检索性文件，指对一次文献加工、整理、提炼、压缩后得到的文献，是关于文献的文献，它的形式主要有：辞典、年鉴、参考书、目录、索引、文摘、题录等；三次文献又称参考文献，指在对一次文献、二次文献的加工、整理、分析、概括后撰写的文献，是研究者对原始资料综合加工后产生的文献，它的形式主要有：研究动态、研究综述、专题评注、进展报告、数据手册等。[①]做文献综述的目的是帮助我们熟悉和了解本领域中已有的研究成果，寻找自己的位置，同时做文献综述还能为我们提供可参考的研究思路和方法，有助于论证选题的可能性。详细和完善的文献综述可以避免重复劳动，少走弯路，能为自己的研究找到新的起点。

四、研究目的和意义

研究目的就是研究中主要解决什么问题，问题要明确，不带主观好恶。研究目的往往决定了我们要研究的内容，同时也制约了研究方法的选择。对于教育实验等研究，在明确研究目的后，还应该进一步说明研究假设。所谓研究假设就是研究者根据有关理论、经验、收集的资料，运用自己的想象力、创造力，对所研究事物的本质和规律提出某些初步设想。它同研究问题的不同之处是：研究假设一般用陈述句表述。有了研究假设，研究就更加具体明确。对于一些定性研究，往往没有预设的理论或假设，然而研究者凭借自己的背景或经历可以预见一些问题，形成工作假设。[②]

研究意义是指课题研究的理论意义、实践意义，该课题的研究对于推动教育改革、提高教育质量的作用。为了说清楚研究的意义，就要介绍与该课题有关的国内外研究现状和发展趋势，以往研究中存在的问题，即我们论文写作中的文献综述，以及本课题预计在哪些方面有突破，也即说明

① 辛治洋，张志华. 教育科学研究：方法与案例[M]. 合肥：中国科学技术大学出版社，2012：69-70.

② 华国栋. 教育研究方法[M]. 南京：南京大学出版社，2005: 56-58.

本研究的创新之处。

五、确定研究的内容和提出研究的重点和难点

研究的内容就是详细地告诉别人我们要研究的问题是什么，将我们的选题具体化，分解出一个个小问题。只有将内容分解之后才更清晰，也更方便我们研究步骤的实施。例如，我们研究农村教师专业化的问题，首先就要对教师专业化这个核心词汇进行分解。如果此研究是实验研究，我们还要注意其他一些问题，比如，根据研究的目的和任务确定对象的代表性，根据统计学要求推算研究对象的数量，通过前测对实验对象和参照对象进行等化处理，或采取随机抽样的方法确定研究对象和参照对象。

提出研究的重点就是让我们明白课题的研究要抓重点、分主次，找出研究的主要矛盾和次要矛盾，以及矛盾的主次方面。在论述的时候也要详略得当。找出难点是要让我们提前有准备，各个攻破。

六、提出研究假设

在选定研究课题之后，我们对研究有了明确的方向，对所要研究的问题、问题的意义以及研究的可能性，应该从哪些方面，用何种方法研究心里有了蓝图，但是对于课题的实施，我们还要进一步确立研究的目的和主题的范围，形成研究假设。研究假设是研究者根据一定的科学事实和科学理论对研究中所要解决的问题结果所做的预测，即对课题中涉及的两个变量之间的相互关系的设想。假设在课题研究中具有定向、限定和标准的作用。在有假设的实验研究中，研究必须围绕假设进行，对假设进行验证，并在以后的研究报告中说明研究结果是否验证了假设。[①]

假设提出的方式有归纳假设和演绎假设两种，归纳假设来自于研究者对行为的观察，研究者凭借自身的经验和知识去构建知识。归纳法是从个别到一般的推理过程，它包括前提和结论，前提就是个别事物或现象，而结论则是关于事物或现象的普遍性判断。如：北京的学龄儿童应该接受义务教育、安徽的学龄儿童应该接受义务教育、广东的学龄儿童应该

① 孟万金，官群. 教育科研方法——创新的途径和方法[M]. 上海：华东师范大学出版社，2004: 67-69.

接受义务教育、港澳台的学龄儿童应该接受义务教育等，那么我们可以归纳出全中国的学龄儿童都应该接受义务教育。演绎假设来源于理论，一般是三段论的逻辑形式，如：大前提：全中国的学龄儿童都应该接受义务教育；小前提：北京、安徽、广东、港澳台都属于中国；结论：北京、安徽、广东、港澳台的学龄儿童都应该接受义务教育。

按照研究假设中牵涉变量的关系，我们可将研究假设分为条件式、差异式和函数式。在形成研究假设时，我们应该注意以下几个问题：①一个研究假设只能设计两个变量。如果设计多个变量，就要把它分为多个一一对应的关系。②研究假设涉及两个变量之间的关系，在一个假设中必须就两个变量的关系明确提出某种设想，但是要注意，自变量和应变量的关系是客观存在的，而不是想当然的关系。③研究假设要用陈述句的形式简洁明确的描述。④研究假设必须是可以验证的，无法验证的假设不能作为研究的假设。假设可检验的条件是，假设中主要变量可以数量化或能以可操作的形式来重新表述。换言之，我们的研究假设要具体化，避免使用过于抽象的概念，过于宽泛的范围和不易操作化的变量。

七、研究课题预期的成果

预期的成果就是我们在研究之前，考虑到的课题研究的最终结果会是什么样的，预想出成果的形式、范围和数量等。这也是我们研究不可或缺的一部分。

八、找出合适的研究方法

研究方法是针对所要研究的问题所采取的手段和方法。理论研究、应用研究、调查研究、实验研究和技术研究都有相应的研究方法。在本章第三节中将详细解说。

九、确立严谨的研究步骤

研究步骤就是我们在确定内容、形成假设和找出合适的研究方法之后所要准备的，即我们的研究先做什么后做什么。一般分为准备阶段、研究阶段和总结阶段。准备阶段是论证问题和制订方案的过程；研究阶段是解决问题的过程;总结阶段是回答问题的过程。每一个阶段都是相互连接,缺一不可的,所以我们在确定研究步骤时要严密和谨慎。

十、形成研究结果

研究结果就是我们研究所要达到的目标,一般前面我们要解决几个问题,这里就相应有几个研究结果。对研究结果我们要做预先的设计,考虑结果的整理和处理方法,是用图标还是用文字,我们都要提前决策。

十一、进行课题的组织和管理

对课题进行组织和管理是我们研究的保障,我们要明确此项研究是集体课题还是独立课题,是集体研究式、总分协作式还是纵向分层式研究。要确立研究的周期、研究的计划以及在研究的过程中人员的分工和职责,对研究过程以及经费等都要做明确的管理。

第三节　教育科学质的研究与定性研究

一直以来,教育的研究方法有两大流派,一是定性研究,一是定量研究。高校教师的研究一般以量化的研究为主,而我们的研究以质的研究和定性研究为主。定量研究和质的研究的区别体现在实证主义和解释主义这两种不同的研究范式上。实证主义范式在于追求客观性、因果性、演绎性、定量性、概括性以及普遍性,遵循的是一种"假设—演绎"模式,它有明显的线性、序列特征,对假设的依赖性很强。定量的研究方法是我们提出研究假设之后,运用一系列的数学的研究方法对事物可以数量化的部分进行统计、测量和分析,以检验研究的理论假设,并通过对事物的量的规定性分析来把握事物质的性质。而解释主义范式主要是体现在主观性、意义性、归纳性、参与性、特例性以及专有性特点,从特殊到一般的归纳式方法。质的研究主要是通过自然情景以收集描述、记录性资料为主,通过诠释和移情的途径来归纳分析,揭示和理解教育教学现象及其内部意义。

一、质的研究

(一)质的研究的含义

“质的研究”作为一种研究方法在教育研究界越来越盛行,但是对“质的研究”定义至今尚未形成成熟的统一定论,存在许多种说法,目前国外有代表性的说法有如下几种:

①质的研究是用文字来描述现象,而不是用数字来加以度量的(Krathwohl,1998)。

②质的研究的渊源同文化人类学、社会学、心理学、人类语言学相关联,……是站在被研究者的角度来描述和分析文化、人及群体行为特征(Hudelson,1994)。

③质的研究是一种质的范式研究,是在自然情境中以复杂的、独特的、细致叙述来理解社会和人的过程(Creswell,1994)。

④质的研究是理解人的现场研究,一般以参与观察、无结构访谈和深度访谈来收集资料(Burgess,1984)。

⑤质的研究是从非普遍性的陈述、个案中获得印象和概括的过程,是文化心理学的基石(Ratner,1997)。

在国内也有很多种关于质的研究的定义,其中,北京大学陈向明教授的观点是:质的研究是在自然环境下,使用实地体验、开放型访谈、参与型与非参与型观察、文献分析、个案调查等方法对社会现象进行深入细致和长期的研究;分析方法以归纳为主,在当时当地收集第一手资料。从被研究者的视角理解行为的意义和他们对事物的看法,然后在这一基础上建立假设和理论,用证伪法和相关检验等方法对研究结果进行检验;研究者本人是主要的研究工具,其个人背景及其与被研究者之间的关系对研究过程和结果的影响必须加以考虑;研究过程是研究结果必不可少的一部分,必须详尽的加以记载和报道。[①]

---

① 孟万金,官群. 教育科研——创新的途径和方法[M]. 上海:华东师范大学出版社,2004:78-80.

(二)质的研究的特点

质的研究与量化研究有着相对的方法论,量化研究遵循的是逻辑—实证主义,质的研究遵循的是现象学的解释主义。逻辑—实证主义应用量的和实验的方法以验证假设—演绎的类推性;现象学则是应用质的自然探究法,以归纳的方式从整体上了解在各种特定情境中的人类经验。[①]

质的研究有一些特殊性,综合国内外的观点,主要有:

①质的研究资料的主要来源是自然情境。质的研究是在自然情境中实施的,研究者通过身体力行,参与到研究的实践之中,将所要研究的问题与实际情况结合起来,通过自己的亲眼所见、亲耳所闻,了解被研究者所做所想,将所要研究的事物描述出来。然后将这些资料按照学科的研究模式进行整理和分析,找出所要研究问题的线索。

②质的研究要求我们整体把握研究问题。教育研究的对象本身就包含很多因素,为了方便研究,我们将它们分解为一个个小的因素,将复杂的问题简单化研究,但是我们绝不能绝对的割裂这些小研究因素,它们在一个整体之中,存在着内部的必然联系,所以要从整体把握我们所要研究的问题。

③质的研究侧重描述性的研究方法。我们都知道定量研究侧重操作性的研究,而质的研究侧重的是描述性的。因为质的研究要求我们搜集大量的材料,如图片、实物、访谈记录等作为研究分析的依据。在表述研究结果时也需要用描述性的语言,将所要研究的事物清晰完整地表达出来,让读者能够明白所发生事情的前因后果,形成一个完整的印象。

④质的研究要求研究者站在被研究者的角度,进入实际的情境,亲身体验被研究者的情绪以及情感态度等。同时,在研究时要遵循一定的伦理规范,尊重被研究者的人权和个人隐私,对被研究者的资料进行必要的保密,体现人性化的研究。另外,研究的过程是一个动态的过程,被研究者随时都可能发生变化,影响研究者的研究和决策,需要研究者通过细致的反省和报道来揭示研究活动。

⑤质的研究要求我们用归纳推理的方法表达研究结果。质的研究不

① Patton M Q.Qualitative evaluation and research methods[M]. London:SAGE Publication, 1990.

需要我们提出假设再验证假设。它要求我们投入到实际发生的事情之中，在理解中获得最真实的材料，并对相关的事件和人作出具体的描述和解释，在此基础上抽取和提升出理论或组合出一个完整的故事情景。一般以个案研究的方式进行，深入研究一个案例的发生发展，探究不同个体对于自己本身行为所作的解释或认定，兼顾教育事件或现象形成的过程和结果。

根据质的研究的特点，我们应该考虑研究问题的适宜性，研究者本人的适宜性，研究气氛的适宜性和完成研究期望的适宜性。首先，研究问题的适宜性要求我们要选择和确定恰当的研究问题，不能由别人来替我们界定研究问题，尤其是在与大学或者研究所进行合作研究的时候，不要寄希望于对方，而是要根据自己在实际教育教学中所遇到的问题进行选题；同时，还要考虑到研究者的因素，要针对不同层次和理解水平的读者采取不同的表述方式。其次，研究者本人的适宜性是指由于研究者本人就是研究工具，需要事先接受一定的训练，包括跨文化比较的训练，有敏锐的观察力和领悟力，有活力、情绪稳定，有一定的写作技能和教育理论素养。但凡在教育一线奋斗过多年的教师，都有丰富的教育教学经验，研究的操作层面也没什么大问题，但是要翔实地表述出来，还要加强训练。再次，研究气氛的适宜性是指研究需要两个必要的条件：一是范围问题，质的研究一般要求各个小范围和小规模的研究，以一个学校、一个班级或一个事件为范围，从小处入手进行研究；二是时间问题，一般来说，进行现场研究需要一年左右，还得要一年的时间进行资料的分析和整理。这对一线的老师来说，都有便利的条件。最后，完成研究期望的适宜性。观察需要脉络，初步的观察告一段落时才能产生，我们要听得见被研究者的声音，也要找到被研究者的社会文化知识。在访谈的时候不能预见被研究者的反应，但是要重视他们的观点。考虑使用一定的技术手段时，要注意不要对当事人造成伤害。①

（三）质的研究的表现形式和研究方法

质的研究的表现形式主要是行动研究、个案研究和叙事研究三种。

① 白芸. 质的研究指导[M]. 北京：教育科学出版社，2002：51-56.

行动研究是指情境的参与者基于实际问题解决的需要,与专家、学者或组织中的成员协力合作,以问题的研究为主线,以解决问题为目的进行系统的研究。它有两种研究类型:实践型和独立型。实践型是指教育研究专家和中小学教师合作研究,专家主要是作为"咨询者"和"指导者",帮助教师们设计假设、计划行动、实施研究、评价过程及结果。独立型是指中小学教师通过自己进行批判思考,对教育教学实践中的问题采取相应的行动,它的研究也需要合作,不过是教师之间的协作。个案研究是对一个个案做缜密的研究,如个人、机构、团体或者事件。这种研究方法主要被用于儿童发展和教育社会学和社区研究中,教育研究主要用于儿童发展和社会学领域中。它也逐渐形成两种倾向:一是逐渐脱离主观主义分析,而与科学客观的量化典范连接,如个案实验法;二是承认精神医学的传统,强调质的分析,与诠释学、现象学及批评理论结合,试图减少主观研究所形成的缺失。个案研究的基本特征是通过聚焦在特别的事例上来研究一种现象,在自然背景下对这一个事例进行深入的研究,同时呈现研究者和被研究者的观点。叙事研究是指以叙事的方式开展的教育研究,它是研究者(教师)通过有意义的校园生活、教育教学事件、教育教学实践按经验进行描述和分析,从而发掘或揭示内隐于这些生活、事件、经验和行为背后的教育思想、教育理论和教育信念,从而发现教育的本质、规律和价值意义。它要求研究者在收集资料的过程中摆脱个人生活经验、价值观念、文化背景等的束缚,全面真实地了解被研究者的思想和态度。同时要以清晰完整的故事形式,准确描述可观察到的现象或者事物。

关于质的研究方法,在本章的第二节我们已经谈到了教育科研的设计,质的研究思路与其是一致的,这里不做赘述了。

二、定性研究

(一)定性研究的含义

定性研究与定量研究是相对的概念,定性研究发端于19世纪,在20世纪二三十年代因社会调查运动而开始得到发展。早期的定性研究是从社会中的实际问题开始的。随着人类学研究的发展,定性研究在教育研究中的作用开始逐渐凸显。目前关于定性研究的概念,在学术界也没有形成统一的观点。国外学术界一般认为它是指:在自然环境下中,使用实地体验、开放型访谈、参与性与非参与性观察、文献分析、个案调查等方法对社会现象进行深入细致和长期的研究;分析方法以归纳法为主,在当时当地收集第一手资料,从当事人的视角理解他们行为的意义和他们对事物的看法,然后在这一基础上建立假设和理论,通过证伪法和相关检验等方法对研究结果进行检验;研究者本人是主要的研究工具,其个人背景和被研究者之间的关系对研究过程和结果的影响必须加以考虑,研究过程是研究结果中一个不可或缺的部分,必须详细加以记载和报道。

(二)定性研究的意义

在教育研究的过程中,定性研究有定量研究所不具备的一些独有的特征。第一,复杂多因素的教育现象,很难被分解为几个单一因素进行分析,而使用了建立在一定理论基础上的综合定性分析,补充了定量研究不能反映结果质的方面的遗憾,并还有可能得到与定量研究相同的结果,这种补充可以使结论更加全面可靠;第二,定性研究通过深入到被研究者的群体中,诠释现象的发生和发展,以及内部联系,通过现象把握背后的意义,使资料更具真实性;第三,由于研究过程动态灵活,涉及面广,资料丰富,可以随着理论发展的需要改变研究的策略和方向,因而一方面可以检验理论的有效性,另一方面有助于形成和发展理论。第四,定量研究要求比较高,而定性研究便于实施、灵活方便、具有实际效用等特点,方便我们广大教师的操作,有助于我们提高教学水平。①

(三)定性研究的特征和原则

定性研究是反映教育科学研究自然“质”的现象和注重整体特征而不囿于个体之间的关系。定性分析对研究结果没有任何的假设和限制,目的在于透视研究过程的开放性、自然性和真实性。同时它是对事物整体进行的研究,是个系统的工程,通过细化和深入的了解来研究整体。所以我们在研究的过程中要坚持客观中立和动态灵活的原则。

① 陶保平,黄河清. 教育调查[M].上海:华东师范大学出版社,2005:37-38.

（四）定性研究的方法

定性研究最普遍的研究方法是归纳法，科学的归纳法是指首先通过观察和实验分析出某一事物中的部分对象与某种属性有必然的联系，由此推论出该类事物的所有对象都具有某种属性的归纳方法，从而得出研究的推理方法。具体而言可以分为：①求同归纳法：从众多现象中寻求相同的因素；②求异归纳法：从两种条件中寻求唯一不同的因素，根据这一差异得出因果关系；③共变归纳法：其他条件不变时，看某一现象随着X现象变化而变化，判定X因素为共变关系中的重要因素；④剩余归纳法：在复杂的教育研究中，把因果关系的因素确定并找出之后，余下的因素成为因果关系。这几种方法在教育研究中可以结合使用，互相支持，效果更好。

第四节　常用的几种教育研究方法

研究方法的创新是教育研究创新的一种形式，常见的教育研究方法是教育调查研究法、教育测量研究法、教育行动研究法、实验研究法、经验总结研究法和历史研究法等，作为中小学教师，最常用的研究方法是教育调查研究法、教育行动研究法和教育经验总结法。

一、教育调查研究法

（一）调查研究的含义

调查二字是从“Surverying”借用来的，最初是应用于社会学的领域，名为社会调查，后来被运用到教育学的领域，名为教育调查或学校调查。它有广义和狭义之分，广义上指凡是一切关于教育问题上的调查，如调查儿童阅读的兴趣、本能的反应，课外活动等。狭义上指学校调查，即研究者采用问卷、访谈、观察、测量等方式了解现状，考察事实，从而探讨教育问题、教育现象的研究方法，它是有目的、有计划的收集有关教育现象的实证资料，通过分析和综合来解释、说明研究问题的活动。这包括两层含义，一是调查，只运用观察、询问、测量等方式收集事实和数据，这是研究者感性认识的阶段；二是研究，指对感性材料的理性加工阶段，即由感性认识上升到理性认识的阶段。

（二）调查研究的基本要求

教育调查，可以揭示教育发展中现实存在的问题，暴露矛盾，促进教育问题的解决；帮助教育工作者发现和总结教育经验和教训，更好地改进工作，提高教育教学质量；为实现不同层次和不同要求的教育管理和教育预测服务。我们可以从以下几个方面考虑教育调查的基本要求：

①根据调查的目的合理地选择调查对象，调查对象应该具有典型性和代表性，当调查的对象较大时，可以采取随机抽样的方法。

②在研究手段上，研究者应尽可能利用可获得的资源和手段，全面、客观、公正地收集资料，综合运用不同的研究方法，相互补充，合作研究。

③在调查内容上要从整体上把握事物，注重事物之间的联系，揭示事物的本质和发展规律。

④为了保证获得准确的调查材料，调查实施应该规范，必须采用统一调查标准和要求，统一的记录。

⑤在调查记录上，研究者必须准确地记录资料，注重量化材料的收集，保证资料的精确性和可靠性。

⑥调查的情境应保持自然的状态，在不影响被调查者正常教育活动的基础上实施调查，以免影响调查材料的真实性。

⑦在调查结果的处理分析上，应尽可能量化，尽可能统计处理，材料要真实、客观和可靠，对材料的分析要避免主观臆断，避免夸大或缩小。

（三）调查研究的基本原则

除了需要注意教育研究过程中一些基本问题的细则外，教育研究也要遵循一定的原则，必须采用科学的方法和态度，以科学的理论为指导，只有这样才能获得真实可靠的信息，得出符合客观事实的结论。作为研究者，要遵循操作性原则和伦理性原则。

细化一下操作性原则有如下几个方面：第一，客观性原则，任何事物都是客观存在的,研究者应该实事求是,避免主观偏见,从实际情况出发。第二,系统性原则,我们在调查事物的时候,应该完整、全面地认识和概括事物的现象,揭示事物的本质和规律。第三,随机性原则,在研究对象较大的情况下,采取随机抽样的方式,这样可以避免无关因素的干扰,使结果更客观。第四,科学性原则,研究者应该以事实为根据,在科学理论的指导下进行研究。

细化一下伦理性原则有如下几方面:第一,自愿的原则,这是教育调查活动的首要原则,研究者出于自己的意愿和目的进行活动,但是被研究者没有义务一定要参加,即使是未成年人,研究者也一定要征求其父母的同意。第二,匿名的原则,研究对象有不署名的权利,研究者不能未经同意在公开场合揭露研究对象的姓名和信息。第三,保密的原则,研究对象有权要求研究者对自己的有关信息和数据资料进行保密,研究者可以采用号码而不记名的方式登记被研究者的资料,研究结束后销毁原始资料。第四,无害原则,不管是有意还是无意的,都不能对研究对象造成任何伤害,当造成伤害时,被研究者有权追究研究者的责任。[①]

二、教育行动研究法

(一)教育行动研究法的含义

在解释教育行动研究法的含义前,先定义一下行动研究。目前对行动研究的定义有很多种,比较权威的有三种:库尔勒·勒温:行动研究是将科学研究者与实际工作者之智慧与能力结合起来以解决某一事实的一种方法;约翰·埃里奥特:行动研究是对社会情境(包括教育情境)的研究,是从改善社会情境中行动质量的角度来进行研究的一种研究取向;凯米斯:行动研究是由社会情境(包括教育情境)的参加者,为提高对所从事的社会或教育实践的理性认识,为加深对实践活动及其依赖的背景的理解,而进行的反思研究。目前对教育行动研究的定义也有很多种方式,比较权威的有:行动研究是指在自然、真实的教育环境中,教育实际工作

① M S Corey.Action Research to Improve School Practice[M].New York:Teachers College Press, 1953.

者按照一定的操作程序，综合运用多种研究方法与技术，以解决教育实际问题为首要目标的一种研究模式；行动研究是指教师在教育教学实践中基于解决实际问题的需要，与专家合作，将问题发展成研究主题进行系统的研究，以解决问题为目的的一种研究方法；行动研究泛指以实践中的实践者为主体，以实践者在实践中遇到的问题为课题，在实践中并为了实践的一种研究活动。

(二)教育行动研究法的基本特征

行动研究意在帮助实践工作者审查他们自己的教育理论与他们自己的日复一日的教育实践之间的联系；它意在将研究行为整合进教育背景，以使研究能在实践的改善中起直接而迅捷的作用；并且它意图通过帮助实践工作者成为研究者，克服研究者和实践工作者之间的距离。①我们可以从以下三方面来概括教育行动研究法的基本特征。

1. 从教育研究目的来看，它是为行动研究而研究

传统教育研究的目的是为了获得“真理”，这是假定关于教育真理的知识能够通过教育实践工作者很好的再现于教育实践中，而教育研究的任务则是直接为这类知识的增加做贡献。传统的观点是把教师作为一个知识的“中转站”，这把教育理论与实践的关系估计的过于简单化，其实教师与专业研究者一样有着理解能力、认识能力和创造能力，在教育过程中绝对不是专业研究者的一个执行者。他们在教学实践中不是将自己的知识不分结构、不分情境地交给学生。用孔子的话说要“不愤不启，不悱不发”，要促使学生进入教学情境，启发诱导使其达到愤悱状态，再交给他们新的知识。学生是教学的主体，老师一定要把学习的主动权交给学生，让他们自觉自主的学习。因此，作为教师的我们不是简简单单地交给他们知识，而是要研究如何交给他们，如何创设情境、如何启发诱导等。

2. 从教育研究的对象来看，它是对行动的研究

开展教育行动研究的主体是教育者，包括学校教育实践工作者以及教育研究者。我们作为教育实践工作者在教育实践中往往会遇到很多问题，我们会经常思考和反省问题的形成原因，总结经验和教训，或者找到

① 王守恒. 教育科学研究方法[M]. 合肥：安徽大学出版社，2002:157-159.

解决问题的办法。这些问题源于教育实践,因而也只有在教育实践中才能找到解决的办法。即使是专业的教育研究者在研究行动中,他们要想真正进入研究者的角色,必须要从只对"发现真理"感兴趣转变为"担负起解决问题的责任",并用实际工作者能够理解的语言表达出来,身体力行,对研究活动的本身进行研究。

3. 从教育研究的过程来看,它是在行动中进行的研究

行动研究既不是在实验室里进行的研究,也不是在图书馆中进行的研究。行动研究的环境是教师工作于其中的实际环境,从事研究的人员就是应用研究结果的人,研究结果的应用者也就是研究结果的产出者。这双重身份整合在同一主体的身上,使得行动研究过程实际上成为教师的一个"学习过程"。正如柯雷在总结自己的行动研究经验之后所说的那样,"行动研究是学习的一种途径"。教师在行动研究过程中通过自己不断直接经验的总结,以及对研究者已形成的间接经验的学习,不断加深对自己实践的理解,并提高自己的教育实践能力。

(三)教育行动研究法的分类

根据不同的标准,教育行动研究法有不同的分类方法。

根据参与者及其他们之间的合作关系,可以分为:①独立行动研究。又称为批判性行动研究,指的是教育研究者在教育实践中,通过自己的反思及采取相应的行动,使教育摆脱传统的教育理论和教育政策限制的一种研究方式。教育研究专家的意见在他们的研究中不占据主要地位,但是有一定的参考意义,他们可以在一定的启发中提升研究。②实践性行动研究。在这类研究中研究者是根据自己的智慧、自己的实践经验来选择课题并指导行动。教育研究专家与教师是一种合作者的关系,但只能以"咨询者"的身份出现在教育研究中,帮助实际工作者形成假说,计划行动,评价行动过程及结果。③实验性行动研究。这种研究又被称为"实验性社会管理"行动研究。在这类研究中,教师与研究者、行政管理人员在一起工作,有利于形成较强的研究氛围。此类研究,研究人员多样、研究课题复杂、研究方式多样、研究方向多样等。[①]

① 王守恒. 教育科学研究方法[M]. 合肥: 安徽大学出版社, 2002:159-163.

根据教育行动研究的水平高低,可以分为:①技术的行动研究。人类认识的技术兴趣是试图通过工具理性的逻辑,占有或支配世界技术的行动研究,为了更经济、有效地达到预期的目的。技术行动研究表现为,行动者在掌握由教育理论工作者生产的理论和知识后,在实践中认真的实施。在这种行动研究中,教师在外来理论和专家的牵制下,对教学实践没有在理论上进行深度的理解。因此,教师缺乏自主行动的依据,从这个意义上说,技术研究不能称为真正意义上的行动研究。②慎思的行动研究。在这种研究中,教师每次都是在具有价值承诺的诠释性框架中进行的,行动是在历史、政治和社会脉络中互为主体地进行的,教师是积极的知识创造者。教师需要对自己的实践进行深入的理解和诠释,挖掘在特定背景中的意义。行动时需要分析和澄清活动中的经验、意义、假设、虚假的判断,焦点是教育经验的本质和质量。在慎思的行动研究中,教师通过对行动情境,对自己作为教师的意向和对习以为常的教学假设的重建来进行经验的重建。③解放的行动研究。解放的行动研究认为教育实践不仅负载着价值,而且这些价值由于社会、政治、文化和历史的原因而被扭曲,具有压迫性。主张行动研究在检视和解释所依据的价值系统和公平概念基础上,必须批判意识形态,寻求揭示具有压迫性和支配性的事物,并且要把批判性的意识付诸行动,教育目的不能仅仅依赖于外在的权威,实践者具有自我决定性。[①]

根据行动研究的侧重点不同,可以分为:①行动者用科学的方法对自己的行动进行的研究。在这类研究中,强调使用测量、统计等科学的方法来验证有关的理论假设,结合自己实践中的问题进行研究,它可以是小规模的实验研究,也可以是大规模的实证研究,主要强调科学性。②行动者为解决自己实践中的问题而进行的研究。这类研究主要是为了解决行动者所面临的问题,而不是为了建立理论。这种类型的研究不仅仅有统计数据等科学的研究手段,而且还包括参与者的一些个人资料。③实践者对自己的实践进行的批判性反思。强调研究者对自己教育实践进行反思和批判,在教育理论的启蒙和批判中改进自己的教育行动,通过自我反思和总结追求自由、自主,以及教育思想和教育实践的解放。

① 赵明仁, 王嘉毅. 教育行动研究的类型分析[J]. 高等教育研究, 2009(2):9-15.

三、教育经验总结法

教育经验总结法是广大教师将一生的宝贵财富保存并流传下来的有效手段之一。这也是目前广大教师普遍采用的一种行之有效的研究方法。

(一)教育经验总结法的含义

在解释教育经验总结法之前,先定义一下教育经验,它是指教育工作者在从事教育教学的实践过程中所形成的感性认识,它同教育理性认识相比,具有生动、具体和零碎的特点。教育经验总结法,是在非人为控制的自然状态下,对教育实践所提供的事实进行分析和概括,并上升为理论高度的一种教育科学研究方法。

教育经验总结法所研究的“经验”是在不受严格控制的自然条件下进行的,研究对象表现出的自然结果可能受到来自多方面的影响。我们没有办法像实验法那样很快地得出结论,只有通过大量地搜集资料、综合分析研究,才能找到结果和有关因素之间的内在联系。教育经验总结法是对常态教育下教育者的教育活动中的经验进行总结,它的结论是在对经验综合分析研究的基础上顺理成章得出的,没有预先的假设。另外,教育经验总结法既分析成功的经验,供大家分享,也分析失败的教训,让大家引以为鉴。

(二)教育经验总结法的基本要求

运用教育经验总结法的教育科学研究,必须遵循以下基本要求:

1. 课题需有价值,研究对象需有代表性

教育经验总结法的目的是希望自己的研究成果可以为大家所共享,要具有推广性。作为一线的教师,在我们的身边一定有很多的课题,很多的案例,但是我们选择的题目一定要具有社会价值,不仅能被大家接纳,而且能被大家所欣赏。在对研究对象的选择上,既可选择集体,也可以选择个人,既可以选择宏观的经验总结,也可以选择微观的经验总结。研究的对象一定要具有代表性:首先,研究对象本身所提供的主要内容要有广泛的群众基础；其次，研究对象的经验总结要能推动教育实践的发展；最后，教育经验的总结要有成效，能真正的为别人树立典型。

2. 经验的总结要从实际出发，实事求是

经验的总结，可以说是主观上的一种研究方法，因为对现实经验的总结，如果稍不注意，很容易掺杂进研究者的一些主观因素，使经验被歪曲。因此，经验总结，不能主观臆断，要坚持唯物辩证法，要把握住事物的本质，才能更好地对经验进行描述。

3. 要全面深刻地把握所要总结的经验

任何事物都不是由一个因素构成的，教育也是如此，它是众多因素的有序结合。因此，我们不能只见树木不见森林，要了解事物各因素之间的联系，全面总结教育经验。由于经验总结是一种感性认识的活动，要将感性的东西尽量的科学化，需要我们深刻地认识事物的本质，事物的现象和本质有时候是很复杂的，因此要尽可能的抓住核心，不能歪曲本质，从而全面深刻地把握所要总结的经验。

4. 经验的总结要有创新意识

以往的经验固然是宝贵的财富，但是我们不能简单地只对过去的经验进行总结，还需要把珍贵的经验创新为新的教育理论，加速新的教育观念、新的理论的生成，这样也加大了理论的指导作用。

思考题

1. 根据您的教学经历，您认为一线教师有没有科研的必要性。
2. 您认为一线教师如何开展教学研究，研究的方法是什么？

第九章　优秀教师的基本功之九:适时的信息素养能力

托夫勒(Alvin Tonffler)在《第三次浪潮》一书将人类社会划分三个阶段:农业阶段,工业阶段,信息阶段。我们目前正处在信息社会阶段,信息技术的迅猛发展正悄然改变着人们的工作、生活和学习方式。因此,在学校这个育人的摇篮里,如何培养和提高教师信息素养已经显得越来越重要。要培养高信息素养的学生,没有高信息素养的教师,是不可能完成的任务。优秀的教育工作者在信息社会中重要的任务就是正确认识与了解信息技术,有效地培养学生的信息素养,使人类在信息社会这个阶段能够持续地健康发展。

第一节　基本理论问题

一、"适时"内涵

所谓"适时",即"适合时宜,时间上正合适。"在这里更多体现为一种"信息的时效性"。它是指信息的新旧程度、行情最新动态和进展。也就是说同一种信息素养在不同的时间下具有很大的性质上的差异。近年来,随着信息技术的不断发展,信息素养的内容也在不断发生变化,原来所掌握的知识和能力,可能一部分甚至大部分不再有用了。例如,20世纪90年代主流的计算机操作系统DOS,随着Windows系统的开发和大量应用逐渐淡出了人们的视野;而Windows系统从大家早期熟悉的95、NT、97、98、2000、Me、XP、Server、Vista到Windows 7,各种版本持续更新;各种软件的更新淘汰更是让人应接不暇。当年的"计算机高手",如果不能及时更新自己的知识可能会成为今天的"机盲"。由此可见,信息素养不是先天就有的，它可以通过不断教育与学习培育。作为一名优秀的教师，信息素养的适时性当然必不可少。

二、"信息素养"与"信息技术"的内涵

信息素养最初来源于图书馆素养（Library Literacy），主要内容包括如何利用图书馆的相关技能与知识并以之解决问题或做出决策。随着社会信息化进程的加快，信息服务的提供已经不再局限于图书馆。在1974年，美国的保罗·车可斯基（Paul Zurkowski ）正式提出信息素养（Information Literacy）这一概念，他把"经过训练把信息资源运用于工作中这一方面得到良好训练的人"称为具有信息素养的人，这种"有信息素养的人"已学会利用大量的信息工具及主要信息源使问题得到解答的技术和技能。因此，保罗·车可斯基将信息素养定义为"人们在解决问题时利用信息的技术和技能"。

（一）信息素养的内涵

随着时代的不断发展，信息素养的内涵在不断地得到充实和丰富。信息素养的含义是指：有能力从各种不同信息源（图书馆、国际互联网等）获取、评估和使用信息，主要包括信息意识、信息能力、信息道德、信息知识、信息观念、信息心理等方面。它是人的整体素质的一部分，是未来信息社会生活必备的基本能力之一。

信息素养是一个内容丰富的概念。它不仅包括利用信息工具和信息资源的能力，还包括选择获取识别信息、加工、处理、传递信息并创造信息的能力。教师的信息素养是根据社会信息环境和信息发展的要求，在实际应用和自我提高的过程中形成的对信息活动的态度，以及利用信息和信息手段去解决问题的能力。它既应该包括教师对信息基本知识的了解，对信息工具使用方法的掌握以及在教学中所具备的信息知识的学习，还应该包括对信息道德伦理的了解与遵守。

（二）信息素养的要素

优秀的教师面对各种各样的信息资源，能够准确地辨别信息的好坏，

正确应用信息技术,掌握信息传播方法,利用与开发各种各样的信息资源。这就是说,如何获取信息、处理信息是教师信息素养的重要方面。我们就从以下四个方面进行讨论。

1. 信息意识

信息意识是教师信息素养的灵魂。哲学角度认为,信息意识是人们在社会意识中反映的总和,是人们对信息的认识过程和反映能力。而心理学角度认为,信息意识是对信息敏感性,尤其是对信息反映出的客观变化规律的敏感性。从以上阐述,我们可以得出这样的说法:信息意识就是指人面对不懂的东西,是否能够积极主动地去寻找答案,并知道到哪里、用什么方法去寻求答案。

信息时代能否很好地利用现有信息资料,是人们信息意识强弱的重要体现。有些老师习惯于没有信息技术也能够进行日常生活与工作,没有主动接触信息的习惯。例如,上课仅使用教材和教参,按部就班,仅满足于完成课本内容就可以了,只要教材不变,一份教案可重复使用多年。因而,在现代教育中,我们更多的是教学生如何学习,培养学生的创造性思维,所谓"授人以鱼,不如授人以渔"想要培养学生收集、利用、判断、处理和创造信息的能力,首先教师的信息意识需要不断加强。

2. 信息知识

信息技术产生了许多新的科学技术知识。它既是教师信息素养的理论基础,也是学习信息技术的基本要求。只有首先掌握信息技术的知识,然后才能更好地理解和应用它。它不仅体现着教师所具有的信息知识的丰富程度,而且还制约着他们对信息知识的进一步提升。如教师需要知道信息技术是怎么一回事、包括哪些内容、它的应用对于社会与人类有一些什么影响、各种相关术语(如多媒体、计算机病毒等)的意思是什么等。

3. 信息能力

教师的信息能力是其信息素养的核心,也是影响课堂教学质量的重要因素。首先是获取信息的能力。过去我们大多通过报纸、广播、电视等传统媒体来获取信息,随着信息技术的发展和互联网时代的到来,我们更多是将获取信息的触角伸向网络。百度、Google等搜索引擎的使用,专业数据库检索。随之,衡量一名教师优秀的标准也从"能否获取",变为"如何使用”,即信息能力的第二个层面——信息技术的能力。面对获取的信息,常常需要再加工处理,有时还需要重新开发一些新的信息资源。例如利用Word等文件处理软件编写电子教案,利用PowerPoint、Flash、几何画板等制作课件,能够制作网页,利用博客、QQ等通讯工具进行交流,甚至利用程序设计语言编写一些辅助教学的软件等。总之,身处信息时代,如果教师只是具有强烈的信息意识和丰富的信息常识,而不具备较高的信息能力,无法有效地利用各种信息工具去搜集、获取、传递、加工、处理有价值的信息,也就无法适应信息时代对优秀教师的要求。

4. 信息道德

信息道德是教师信息素养的保证。教师作为科技与文化知识的传播者,是一种特殊的群体,这种职业的性质决定了我们在使用信息资源进行教学传播的时候,更应该考虑到传播面大而广的特点。海量的信息资源通常会良莠不齐,这要求教师需要有正确的人生观、价值观,具有分析、筛选信息的能力。同时,要学习防止计算机病毒和其他计算机犯罪活动的知识,提高自我防范能力,还要尊重他人的劳动成果,注意到使用的信息资源是否存在版权问题,完善合乎时代的信息伦理素养。

以上四个要素共同构成了教师信息素养不可分割的统一整体。

(三)信息技术的内涵

在信息社会,每时每刻都有大量的信息,这些信息具有真假之分,有有序和无序之分,有正负价值之分,人们生活在信息的海洋中,那些“没有控制的和没有组织的信息不再是一种资源,它反而成为信息工作者的敌人”。因此,吸收、判断信息的能力对一个教师的素质发展具有重要意义。美国劳工部获取必须技能部长委员会1991年6月向部长提交了一份《要求学校做什么样的工作》的报告,报告认为,未来工人应具备五种能力和三部分技能的个性品质。五种能力是指:①资源:确定、组织、规划和分配资源;②人际关系:与他人共同工作;③信息:获得和使用信息;④系统:理解复杂的相互间关系;⑤技术:运用多种技术工作。三部分技能是指:①读、写、算等基本技能;②思维技能;③个性品质。[①]该报告认为,“这些

① 李太平. 信息教育论纲[J].教育理论与实践,1999(4):10-15.

能力的获得必须始于学校,随后在工作中,在进一步培训中加以提高。这些能力的教与学必须成为学校及学生的任务。”在这八个方面的要求中,信息技术能力起着重要作用,有关资源、系统、技术等方面的能力都与信息技术能力的发展有关,信息技术能力是这几方面能力发展的基础,读、写、算的技能和思维技能也与信息技术能力有关。信息技术能力包括信息系统使用能力、信息获取能力、信息处理能力、信息交流能力、信息判断能力和信息技术教学应用能力。这些能力对教师信息素养的提高具有重要意义。

1. 信息系统使用能力

在信息社会里,信息是无处不在,使用与操作信息系统已经成为教师工作与生活最基本的事情之一。教师无论是进行科研活动还是教学活动,都不能脱离信息,不能脱离信息系统,如计算机系统等。因此,信息系统的使用能力是信息技术能力的基础。可以说,信息素养方面会不会与能不能的要求中最基本的就是信息系统的使用能力。信息系统的使用能力范围十分广泛,包括能不能安装与启动信息系统工作;能不能正确无误地操作信息系统;能不能进行信息系统的日常维护保养;当信息系统发生故障时,能不能判断与估计故障的原因,能不能进行必要的处理;能不能根据工作的需要选择合适的软件系统,并且正确与熟练地使用;能不能使用一些软件开发工具进行软件与数据的开发工作;能不能设计小、中、大型信息系统等都属于信息系统的使用能力的范畴。

2. 信息获取能力

信息获取能力是指教师通过对自然的感应、人际交流和大众传媒,并且利用一定的信息技术获取信息的能力。它是教师能够利用信息的最基本的能力。信息获取能力主要包括以下方面。

(1)信息接受能力。最基本的信息获取能力是能够利用信息技术在各种信息资源中进行浏览与查找,选择适合自己需要的信息,能够获取并且保存在自己认为合适的地方,以备后用。这要求教师具有一定的专业知识、信息知识及一定的外语水平。例如,教师是否知道自己专业研究或教学的相关网站?是否知道可以通过哪些软件工具进行浏览与查找?如何下载信息?光盘信息如何浏览?国外网站的信息是外文能不能独立阅读？等等。

(2)信息搜集能力。指掌握一定的信息检索的方法，运用基础的信息技术，获取信息的能力。它们包括进行各种试验设计，采集有用的数据，并且转化为所需要的信息。这里可能包含了以下一些工作：首先，要对任务中的信息需求进行分析，知道需要哪些信息，它们应该从什么地方取得，并且了解如何取得；其次，应该能够考虑如果需要这些信息，可以使用哪些信息技术，是否有现成的系统可以利用，还是需要自己或者请人协助进行一些信息采集的设计工作；最后，还需要能够使用信息系统按照预定的计划进行数据采集，并且能够将所采集的数据转化为人们能够理解与利用的信息。例如，在需要学生情况调查时，能够设计如何测试该情况的测试办法，通过各种信息技术手段进行调查测试，收集所需要情况的数据。

(3)信息检索能力。即可以采用多种方式从众多的信息资料中查找出相关信息的能力，此外还要具有信息索取能力，即在检索的基础上，获得原始文献，了解掌握主要信息源的能力。例如：教师在进行教学研究时一般都需要参考资料，那么我们就会去图书馆或上中国知网等检索最新研究动态和论证材料，从而为自己的研究提供依据。信息获取能力是多种能力的综合体现，人们的知识水平、技术水平不同会影响信息获取能力的形成和发展。

3. 信息处理能力

有人说，现今社会是“知识爆炸”的社会，因为社会的信息量每过几年就会翻一番；有人说，人类处在知识的海洋里，却忍受着知识的饥渴，因为对自己有用的知识太少了；也有人说，现在不是缺乏信息，而是信息过剩。确实，在google(一个搜索引擎)里搜索一个关键词都会出现成千上万条信息。据统计google的搜索覆盖面只占整个互联网总信息量的很小一部分。如何才能在知识的海洋里自由遨游而不被淹没？如何才能在纷繁复杂的信息中找到自己所需的信息？因此，信息处理能力对于信息社会的人们具有重要意义，它是信息社会中最重要的能力。信息处理包括从收集信息到发布信息的整个处理流程，具体有以下五个步骤：有效地收集信息、加工信息、存储信息、发布信息、评价信息。最初对信息素养的研究几乎都把信息处理能力作为信息素养的核心。比如1989年美国图书馆协会（American Library Association）下属的“信息素养总统委员会”，把信息素养定义为“要成为一个有信息素养的人，他必须能够确定何时需要信息，并已具有检索、评价和有效使用所需信息的能力”。[①]1992年美国学者Doyle在《信息素养全美论坛的终结报告》中给信息素养下的定义是：一个具有信息素养的人，他能够认识到精确的和完整的信息是做出合理决策的基础，确定对信息的需求，形成基于信息需求的问题，确定潜在的信息源，制定成功的检索方式，从包括基于计算机的和其他的信息源获取信息、评价信息、组织信息并应用于实际，将新信息与原有的知识体系进行融合以及在批判性思考和问题解决的过程中使用信息。

尽管信息素养包括了意识情感、伦理道德、知识能力等许多方面，但它主要还是体现在信息系统的操作上，因为信息素养的培育必须通过大量的操作训练才能获得，而且信息素养的表现也要具体落实到使用与操作上，只有在使用过程中才能发现问题，进而解决问题，使信息素养得到提高。把信息素养定位在信息处理能力，既超越了计算机教育时代的局限，又体现了“信息加工”理论在信息技术教育中的具体应用，反映了信息处理过程在个体素养培养中的作用，对信息技术教育前期的理论与实践起到了方向性作用；特别是既涵盖了计算机教育的优点，又有效地纠正了简单地把信息技术教育等同于计算机技能操作、软件说明书式的训练等错误观点。同样，作为教师需要掌握一定的信息处理能力。要掌握一定的信息处理能力，首先要掌握信息知识。因为知识和能力是不能分开的，只有具备了一定的信息知识，才能具有对信息进行处理的能力，比如计算机技术、信息通讯技术和网络技术基础知识等，而且要经常更新。然后要从信息获取、信息组织、信息呈现、信息评价等几个方面不断运用所学知识逐步形成信息处理能力。例如教师在课堂教学中，要以“信息处理能力”为主线，突出对学生信息采集、加工、评价和信息发布能力的培养，帮助学生将习得的信息处理能力应用到本学科。

4. 信息交流能力

信息交流在传播学上指人与人之间通过符号传递信息、观念、态度、

① 杜玉仗. 美国信息素养教育与研究的启示[J].电化教育研究，2005(10)：41－47.

感情等现象。人类社会以系统的方式存在和发展，信息交流是人类社会形成的主要条件，没有信息交流人类社会就会停止运转、僵化灭亡。信息交流英文单词是Communication，《简明英汉词典》将其解释为“传达，信息，交通，通讯”。Communication与Community（团体、社区、社会）具有相同的词根。从中我们看出信息交流与人类社会的关系，一方面没有信息交流就没有人类社会，另一方面人类社会也为信息提供了交流平台。信息交流不仅仅是传播新闻和信息，而且是一切传递和分享各种思想、事实和资料在内的个人或集体的活动。教师在课堂教学过程就是一个信息交流过程，通过师生交流达到传递知识的目的。当然，现在师生之间的信息交流方式多种多样，已经突破了教室的门框，是一种立体交叉模式。例如：在传统教学中，是教师讲、学生听的一对多的单向交流，如果按学生人数来平均的话，单个学生和教师“交流”的时间很少，而现在信息技术使师生交流渠道增多，交流时间延长，除了师生直接面对面的交流，又增加了“学生—信息技术工具—教师”这样的交流渠道。学生可以通过BBS论坛、聊天工具QQ、网络电话、电子邮件等与教师进行一对一的双向交流，也能进行一对多、多对多的双向交流。学生在学习中遇到了问题，可以在BBS论坛贴出帖子，说明问题，然后请教师回答或与小组同学讨论；也可以通过聊天工具QQ与教师实时交流。QQ还有视频聊天的功能，只要有一个摄像头就可以与教师“面对面”交流，真正实现个性化学习。

5. 信息判断能力

信息社会，网络为我们打开了一个绚丽多彩的世界，为我们工作和学习带来了极大的便利，但由于其信息交流的隐蔽性，又同时会给我们造成某些负面的、消极的影响。譬如网络病毒、网络色情、网络欺诈、网络黑客等给人们造成了干扰和不良影响。由于部分人们对信息的识别、分析、判断能力不强，自律力较弱，因而信息道德的培养是不可缺少的，应采取一定措施，学会分析处理网络信息，提高信息判断能力。譬如：创建相对安全、单纯的网络环境，安装杀毒软件、反黄软件、把好的教育资源下载到学校的服务器上，利用局域网进行网上学习；向学生推荐优秀的网站，教会学生批判地看待和选择网上的信息，加强青少年网上安全教育。信息技术就像一把双刃剑具有双重性，如果一个人具有很高的信息技术应用能力但没有良好的信息道德，其危害会更大。因此，教师应该具备相应的信息判断能力，具有与信息时代相适应的信息伦理与道德，熟悉相关的法律法规，为学生树立信息伦理道德和遵纪守法的典范。

6. 信息技术教学应用能力

教师不仅要能获取信息、处理信息，最重要的是将信息技术应用于教学。教师信息技术教学应用能力包括多媒体教学能力、教学设计能力、信息技术与课程整合能力等。如：教师不仅要掌握多媒体计算机、多媒体教室的使用，而且要掌握多媒体教学的模式、多媒体教学的方式等内容，才能有效地充分发挥多媒体教学的优势；教师要掌握教学设计的一般模式、教学设计理论、教学设计的过程及方法；教师还要掌握信息技术与课程整合的模式、评价与实践，等等。①

第二节　培养适时的信息素养能力的缘起

一、提高教师信息素养的重要性

（一）网络环境的创设亟待教师信息技术能力提升

全面实施“校校通”工程及中小学现代远程教育工程是新世纪教育改革和发展的一个重要突破口。对推动信息化建设，促进基础教育均衡发展具有重要和深远的意义，对于中小学教育，信息化教育面临着“校校通”与“远程教育”工程的教育发展契机，原先存在的网络硬件资源短缺和优质教育资源不足等问题可以得到很好的解决，部分中小学“校校通”“校园网”都已初具规模。教师已具备了一定的网络应用能力，但是也有些中小学教师的网络知识几乎一片空白。计算机应用能力要从零起步，严重制约了现代教育的发展，教师掌握信息技术，应用信息技术已迫在眉睫。

① 荣曼生.中小学教师信息技术能力培训的研究[J].湖南师范大学学报，2007(3)：11-17.

（二）教育均衡发展的要求亟待教师信息技术能力提升

用信息技术带动基础教育均衡发展，是当前教育发展的努力方向，由于地方经济发展的不平衡性，教育领域存在着办学的较大差距。如乡镇教育，非重点学校教育在办学思想、办学质量、办学条件、师资力量等方面和城市教育、重点学校教育的水平差距，很大程度制约了当地教育的发展，并且这种差距在逐步增大。虽然国家与各地教育管理部门下发文件统一教育思想与要求，组织人员外出参观学习以缩小差距，但是毕竟参与人数甚少，时效性较差，绝大多数人，特别是在教育中起关键作用的绝大多数教师接触不到外界，感受不到外界的变化。网络的出现打破了长期闭关的教学状态，网络架起了一个新的教育平台，互联网引导我们走向世界，使大家对教育有了新的认识，我们借助网络优势使农村孩子能接受基本的信息化教育，享受到优质的教育资源，有效地提升师资水平，提高教学质量。但网络给教育带来的一切优势，都基于教师在网络与学生之间所架起的桥梁。教师只有具备了一定的信息能力，才能使自己在运用网络资源时游刃有余，才能让学生享受到优质教育，才能有利于教育的均衡发展。

（三）学生信息素养的培养亟待教师信息技术能力提升

学生能力的形成要靠不懈的培养，除直接教育外，教师的潜移默化也是培养学生良好习惯的一个重要方面。教师的信息技术能力对于学生计算机的操作与网络运用起到了极强的示范作用。获取信息的途径、加工与处理信息的方法和信息运用等信息素养都在教学过程中不断学习、积累。因此，培养学生的信息素养应从教师做起。[①]

二、中小学教师信息素养的现状

在当今信息时代，教师无论作为一个普通的社会人，还是作为传播科学知识和培养人才的职业角色，都应该掌握信息技术并具备一定的信息素养。但是有许多教师的信息素养并没有达到现代社会所需要的层次上，主要表现在以下几个方面。

① 丁素云. 农村中小学教师信息技术能力培养的探讨[J]. 基础教育，2005(11)：64-65.

(一)信息意识与信息情感淡薄

信息意识与信息情感是信息素养的一个重要组成部分,是人们能否积极使用信息技术的前提条件。在当前,许多中小学教师对于信息技术不敢用或不想用。一些教师觉得信息技术是一门很深奥的东西,并觉得自己过了学习新兴知识的年龄,不敢再去探索,对于信息技术有种畏缩的心理。目前信息技术已经进入中小学,这是一种连小学生也可以掌握与使用的工具,教师们应该打破信息技术的神秘感,树立敢用的意识。另外有些教师觉得自己本来上课任务已经很繁重了,再要抽出时间去学习信息技术,加重了工作负担,并且已经习惯于没有信息技术进行日常生活与工作。其实,学习信息技术并利用信息技术不仅可以提高工作效率,还能促进自己不断学习,用信息技术改造和创新教学活动。

(二)信息常识缺乏

信息常识是指一些与信息技术有关的知识。当前许多教师不了解信息技术的基本理论、知识和方法,不了解信息技术的历史与发展趋势,不了解学科课程整合的基本知识。虽然现在不会再有教师问“电脑”和“计算机”是不是同一回事的笑话了,但许多教师对于一些信息常识还是有待加强。

(三)信息能力薄弱

信息能力是指对包括信息系统在内的计算机基本操作能力,各种软件的使用能力,信息资源的利用和开发能力。目前教师信息能力状况不容乐观。许多教师对本应掌握的信息能力没有到位,如不能熟练使用Windows操作系统、不能用Word或WPS进行文字处理、不能完成PowerPoint的课件制作,以及对于常用应用软件的安装和使用不熟悉,这就很难适应教育信息化发展的要求。对教师而言,当前应该对上述提到的信息能力有不同程度的掌握,而只有具备了基本的信息能力,才能不断提高自身的信息素养,为终身学习打下基础。[①]

① 杨晓隽,杨小平.中小学教师信息素养的现状和培养策略[J].牡丹江教育学院学报,2005(5):104-105.

三、我国中小学教师信息素养失衡的归因

大多数教师信息技能层面的知识掌握相对较好，能够熟练地使用计算机和网络；在意识层面上，教师缺少最基本的信息伦理道德知识；在专业发展层面，教师能力差，不能满足教学要求。教师的信息素养结构表现出两低一高的失衡状态。

（一）缺少软硬件的支持

从信息传播的角度来说，信息系统是包括硬件、软件与人在内的一个系统。硬件是信息系统的支撑；软件是信息系统所存储的信息及帮助管理、控制与传播这些信息的程序和数据的统称；而人是信息系统的开发者、管理者、使用者，他们根据自己的需要使用信息系统，进行各种信息传播活动。信息系统的这三个部分相互协同工作、缺一不可。软硬件是教育信息化的重要因素，它们对人的信息素养的养成具有重要作用。然而，我国目前的软硬件水平对教师信息素养的培养，不能起到积极的促进作用。首先，硬件建设不佳。硬件是教育信息化的重要衡量指标，它包括计算机的质量、数量，学校联网情况、多媒体教室数量等。这是从我国和各国计算机数量、学校联网状况，来看我国硬件建设情况。其次，忽视软件的建设。目前教师缺少软件，更缺少在教学中有实用性的软件。软件的缺乏必然影响教学效果，也影响教师在教学中使用信息技术的积极性，这是目前教师信息技术教学应用能力差的原因之一。

（二）在职培训不力

我国有一部分中小学教师没有在师范培养中接受过信息技术教育，大部分中小学教师处于边学边教的“初始期”。而学科教学不仅要求教师掌握计算机技术，还要求教师将技术应用到教学中去。教师培训是目前教师“学”的主要途径，这对在职培训提出了很高的要求。因而，在职培训出现的问题比较多。

首先，在培训内容、方法和师资上与师范教育的问题一致。在培训内容上，在职培训与教学应用相脱离是主要问题，信息伦理道德目标的缺失

也亟待解决;在培训方法上,传统的“讲—练—考”的模式仍在沿用,没有充分调动教师的积极性和参与性;授课教师以高校教师和教育学院教师为主,这些教师缺少对实际教学中的具体教学要求的了解,他们主要以讲授理论知识为主,缺乏实际应用型经验。

其次,在培训方式上存在“一刀切”现象。有些地方把全员培训简单地理解成全体教师集中培训,教师不论学科,全都集中在一起学习。讲基本操作时还可以,但讲到信息技术如何与学科整合时,由于各学科教学内容的差异,对教师的技能要求不同,致使有的教师认为培训内容与自己所教课程关系不大时,兴趣就大大降低。另外,教师自身的素质参差不齐,使教师对不适合自己教学实际的培训产生了不满与懈怠,培训效果也打了“折扣”。此外,有些地方因开班规模过大、设备不足等原因,仍以“满堂灌”的培训方式为主,上机时间被压缩。

最后,在培训的管理上也存在很多问题。如,授课时间安排与教师的工作时间相冲突;培训费用需要教师自理;培训机构交叉重复等问题。此外,还缺少培训后的支持①。

第三节 教师信息素养的培养

对于每个具体的人来说,素养可能是一些具体的内容。在探讨信息素养的时候也有着同样的问题,从目前社会整体来看,已有了从基础教育开始培养信息素养的共识。随之而来的问题是,如何培养教师群体的信息素养?培养信息素养可以通过哪些途径?它们之间又有着怎样的关系?当然,一名教师的信息素养是由多种途径形成的,受到多个方面的影响。下面我们将进一步探讨这个问题。

一、信息系统建设:实施信息教育的学校环境

“工欲善其事,必先利其器。”信息素养是一种操作性很强的素养,它离不开信息技术的应用,信息技术系统的建设也就成了信息素养培养的必要条件。

① 孙艳.我国中小学教师信息素养及提升策略的研究[J].东北师范大学学报,2003(5):21-25.

2010年国家颁布的《国家中长期教育改革和发展规划纲要》要求：国家要加快教育信息基础设施建设，到2020年，基本建成覆盖城乡各级各类学校的数字化教育服务体系，促进教育内容、教学手段和方法现代化。政策导向了学校的建设，“农村中小学现代远程教育工程”以及“班班通工程”等项目的开展，大面积提高了我国基础教育的“硬件”设施。在北京、上海、南京、宁波、重庆等地区的一些学校，甚至将平板电脑引入了基础教育的课堂，开始“电子书包”、“电子课本”等的试点尝试。鼓励利用信息手段主动学习将是未来教育发展的方向之一。

目前，一些学校不断投资，增加、更新校图书馆、阅览室的图书，人手一套市级统一订购的培训教材；购买教学光盘，引进中央电教馆教学资源，建设电子阅览室（人手一机），建立互联网接入服务和校园局域网，为教师信息素质的培养提供硬件支持。

有了“硬件”的支撑，才能改善“一支粉笔、一张嘴”的传统教学模式，各级优质教育资源才能实现共享。同时，由于互联网，多媒体教学机、投影仪、交互式电子白板等教学设备的使用，为广大中小学教师提供了一个完整、高效的网络教学环境，为教师备课提供了优质的教学资源，在丰富的教学资源下，教师不仅拓宽了教学内容、增加课程容量，同时还能激发学生的学习兴趣，实现了师生间角色的转变，由授课者转型为引导者。这与新课标还课堂给学生的思想不谋而合，也提高了课堂效率。教师在使用信息技术的过程中也是对自身信息素养的提升，学生在此影响下发散思维、开拓思想，促进学生整体信息素养的健康发展，大力提升了教师的整体信息素养。

二、理论+操作：一种务实的信息素养培训模式

提到教师培训，我们往往就会想到先进的理念、高深的理论、专家的著述等，似乎教师培训只能限于理论性的探究。教育理论是在教育教学活动中联系实际推演出来的概念或原理，或经过对教育对象和活动的长期观察与总结，对教育教学过程中的关键因素的提取，而形成的一套简化的描述教育演变过程的模型。教育理论固然能指导教师的教学实践，但是片面强调理论教育，不利于教师的发展。因为教师职业是一门实践性

很强的专业。因此，真正有效的培训，应当兼顾理论与操作两个层面。

信息素养是一种综合能力，能力的提高，不仅需要理论知识的基础，更需要实践操作层面的锻炼，两者相得益彰。

为了提高中小学教师应用信息技术水平，促进信息技术与学科教学的整合，每年各地市都会开展多媒体教育软件大赛，其中基础教育组的参赛项目分别为：课件、信息技术与学科教学整合课例、学科主题社区、教育教学工具类软件系统。这些项目都离不开理论联系实践操作，学校为提升教师的相关业务水平，也会采取各种各样的措施。

我们来看某中学的具体做法：学校针对这一赛事，专门成立了青年教师沙龙这一青年组织，定期开展专题性的活动，主要以自主、合作、探究的方式促进青年教师的发展。为增强青年教师的信息素养，举行了多媒体课件制作系列培训活动，以理论学习和技术培训相结合的方式进行，采用专家讲座、理论研讨、案例分析、操作任务、课件点评等环节，参加讲课的教师，不仅有信息技术方面的专家、也有其他学科教学的专家（如美术教师、语文教研员、数学特级教师等），让青年教师们从不同角度感受多媒体课件制作的内涵。具体培训过程中，理论的指导始终贯穿其中，也非常重视操作层面的指导、培训和实践，从培训后举行的多媒体课件比赛的效果看，青年教师的信息素养整体增强。

三、培训+自学：全面实现自我提升

信息素养教育是一种终身教育。教育部在《面向21世纪教育振兴行动计划》中明确指出建立终身学习体系的目标：到2010年在全国建立起终身学习体系。近年来高校师范毕业生已具备一定的理论知识和基本的信息素养，然而在这个知识更新飞速的时代，在从学生到教师的角色转换中，原有的知识将远远不够应对实际的教学，于是教师自身信息素养的提升就尤为重要。

（一）集中培训

2010年，我国启动了“国培计划”。它包括“中小学教师示范性培训项目”和“中西部农村骨干教师培训项目”两项内容，中央财政投入5.5亿元支持“国培计划”的实施。通过创新培训机制,采取骨干教师脱产研修、集中培训和大规模教师远程培训相结合方式,对中西部农村义务教育骨干教师有针对性的专业培训,以缩小各地的教育差异。然而能够有机会参加这级培训的教师毕竟还是较少的一部分,对于大多想要提升自身信息素养以及其他素养的老师来说,只能因地制宜地进行一些有组织的集中统一培训。如某中学实施“请进来,走出去”的培训模式,与上海人才交流中心合作,将部分中青年教师分学科分批次赴沪名校挂职培训,参与培训的教师在两周的学习期间,除了常规的观摩听课,还需要使用信息技术与学科整合开设公共课,并将学习心得体会随时更新至学校网站的博客平台,与全体教师共同分享学习成果。除此之外,该校还常将各级专家“请进来”给教师们培训。

还有的学校利用空暇时间对教师进行信息技术培训、信息技术与课程整合的教学观摩等校本培训,通过实践证明在整体教师信息素养的提高上,集中培训是一种有效的师资培训活动。

(二)自我培训

集中培训易受到时间和地点的制约,因此无论是从观念上还是技术上,它都只能是一种入门引导。要真正使教师的信息素养得到进一步提高,以推动教育信息化向纵深发展,还必须充分发挥教师的主动性,进行自我培训。

兴趣是最好的老师。有这样一位普通中学的物理教师,多年来对于信息系统的爱好,让他利用业余时间自学了大量的计算机技术。从最早的计算机理论,到基本操作,再到后来对硬件知识的学习,慢慢地他成为同行眼中的“电脑高手”。随着计算机技术的不断发展,他不满足于停留现状,不仅提高了原有的知识,还熟练地掌握了多种程序设计语言,成功地通过了国家软件工程师的考试。如今的他不仅转为专职的信息技术教师,还将信息素养提升到更为广泛的领域。大量知识的积淀,也让他的信息课堂精彩纷呈,学生在信息技术的学习过程中,信息素养也在不断得到提高。

因此,自我培训应包括:教育技术和信息技术教育方面的相关资料的学习和阅读;与他人交流经验。同时,相关部门也可以制定一些相应的激励机制和保障措施,引导教师将加强信息素养的培养作为自己终身学习的一项重要内容。

四、合作+交流+探究:一种高效的信息素养培训模式

“问渠哪得清如许,为有源头活水来”。学习是接受前人积累的文化经验,以发展个人的知识技能,而交流则是彼此间把自己的经验提供给对方,相互沟通。了解信息、开展信息教学研究的重要手段是利用信息技术。因此,在学校里开展教师的信息技术培训已经成为学校面向现代化的必要条件。只有大多数教师使用信息系统,信息系统才能发挥效益,否则就是一种浪费。要提倡教师能够用、会用并且想用。

例如,自2000年7月开始中华人民共和国教育部与英特尔公司合作在中国启动英特尔未来教育中小学教师培训项目,它旨在帮助教育工作者学习如何有效地将信息技术和资源融入到他们的教学中,开展以学生为中心的教学活动。其特点有:第一,打破了学科界限,实现了各学科教学智慧的共享。知识无学科的界限,不同学科的教学虽然在内容方面有所不同,但理念、三维目标、教法等应该是相容相通的。第二,设置基于模块的培训内容,使得培训的操作性更强。各模块内容设计精细,任务明确,步骤明晰,叙述详尽,条理清楚,环环相扣,易于运作和推动,富有操作性。第三,受训者活动在整个培训过程中比重较大,多向的交流与探讨,加速了新的信息的生成。第四,采用教师培训教师的模式,大大提高了培训的效率。主讲教师都是从一线来,再回一线去,使培训更具针对性,而且培训课堂上,没有讲师和学员的严格区分,在活动探究和完成任务的过程中,讲师也是学员,学员也是讲师,互动性的学习方式,提高了培训实效。

英特尔未来教育培训模式给我们的启示有:提高教师信息素养,在重视培训内容的同时,也应重视培训方式的创新。采用合作、交流、探究的培训方式,以活动和任务为驱动,让教师在学习中研究,在研究中学习,在学习中合作,在合作中学习,并将这种理念带到今后的教学中,真正尊重学习者的主体地位,真正提高教师的信息素养。

在合作、交流、探究的环境下，教师充分利用信息系统，学校通过提供服务，安排时间，组织学习任务与考核的方式，使教师不仅通过信息系统学习信息技术的有关知识，而且学会在教学活动中利用信息技术，从而使自己的信息素养得到提高。

教师信息素养的培养和提高是一个长期性工程。因为教师队伍中个体存在较大的差异，技术水平有高低，所以对于信息素养的要求也各不相同，对于大多数学科教师的要求是能够在自己的教学活动中应用信息技术，能够应用软件工具组织教学活动与管理教学，开发并能应用课件即可；而对于信息学科教师我们不仅承担着信息学科教学，有时还承担着学校在使用信息技术改革教学管理中的协调人，信息系统的维护人员以及其他教师信息能力的培训者等工作。因此，有必要先期发展一批教学思想先进、信息素质较高的骨干教师群体，通过骨干教师和信息技术教师的身体力行、言传身教，去带动周围的教师，为其他教师的提高积累经验，进而促进全体教师信息素养的提高。

第四节　教师信息素养在教学中的应用

对于素质教育目标，我们可以按照思想道德教育、能力培养、个性发展、身体健康以及心理健康教育等进行分析，提出综合要求，防止偏废。而信息素养本身就是一种综合目标，开展信息技术教育主要还是培养学生应用信息技术的基本能力，并且能够应用这些知识，辅助其他学科进行自主学习，进行创造性的开发与劳动。

目前，课堂教学仍然是全面信息教育的主渠道，而教师要传递给学生的知识量越来越大，要想在课堂短短的45分钟时间内传播更多的知识，应将侧重点放在教授孩子解决问题的方法，分析知识体系，抓住最主要的知识内容，以及把主要精力放在培养学生获取知识的学习能力上，才能在最短的时间内取得最有效的成绩。设置信息技术方面的课程，进行信息技术方面的学科教学，是各个国家与地区进行信息素养培育的最主要手段之一。

一、以学业水平考试为点，画出课堂教学的面

在义务教育阶段，信息技术课程主要以教授操作技术为主，整体知识体系呈现螺旋性上升，从小学段每章节仅需掌握一项软件技术，到九年级时要掌握十种软件技术的综合运用。由于此阶段的学生生理特点，教材的编写突出语言和版面的生动性，选择的案例也是贴近学生生活的趣味性内容，学生只需要跟随课本就可以完成软件技术方面的学习。总的来说，这个阶段的教材提供的教学资源涉及信息素养的各个环节，强调在学生自主探索的基础上教师的引导，突出实践环节的教学和训练，为学生未来信息素养的发展奠定了良好的基础。

由于我国多数地区义务教育段的信息技术课程的考试成绩没有纳入到升学考试中来，所以学校和家庭重视度不高，学生在实现技术的"零突破"后，逐渐对信息课失去兴趣，进而产生偷偷摸摸玩电脑游戏、上网娱乐等现象。在这个阶段学生即使掌握了一定的技术，也常常不知道学了这个技术以后可以应用于哪些场合，什么时候可以用这个技术，怎样创造性地使用技术，信息意识不够强，这让部分学生在计算机方面的优势没有得到充分的发挥。

高中阶段，学生需要面对学业水平考试，必修、选修教材都更为关注学生信息素养培养，学生对本学科的重视度提高。教材已经不像义务教育阶段教材那么"有趣"了，大量的理论知识进一步强调对学生信息素养的培养。例如：在选修课本《多媒体技术应用》中，更多篇幅介绍图形、图像、声音、动画、视频的原理。而在我们的实际课堂教学中，学生计算机操作水平达不到要求，经常发现有学生不会打字，键盘、鼠标操作不熟练的现象。而学业水平考试却是包含理论及软件操作两个方面。面对这一现状，我们的教育者可以采用浓缩知识、操作穿插、集中练习的方式。具体的做法如下：

课堂教学时间好像总是满足不了实际的教学内容，怎么办呢？其实教师完全可以将知识浓缩起来，再传授给学生。前面我们说过在义务教育阶段的教材是呈螺旋形上升的，所谓螺旋形，就表示知识结构有很多重复之处，只是程度的深浅不同。我们以《多媒体应用基础》这本书为例，如

果按课本流程教学，不仅完成不了教学任务，繁多的理论知识常让初涉的学生云里雾里，不得其所。通览全书，我们不难发现有些知识点是重复的，第一章中提到的多媒体技术在第二章的图形、图像，第三章声音，第四章动画、视频及应用中都有所涉及，区别在于一个是总体论述，其他则是分章节论述。因此，我们可以在第一章的时候就把后面的三章内容涉及的理论都集中在一起讲授。这样做不仅节约了课堂时间，也可以让学生对晦涩的理论知识进行对比理解，也无形中培养了学生获取信息的综合应用能力。

在这本教材中有两种不同类型的实践，一类是贯穿于正文当中的实践，另一类是每一章最后的综合实践。我们可以将两种操作实践穿插于理论的介绍中，也在实践中不断验证着所学理论。例如，我们只需要在操作前稍微集体回顾一下理论，即可开始操作练习，不仅可以留给学生们较多的动手时间，也加强了学生对于理论的理解。

步入高二后，学生离学业水平考试越来越近，这时常规速度教学已经跟不上考试的步伐了，集中练习不失为一种好的方式，这个时候可将纸质试卷与模拟题操作双管齐下，边做边学，并且鼓励同学间相互合作，辅助以教师指导，共同学习，共同提升。

这种教学方式既能帮助学生顺利通过学业水平测试，又能提升学生的信息素养水平。浓缩知识需要教师很高的信息素养，它不能局限于备一堂课上一堂课，除通读教材外，还要融入其他相关信息知识，甚至还有其他跨学科知识，并且要将这些知识集成在一起，在课前需要做大量的准备工作。在浓缩知识的过程中，也难免会损失一些知识的课堂传授，这需要学生通过自己所具有的信息能力来自学这些知识，在操作实践的过程中，也许会衍生更多新的知识点，学生可以进一步学习。在交互的过程中，教师与学生信息素养的共同成长。

二、在课堂教学的面上，添上校本课程的花

考试成绩高低并不能真正衡量一个学生的信息素养的水平，按照课本内容进行教学的信息技术教学模式中，学生一开始对电脑很感兴趣，后来对教师教的内容越来越不感兴趣，因为所学知识在日常生活中没有合

适的环境发挥。目前,学生的信息意识比较薄弱,信息道德也有待进一步提高,学生信息加工能力也没有发挥出来。这就需要我们在现在的教学内容上,添上校本课程,从它应用的范围,我们将其分为整体课程与局部课程。

整体课程是面对所有学生的课程。我们可以将这类课程放在日常的教学中,应用在课本的案例不足以引起学生兴趣的情况下。这类校本课程通常是围绕课本的,只是因地适宜,稍作改动。优点是编写相对比较简单,内容灵活,耗时较短,实施范围广。在各级优质课的大赛中,我们常常可以见到这类校本课程的身影。如在初中获取信息这一章的教学中,我们可以先安排学生浏览学校网站。在各专栏下选择感兴趣的内容点击阅读,收发电子邮件,学会使用搜索引擎。因为校园新闻多数都是学生自己身边发生的事,学生们比较有亲切感,随后对全班同学实行分组,每组发一份学案,定好小组长,让小组长在组内分工,明确各人的任务,要求学生有目的浏览因特网,引导学生从科技、军事、体育、网络生活、人物、时事、环境、文学等方面在因特网上查找自己感兴趣的专题知识,并对网上有用信息进行下载,然后准备重新组织材料。当学生下载的信息很多,需要进行分类管理时,学生有了建文件夹的需求,再适时地讲述文件夹的知识;当学生从网上下载的文章很多,有了要进行重新组织排版的需求时,我们再开始进行WORD排版的教学。这样有了很好的文件夹应用情景,学生学习的效率自然高。

局部课程是针对个别学生的课程。主要是针对一些学有所余的学生,一般用于赛事培训及信息技术兴趣小组。这类校本课程的编写相对耗时较长,在内容上一般高于课本知识。它的优点是,使得学有余力的同学“有劲有处使”;还可以让参与的学生在平时教学中起到“小老师”的作用,“以生带生”给学生更多展示自我信息素养的空间。这类教材中一般包含针对信息奥赛编写的程序设计语言类的Pascal、C语言等,以及专为中小学电脑制作活动编写的绘画软件教程,Flash、Photoshop、FrontPage等。可以让学生利用课外时间进行学习,学习中遇到困难,教师的指导,利用软件自身的帮助功能学习,通过互联网,一般都能自我解决,我们发现参与的学生信息素养明显高于其他学生。

三、以校本课程之花，结出实践创新之果

当代学生不仅可以在信息技术课堂上学习到如何制作动漫、做电子报刊设计制作网页，他们还可以根据自己的需要在摸索实践中，学会如何百度、如何视频聊天、如何微博、如何营造自己的网上空间等。某些课改实验地区的中小学以学习小组的形式锻炼学生的信息能力，学生能自己制作PPT课件进行课堂展示；上海某小学新开设两个“苹果班”，师生全部用iPad完成信息化课堂教学，姑且不论效果与争议，它所体现的是学生信息素养的普遍提升。国民信息素养的全面提高，浅尝辄止者无法抗拒信息社会的来临，持之以恒者能从无到有、从有到精，从中收益颇丰。

江同学平时喜欢舞文弄墨，在学校新年文艺汇演上创作了课本剧《鸿门宴》，以鸿门宴的故事为载体，加入诸多现代元素，将人们普遍关心的“致癌大米、苏丹红、地沟油、毒奶粉”等食品安全问题掺入其中。这届“春晚”后，他便有了个外号——“江导”。第二年的学校文艺汇演，“江导”自编自导自演了课本剧《荆轲刺秦》，把“甲流”等现实素材引入剧中，再次引起轰动。

为了写剧本，江同学查阅了大量的相关资料，也因此能更多地关注社会。在老师指导帮助的过程中，他对音乐合成也产生了浓厚的兴趣，在老师那拷贝了软件自己回家摸索。第二年的节目编排，从编剧、舞美、演员确定、导演、音乐合成甚至海报的设计等都是江同学独立完成，他从中收获了自信，收获了成功的喜悦，更收获了创造的快乐。

国家工业和信息化部电信管理局公布的数据显示，截止到2012年6月底，我国网民数量达到5.38亿人，互联网普及率已经达到39.9%；手机首次成为中国网民的“第一上网终端”，我国手机网民达到3.88亿，超过电脑上网用户的3.86亿人。当20世纪90年代末某些教育工作者还将网络视为“洪水猛兽”时，当本世纪初期我们还热衷于“网络是一把双刃剑”的大讨论时，互联网信息正以我们想象不到的速度迅速走进我们生活的各个方面。在时代飞速发展的大环境下，互联网信息的载体在变化，信息素养的定义在变化，信息素养的内容也在不断变化着的，唯一不变是学习。从最初的电脑课到现在的信息技术课，不仅仅是课程名称的改变，更是内

容、思想甚至理念的改变；学生不仅要会使用一些常用软件，掌握一些上网技巧，更应在掌握基本信息技能的基础上，学会筛选信息，辨别信息，评价信息，创造性地使用信息，提高自身分析问题、解决问题的能力。

当然，网络在给我们带来了大量有益信息的同时也带来了不少负面影响。在网络监管、社会监管尚不健全的环境下，学生能轻易地在网络上接触到大量不良信息，由此形成信息社会中的行为规范、人格教育、网络道德与网络安全等问题，必须在信息技术课程和各学科教学中，引起充分的重视。我们应从思想道德引导、法律法规教育、电脑硬件软件上的控制、课内外活动的丰富、家庭学校共同监督等多方面入手，多管齐下，让学生成为网络社会中有信息道德素养的人。

思考题

1. 从您教学的经历来看，何谓教师的信息技术能力。

2. 您的信息技术能力如何，您认为信息技术的能力与教学效果的关系如何？

第十章　优秀教师的基本功之十：美好的教师形象

一个人的形象，代表着别人对他的认知和看法，同时也表达出他自己愿意传达给外界的"关于自身的信息"。对于教师这一群体来说，教师形象更是代表着世人对教师这个群体形象的期望和想象。

从古到今，教师这一群体的形象同社会的发展密切相连，随社会的变化而发生变化。那么，在今天我们应该如何看待教师形象？想要成为一名优秀的教师，又该如何去塑造美好的形象？"美好的形象"对教师来说又意味着什么？如何从对教师"称谓"的视角去分析、审视人们对教师形象的看法？本章内容将围绕"美好的教师形象"这一主题做出一些有益的探索。

第一节　说文解字：美好的教师形象之含义

众所周知，在中国古代的不同历史时期，人们对于教师形象的看法不尽相同。教师最初从事教学，并非出于谋生的需要，它只是古代圣贤的一种自发行为。教师是古代社会传道授业之人，同时又作为古代"圣贤文化"的代言人。他们以"圣贤君子"的学问及人格修养为标准严格要求自己，成就了中国历代教师德行高洁的君子人格，也为后来者的人格修养树立了典范，对中国古代文化与教育事业的发展起到非常重要作用。

一、美好的教师形象的概念

（一）形象

《现代汉语词典》（第5版，2005年）对"形象"的解释为："能引起人们思想和情感活动的具体形状或姿态"，或指"人物的精神面貌和性格特征”。[①]这种解释给予了“形象”一词丰富的内涵，而各学科对“形象”一词也有不同的定义。在心理学中，用自我概念或自我意识来讨论“形象”，认为它代表了一个人对自己的生命个体、精神风貌以及与外部社会关系的全方位的认知和评价。这种认知和评价既包括自身生理状态如身高、体重、相貌等，也有对自己的气质、知识、情绪、性格以及人际关系的评价。社会学则认为“形象”实质是指他人对个体的印象，代表了个体所承担的社会角色的期待标准，并以此来对个体做出评价。因此，我们可以将“形象”理解为个体的外表和内在的综合体现，是个体给自己和他人的一个整体印象，是个体展现其内在理念的一种外显化方式。

（二）教师形象

根据《现代汉语词典》（第5版，2005年）对“形象”一词的定义推断而言，“教师形象”主要是指人们对从事教师这一职业群体的印象。而学界对“教师形象”这一概念尚无权威的定义，笔者所见的对“教师形象”的界定多是从“形象”、“社会形象”或者“职业形象”概念引申的。代表性观点的有：“教师给人们留下的印象，抑或指人们对教师的看法或评价。”（林良章，1997）“教师形象简单地说就是教师应该是什么样的？什么样的教师才是好教师？”（程红艳，2001）

综上所述，笔者在综合现有研究的基础上，对本书中的“教师形象”概念做出如下表述：所谓“教师形象”，是指在一定的历史文化社会背景之下，从事教师这一职业的群体或个人在其职业活动中表现出来的表征属性，以及社会外界对其职业的期望和评价，是其内在形象认知和外在形象确认的统一。

二、美好的教师形象的内涵

随着现代教师职业和教师专业化的快速发展，“教师形象”的内涵也在不断地扩大。很多研究表明，一个优秀的教师一定是一个形象良好的教师。[②]人们需要的教师形象是内外兼修、心灵美与外在美统一的师表。

① 中国社会科学院语言研究所词典编辑室. 现代汉语词典[M]. 北京：商务印书馆，2005:1420.
② 邱卫东. 现代教师形象的设计策略[J]. 教育评论，2003(3)：38－40.

这就要求教师必须关注自身的形象，教师的成长应当与自身形象建设同步。“教师形象”所代表的内涵丰富，笔者尝试用九个字来简洁概括：“端、净、言、表、行、气、趣、度、稳”。这个九个字中，前五者可视为一名优秀教师美好形象的“外在”，后四者则对应为“内在”。

（一）美好的教师形象的“外在”

教师的外在形象主要是指教师的外貌、服饰、礼仪以及言谈举止：“端”——端庄得体的服饰；“净”——干净整洁的外貌；“言”——得当温暖的言语；“表”——淡定不夸张的表情；“行”——礼貌大方的行为举止。

（二）美好的教师形象的“内在”

内在形象是教师良好素质的集中体现：“气”——教师职业气质、精神状态；“趣”——教师对世间万物的审美情趣；“度”——合适的尺度；“稳”——优雅的风度，良好的教养。

需要指出的是，教师形象的内外两部分是不可分割的，它们相辅相成，共同构成教师的整体形象。内在形象通过外在形象来体现，外在形象可折射内在形象。从教师的职业特点和社会作用来看，优秀教师表现出来的优良形象，常常是教师内在丰富、高尚心灵的缩影。

第二节　问其所谓：美好的教师形象之外在形态

所谓教师形象，并不是一个简单的穿衣、外表、长相、发型的组合概念，而是一个综合的素质，一个外表与内在结合的、在流动中留下的印象。它们在清楚告诉人们你是谁、你的社会地位、你的生活质量、你是否有发展前途，等等。形象所包含的丰富内容，为教师塑造成功的形象提供了很大的空间。

一、外在形态的特征要求

心理学家研究发现，人们的第一印象形成是非常短暂的，有人认为是见面的前40秒，有人甚至认为是前2秒，可能在一眨眼的工夫，人们就已经对你形成印象了。在心理学上第一印象被称为“首因效应”，无论它是正确的还是错误的，大部分人都依赖于第一印象的信息，并对日后的决定起着非常大的作用。

从教师的角度来看，良好的职业形象是一种非常宝贵的财富，它可以有效提升教师的职业效能，可以改善教育的人际关系状态。[①]同时，美好的教师形象可以丰富和扩展教育的功能，其独特的感染力和示范性能达到“润物细无声”的奇妙效果。

(一)“端”——端庄得体的服饰

社会对从事不同职业的人有不同的服饰要求。教师的服饰最直观地反映出教师的精神面貌，是教师的职业形象，也是教师的审美形象，能表现出教师个体的品德修养和精神情趣。教师的服饰风度可能会潜移默化地影响和作用于学生的情感和思想。

教师的服饰要端庄得体，整洁素雅。托尔斯泰曾说：“朴素是美的必要条件。”作为教师，穿着如果过分华丽夸张，容易给人造成轻浮和华而不实的感觉。上课时也会分散学生的注意力，影响整体的教学效果。因此，教师的服饰不应过于追求新奇，也不应赶时髦摩登，而要体现教师这个职业特点和教育需要，注重整洁素雅，朴实大方，切忌衣冠不整、鞋袜不净。

(二)“净”——干净整洁的外貌

一个人的长相，是生来就决定的。但是怎样去收拾这幅皮囊却可以由我们去决定的。外貌是外界感知一个人的最生动、直观、具体的形象。它反映了个体的审美水平，也反映了个体的内心世界。先不说外貌的美丑与否，干净整洁为第一要素。教师对外貌的整理除了应当考虑时间、地点、场合外，还要考虑体形和色调，修饰要符合职业特点，女教师可以着淡妆，但忌浓妆。教师个人要有良好的卫生习惯，忌蓬头垢面、体气袭人。

(三)“言”——得当温暖的言语

言语是教师常用的教育教学工具，是教师劳动的重要手段。在学生

① 肖婕. 21世纪教师形象设计[D]. 武汉：华中师范大学硕士学位论文，2000.

接受的各种外界刺激中，言语类占了较大的比重。教师的言语修养在一定程度上影响着教师的基本形象。实践中因言语不当带来的对教师形象的毁损事例比比皆是。

言语是我们去评价个体的一条十分重要的途径。教师的言语方式和特征，更是教师形象的重要体现。教师的言语形象，包括语音、语调、语式、语感、语情、语法等。良好的言语形象要求言之有理、理中含情，情理交融，生动准确，对症下药，恰到好处。在课堂上教师的言语要精练，表述要准确，意思要明了。清晰的吐字，标准的发音，抑扬顿挫的语调，都能给学生带来美感，表达出一种外在之美。

（四）"表"——淡定不夸张的表情

教师形象的美感还来自于其淡定舒展的表情。过度夸张的表情与教师的职业形象不符合。古人云：泰山崩于眼前而不变色。教师外表的淡定，要求教师有一颗强大的内心。同时，教师的淡定也会影响到学生，比如一句温暖的话语，一个鼓励的眼神，一副友好的表情，都能令学生有受到认可的感觉，从而增强学生的自信心。

（五）"行"——礼貌大方的行为举止

教师的行为举止要力求礼貌大方，传达优雅、端庄的信息。如果一位教师举止粗鲁，站无站相，坐无坐相，行时身摇摇晃，易给人留下一种缺乏教养、轻浮失度的感觉。因此，每位教师，要时刻注重自身的行为修养，养成良好的行为习惯。

二、电光幻影：银幕上的教师角色

随着科技的发展，电影电视这一媒介也成了人们生活中必不可少的一部分。无论是东方还是西方，电影银幕中的教师形象都或多或少地代表了主流社会对教师这一群体的认知，而不同时代银幕中的教师形象则展现了教师在当时社会中的地位和生存状况。

(一)东方银幕：历史时代中的教师①

1. 20世纪80年代

20世纪80年代初的银幕教师形象还是基本保存着为人师表、勤恳敬业、朴实无华的主体要素。教师本色和传统形象在这些电影中继续得到展现，他们基本代表了教师群体在人们心目中的形象。而20世纪80年代后期，电影中则出现了一些涉及比较深入的教育问题的教师形象。

20世纪80年代具有标志性的教师形象作品首推1981年的《邻居》。影片对教育工作者的各种形象进行了丰富的展现：老院长大公无私、为民请命；青年教师冯卫东不满现实、牢骚满腹；中年讲师章柄华木讷死板但执著于专业学术。这些生动的教师形象使得《邻居》成为表现当时社会教师生活难得的深入之作。影片中，学校的房子问题使得当时照顾关系户、以房谋私、打击报复、逢迎拍马等许多不正之风直接地呈现在人们的面前，深刻地揭示了当时的社会现实。

1984年的《红衣少女》是学校题材电影中又一个转折性的作品。一个对传统产生怀疑的女中学生安然，而安然的老师韦婉则被刻画成为安然的对立面。现代意识和保守观念在校园电影中发生冲突。电影里，安然的老师韦婉不能跟随时代前行，她对安然的偏见不仅源于观念上的陈旧，而且夹杂个人私利的算计。这是一个思想观念保守而人情世故又颇为新进的人物，是时代演进中一个多样形态的教师形象。

1987年的《公民从这里诞生》讲述的是一个比较深刻的时代话题：港城中学校长韩琼为了升学率把差生集中起来成立差班，由此导致问题丛生：学生流失、家长抱怨、社会批评，而这一系列的过程中，校长韩琼逐渐认识到问题的严重性，终于解散了该班。这部电影对于教育制度和培养什么人提出自己的思考，在当时已经涉及教育思路和教育不公平问题。这些问题现在依旧是社会争论和关注的焦点。

2. 20世纪90年代

20世纪90年代的教育题材中较多带有对于教师的情感表现，使教师形象有着丰富的情感色彩。

---

① 周星. 社会变迁与教师形象——银幕中的教师[J].中国教师，2004(9)：20－24.

1990年的电影《我的九月》是一个对弱小个体关怀爱护的动人儿童片。新来的班主任高老师是一个新型教师形象。他在初识孩子们时就发现了学生中的强弱争夺现象，通过对被大家称为“安大傻子”的学生安建军观察了解，发现他的倔强精神个性，并给予他鼓励和支持，使曾经受歧视的安建军焕发出童真和超于年龄的意志力，最终以自己的努力获得参加亚运会团体操表现的资格。影片不仅在老师身上而且在整体上充满了人道主义精神和鼓励个体精神世界的意图，因而具有动人的魅力。

1991年的《烛光里的微笑》是表现传统教师精神美德的代表性影片。小学老师王双铃接受有名的乱班，各种麻烦不断。但她强撑着多病的身体，对待学生如同自己的孩子，逐渐改变乱班面貌。在为孩子解决一个又一个问题的过程中，她的家庭也承受了诸多压力，发生不少矛盾，但她始终坚守自己的职责，不放弃孩子们。最后，她倒在寻找出走的孩子的路上，离开心爱的孩子们。在学生自发组织的追悼会上，孩子们点燃了她生前最喜欢的烛光，又仿佛看到她慈爱的微笑闪现。

1993年的《凤凰琴》则是涉及更多复杂生活状态的教育题材电影。影片中的主要人物都是乡村教育工作者们，新教师张英子因为舅舅是乡教育办主任这层关系，来到界岭小学工作。她揭发学校应付上级检查的突击现象，却遭到舅舅的一耳光，因为这一似乎是正义的行为，使已经穷苦的小学丢掉了需要维修教室的奖金。接着，她又在转正考试上做文章，想要公平公正争取转正名额，没想到让所有极为需要的老师们都陷入了恐慌的猜忌和竞争中。而她自己的这个正式名额却是自己的舅舅走门路把名额从别人手里夺来的。当校长把了解真相的张英子让出的名额给明爱芬后，她在微笑中离开人世。在这部影片中，无论是忍耐坚韧的余校长、似乎时刻巴结上级的邓副校长、内向的孙主任，还是投机上去的万主任，以及逐渐了解真相的张英子，都不是简单的好坏之别，他们同样是在艰难中坚持的教师，却不得不深陷于基本生存危机中，他们在每一天的简陋但庄严的升旗仪式中闪现教师的品格，却难免为五斗米斤斤计较。教师固然难免世俗，却依旧是精神世界的受难者和传播精神火炬人的双重角色。

1997年的《花季雨季》以改革开放的大都市深圳为背景，讲述了中学生谢欣然及她周围同学的新一代中学生的生活。和孩子们身处环境相似的新来老师江南,已经不是一个传统师长的形象,江老师的出场就别具一格,从后门进入教室。他开口的第一句话就是对从后门进来的解释,随后他讲了一个故事,提出对上缴学生作文的不同意见,认为作文属隐私,不应该由老师来看,反对为此而写作,一番话立刻获得学生好感。江老师作为新时代的教师,身上充满了现代生活气息,语言幽默,对学生亲近平等,相比于传统教师形象,其现代感显而易见。

3. 21世纪初

《美丽的大脚》是21世纪初将教师形象描画的最具典型的影片。其关注的焦点落在一位把全部心血扑到小学教育的女老师张美丽身上,表达出乡村与都市、落后与先进等复杂的冲突。张美丽是一个个性突出的乡村教师形象,而城里来的教师夏雨不适应穷乡僻壤的艰苦生活,张美丽的朴实热情又常常让她哭笑不得。她们之间的误会、冲突、理解、感动通过一件件细腻入微的小事展开,张美丽的形象也随之丰满和生动,两个生活经历完全不同的女人,作为教师共同为西部孩子奉献着自己的微薄之力。

(二)西方银幕:经典教师形象

1.《简·爱》

《简·爱》中的家庭教师简·爱是西方银幕中一个著名的女性形象。她出身卑微,相貌平凡,但她并不以此自卑。逆境让她成长为一名性格坚强、刚柔并济、独立自主、积极进取的女性。她蔑视权贵的骄横,嘲笑他们的愚笨,显示出自立自强的人格和美好的理想。她有顽强的生命力,从不向命运低头。

2.《音乐之声》

《音乐之声》里的玛丽亚大概是世上最可爱最幸福的家庭教师。玛丽亚如同璞玉,唤起人们对真善美的追求。在变化莫测的战争环境下,她天生的温柔和善良赢得了孩子们的尊重,她用窗帘给每个孩子缝制了游戏服装,带领他们到市场游玩,在美丽的阿尔卑斯山上野餐,还教会了他们唱歌。孩子们原有的拘谨和忧郁渐渐地被玛丽亚的笑容和歌声所驱散。

这部电影在世界青少年的成长中曾发挥过巨大影响力，有很多人是因为玛丽亚而学会尊重这个世界，是因为爱上玛丽亚才信仰真善美，玛丽亚曾是很多人的心灵教师。

3.《心灵捕手》

《心灵捕手》讲述了一个麻省理工学院的清洁工的故事，他在数学方面有着过人天赋，但却是个叛逆的问题少年，在两位教授的倾力帮助下，少年最终把心灵打开，消除了人际隔阂，并找回了自我和爱情。在影片中，蓝勃教授用了很多方法希望威尔能打开心结，但是许多被西恩教授请来为威尔做心理咨询的心理学家，却反被这个有着惊人的高智商的小子洞悉心理而反遭羞辱，纷纷宣告威尔已“无药可救”。教授在无计可施的情况下，只好求助他的大学同学及好友西恩·麦克奎尔教授，希望他来开导这个异常聪明而又固执倔强的年轻人。西恩·麦克奎尔同样是位“性情古怪”深居简出的教授，和威尔一样饱受心底深处黑色阴影的困扰，在一番斗智斗勇后，两人终于融化了冰封的心，成为了忘年之交。影片最后，威尔在面对选择时，久久地站在西恩教授的门口，在教授信箱里塞了离别信。在原地踟蹰了一番后，他驾驶着破烂的汽车奔上公路，前方蓝天明媚。而躲在窗户后面的西恩教授，望着这个断乳期青年的背影，终于舒心地笑了。

经典对白一

西恩：你有心灵伴侣吗？

威尔：我有…？说清楚点。

西恩：能够和你匹敌的人。

威尔：我有查克。

西恩：不是，查克是你的家人，我讲的是触动你心灵的人。

威尔：我有…

西恩：谁？

威尔：有很多。

西恩：说出来。

威尔：莎士比亚、尼采、福斯特、奥康纳、康德、洛克……

西恩:很棒,他们都死了。

威尔:对我而言,他们没死。

西恩:他们当然死了,威尔,你无法和他们对谈,你无法回应他们。

威尔:对啊,没有法术把他们弄醒超生,是没办法和他们对谈的。

西恩:对,那就是我所说的。你只看到这个世界中负面的事,如果你不踏出这第一步,就永远不会拥有那种关系。

经典对白二

西恩:你只是个孩子,你根本不知道你在说什么。你从来没有离开过波士顿,所以和你谈艺术,你可能会提出艺术书籍中的粗浅论调,有关米开朗琪罗,你知道很多,他的政治抱负,他和教皇的关系,他的性倾向,所有作品,对吗?但你不知道西斯廷教堂的气味,你从未站在那里抬头仰视美丽的天花板,我看过。你不了解真正的失去,因为唯有爱别人胜于自己才能体会,我想你还不敢这样爱人。当我看着你的时候,我看到的并不是一个机智的男人,自信的男人,而是一个讨厌的毛孩子,不懂事理的毛孩子,一个没用的男人。你的确是个天才,这一点没人否认,也许没有一个人真正理解你,对吧?可你仅仅凭我画的一幅画,就对我的人生指手画脚。你是一个孤儿对吧?你以为我怎么知道的?你过去的生平,你的性格,你的感情,你认为我读过雾都孤儿吗?那个人是你的缩影,开始我对此没有兴趣,因为我不愿意读那种书,我从你那里学不到任何东西。可后来,兰博尔说了你的事。我开始有兴趣了,治与不治你决定吧。

第三节　思其意谓:美好的教师形象之内部架构

教师的形象美与教师的内涵美是分不开的。教师的内涵美会对其外在形象美产生重要影响。本节中除了对教师内部形象美进行分解外,我们尝试对教师外在形象和内在形象的关系进行初步探讨。

一、内部结构特征

教师形象的美感来自于教师在教育教学活动中所显示出来的崇高的理想、高尚的道德、严谨的作风和蓬勃的朝气。这些优秀的品质，都能对学生产生吸引力。

(一)“气”——教师职业气质、精神状态

教师形象的气质美因人而异，教师的气质端庄，精神饱满，并通过人的风度、姿态、表情、习惯等显示出来，我们就会说，这样的教师很有气质，或者气质很美。教师的风度仪表美，归根到底是教师内在美的一种展现。它要求教师“成于中而形于外”，“慧于心而秀于言”，使美的心灵与美的仪表、美的谈吐、美的举止形成一个有机整体，使教师在教育教学活动中充分展现出自己美的风采。

(二)“趣”——教师对世间万物的审美情趣

“爱美之心，人皆有之”。教师美好的形象，是一种审美的表现，是美学的结果，始终离不开美的元素和标准。我们立意于教师的美好形象，是对世间万物之美的构想、实践、创造和审视。“教师是太阳底下最光辉的职业”。教师的美好形象可以拓展教师职业的社会功能，推动教师的个体成长，可以更加有效地实现学校教育教学的目标。同时，也只有符合美学原则的形象，才能真正具有感染力。尽管教师形象具有个性差异性，但所有个性的“识别标”不应当脱离审美科学的指导，否则就是“另类”与“怪异”，与“美好”无缘。

(三)“度”——合适的尺度

形象设计是一项系统工程，良好的形象，往往体现出高度的统一适度性。教师形象的构成是多元、多维、多层次、多因素的。除了可以直接感知的外在因素外，难以构建的内在因素以及时代性、社会性因素都是教师形象设计必须涵盖的。教师形象的设计，应当坚持“内在与外在统一、个

性与社会性统一、职业性与师表性统一”的原则。同时，还必须在统一的基础上保持适度，这样才能使现代教师的形象更加丰满，更加具有感召力。

（四）“稳”——优雅的风度，良好的教养

风度教养之美是指教师个体在社会生活中形成并表现出来的具有审美价值的一种动态，它是动态的展现，也是具有优雅美感的体现。教师的风度教养是教师的言谈举止、态度及其德、才、体、貌等各种素质在师生交往中综合表现出的独特风貌。教师风度美是一种高层次的美，是内在的良好素质形之于外的动人表现，是在待人接物时通过言谈、行为、姿势和表情表现出的美感。

二、记忆中的教师形象

一个具体的人物形象能引起人的思想和情感活动的具体形状或姿态。每一个人都有自己的记忆。学生常常议论喜欢哪位教师，不喜欢哪位教师。这说明学生需要教师给予的，不仅是文化知识和学习方法，而且是艺术感染力。这种艺术感染力与教师的形象美有着一定的关系。

（一）教师的气度——半个世纪后的回忆

在各种小说和回忆录中，我们常常可以看到作者对各种教师形象的描写。如学者何兆武①在他晚年的回忆录《上学记》中曾提到他记忆深刻的几位老师，在隔了半个多世纪后，他仍然记得当年各位老师的形象。

他对当时联大②的校长这样描述：“他的工作成绩还是挺不错的，能把

① 何兆武：1921年9月生于北京，原籍湖南岳阳，1939年考入西南联合大学，1943年毕业于西南联大历史系，1943年至1946年在西南联大外文系读研究生。1956年至1986年任中国社科院历史研究所助理研究员、研究员。1986年至今任清华大学思想文化研究所教授，兼任美国哥伦比亚大学访问教授和德国马堡大学客座教授。长期从事历史理论、历史哲学及思想史的研究和西方经典著作的翻译工作。

② 国立西南联合大学中国抗日战争期间设于昆明的一所综合性大学。卢沟桥事变后，日本帝国主义全面发动侵华战争。为保存中华民族教育精华免遭毁灭，华北及沿海许多大城市的高等学校纷纷内迁。抗战八年间，迁入云南的高校有10余所，其中最著名的是国立西南联合大学。西南联大是由国立北京大学、国立清华大学和私立南开大学联合而成。

三个学校都联合起来,而且一直联合得很好,在抗战那么艰苦的条件下非常不容易,他确实挺有办法。而且梅贻琦风度很好,顶有绅士派头,永远拿一把张伯伦式的弯把雨伞,甚至于跑紧急警报的时候,他还是很从容的样子,同时不忘输导学生。在那种紧急的关头还能保持这种风度确实很不容易,大概正是因为他的修养,所以能够让一个学校在战争时期平稳度过。"

而与此对比的是,他又写到另外一位老师的反应:"有一次拉紧急警报,我看见他连滚带爬地在山坡上跑,一副惊慌失措的样子,面色都变了,让我觉得太有失一个学者的气度。"①

诚然,在当时那种恶劣艰苦的环境下,我们无法要求教师时刻都保持镇定的风度。只是以此说明有时候教师某个瞬间的形象对学生来说是极其深刻的。

(二)一起影响恶劣的事件——"范跑跑"

2008年汶川地震时,四川都江堰光亚学校的教师范美忠在地震发生时丢下学生一个人跑出了教室。据描述,范美忠当时正在上语文课,课桌晃动了一下,但范美忠根据对地震的一些经验,认为是轻微地震,因此叫学生不要慌。但话还没完,教学楼猛烈地震动起来。他瞬间反应过来——大地震!然后猛然向楼梯冲过去。后来,范美忠发现自己是第一个到达足球场的人,等了好一会才见学生陆续来到操场。其后与学生有一段对话:

范:你们怎么不出来?

学生:我们一开始没反应过来,只看你一溜烟就跑得没影了,等反应过来我们都吓得躲到桌子下面去了!等剧烈地震平息的时候我们才出来!老师,你怎么不把我们带出来才走啊?

范:我从来不是一个勇于献身的人,只关心自己的生命,你们不知道吗?上次半夜火灾的时候我也逃得很快!

范:我是一个追求自由和公正的人,却不是先人后己勇于牺

① 何兆武.上学记[M].上海:上海三联出版社,2006.

牲自我的人！在这种生死抉择的瞬间，只有为了我的女儿我才可能考虑牺牲自我，其他的人，哪怕是我的母亲，在这种情况下我也不会管的。因为成年人我抱不动，间不容发之际逃出一个是一个，如果过于危险，我跟你们一起死亡没有意义；如果没有危险，我不管你们有没有危险，何况你们是十七八岁的人了！

范美忠后来在天涯发帖写道：这或许是我的自我开脱，但我没有丝毫的道德负疚感，我还告诉学生，"我也绝不会是勇斗持刀歹徒的人！"

这些话如一石激起千层浪，在论坛上炸开了锅，由此引发了一场关于"师德"的讨论。范美忠也因此被网友讥讽为——"范跑跑"[①]。随后，中国教育部公布修改后的《中小学教师职业道德规范》，"保护学生安全"这一条首次被明确列入。

三、外在与内在的关系

教师形象内涵中的"外在"与"内在"，两者是一种辩证的关系。"外在"具有一定的可塑性、动态性与客观性。而"内在"是教师自身一种长期努力的结果，是一种积淀，它的影响是深刻而持久的。

（一）外在是内在的的体现

教师形象是复杂的、综合的，形象美就是结构的协调美。教师的形象涉及人格、学识、感情、道德、志趣、能力、经验、技巧、仪表、生理等方面，是一个综合的有机整体。它分为外在与内在结构。外在结构，是教师通过与外界的交往，在个体身上表现出来的，别人可以感知并且有一定反应的一系列因素与状态。主要包括教师的语言、习惯、情绪、仪表、人际状态等方面，诸如言谈举止、待人接物、步态手势、面部表情、衣着仪容、人际交往水平等。内在结构，是通过长期的努力逐步形成的、较为稳定的、直接对外在状态产生决定性作用的一系列潜隐因素。常常通过人格、道德、智慧、感情、能力等方面发挥作用。内在的改变必然带来外在的变化，外在

① http://baike.baidu.com/view/1622870.htm.

的“美”,必须以内在的“美”作为基础。当然,某些外在的因素,也可以制约内在,长期的坚持甚至可以改变和重构内在的某些内容。从发生作用的程序来判断,外在的形象表现,往往都是内在一系列要素外化的产物。

(二)两者可以互相促进,共同发展

教师形象的“外在”和“内在”可以互相促进,以实现教师主体的进步发展。首先,教师的“外在”必须向“内在”升华才可能获得更好的发展契机。因为只有成为公共教育理论才有针对其进行广泛讨论的可能,才有将其试用于各种不同教育情境中的机会,才有不断提升其水平乃至获得普遍性生命力的可能。教师在将自己的“外在”进行总结概括、理解提升直到明确表述的过程中,实际上也是在不断地对自己的认识加以修正和完善。其次,“内在”只有转化为教师的“外在”才能对教育教学实践真正发挥实效。实际运用通常是检验理论最有效的方法,也是理论得以不断完善和发展的最有效的途径。因而对“内在”的实践运用是检验“内在”的科学性的有效途径,同时在运用过程中针对各种不同的具体教育情境,教师也会对“内在”加以具体化的运用,这就丰富了“内在”的内容,深化了其理论内涵。而且教师对“内在”的理解、内化过程实际上是教师的自我建构过程。这种自我建构融入了教师的创造性,是“内在”不断发展和进步的动力之一。

第四节　看其称谓:从教师的称谓来看教师形象

世人常感叹,理想和现实永远有一步之遥,而对于教师来说,“美好的形象”和“实际的形象”也常有半步之差。本节以教师“称谓”这一媒介,来分析社会大众对于教师“形象”的看法。对于学校教育活动积极参与者的教师,人们对其“称谓”现多用隐喻和类比的方式给予了他们极大的关注。比如,“教师是蜡烛”“教师是人类灵魂的工程师”“教师是园丁”“教师是导航者”,是其中较为著名和典型的陈述。[①]

① 丁炜. 从对教师的隐喻性陈述看教师形象之变迁[J]. 教育评论, 2001(3): 4-6.

一、教师形象之牺牲者

在以儒家思想为主流文化的中国传统社会中，教师角色被定位于“人之楷模”和“传道授业解惑”之人，教师被奉为集礼、道、德三位一体的典范。教师职业的价值取向是以社会需要为本位的，尊师是为了重道，而非对教师劳动自身价值的尊重和体认。这种对于教师社会价值尤其是道德规范性和文化传承性价值的无限提升，为传统教师树立一种崇高、美好的教育形象。[①]这一称谓的典型代表有“蜡烛”、“春蚕”、“人梯”和“孺子牛”，我们注意到，在这类隐喻中，教师是以一种悲壮的牺牲者形象出现。

古诗云：“春蚕到死丝方尽，蜡炬成灰泪始干。”这无疑是对传统教师社会形象的生动描绘。但是，这类牺牲者的隐喻在将教师几乎上升到“神”的同时，是否也暗示着教师这个职业不为人所理解的困境？一方面，教师受到社会普遍的尊重，享有一定的社会地位。但同时，“蜡烛”、“春蚕”、“人梯”和“孺子牛”这些比喻也让人联想到生命的消逝，知识的耗尽，以及捉襟见肘的窘境。蜡烛总有燃尽的一天，春蚕吐丝而亡，人梯甘为人践踏，孺子牛吃的是草，吐出来的是奶；而当烛光熄灭、春蚕死去、人梯倒塌的时候，是否也意味着教师的结局如此？教育难道是以教师的牺牲来完成的吗？当然不是！

隐喻性陈述是以事物的某种相似性为基础，常常会带有一定的模糊性和不规则性。“蜡烛”、“春蚕”、“人梯”和“孺子牛”虽然都是极具理想化色彩的教师形象的生动写照，但它对教师的作用的阐释并不深刻。教师个体虽然退出教育过程，但其精神却永远融入学生的心灵。教师以不断超越自我的活动来与学生共同成长进步，学生的成长是对教师价值的体现，对教师职业的肯定。牺牲者的隐喻是以传统道德价值观念为核心，体现传统社会中人们对教师寄予的无限期望。

二、教师形象之操作者

在认识到教师形象固有特质和结构的同时，也应看到教师形象具有很强的时代性、民族性和社会制约性。不同历史时期和社会条件下教师

① 阮成武. 教师专业形象的价值取向与现实建构[J]. 高等师范教育研究，2002(6)：21-25.

形象各有不同。“近代社会对教师职业价值主要还是强调其对于社会的工具价值。……至于教师职业对于从业者的内在价值问题，并未被尖锐地提出和进行过认真探讨。”[①]教师虽然走下了“圣坛”，但未能在世俗化走向中得到适切的价值定位。随着工业社会的发展，教师被固定在一种标准化、科学化的“操作者”模式中。这一类型教师称谓隐喻有“工程师”和“园丁”两类。

由于苏联的影响，教育被认为就如同一个工程项目，可以事先规划蓝图，然后被控制、计划和管理。其包括的内涵有三：其一，学校如同一个大工厂，以大规模生产产品为主要任务，以班级授课制为运作形式，以统一规范为主要特征；其二，教师是工程师。在教育活动中强调统一性，试图按照一个固定的模型去塑造不同的学生，结果把各具风格的学生塑造成千人一面；其三，学生在未接受教育之前，是没有生命、任人摆布的产品原料，在接受教育后，是批量生产的、规格整齐划一的标准模件。

工程师论本质上是教师中心论，学生是受教育者，是教师改造和发展的对象。教师是教育活动的主体，是课堂教学的权威，按照统一的质量标准、方案和流程来塑造学生。实际上，学生是具有灵性的人，其灵魂所需要的不是被“塑造”，而是被“唤醒”、“激发”和“升华”。从这个意义上说，教育不仅仅是一门技术，更重要的是一门艺术，需要师生心灵上的沟通，需要想象和创造。工程师论使教学成为缺乏生气、毫无热情的刻板程序，是以牺牲学生的鲜活个性为代价。

“教师是园丁”这个隐喻的成立是以三个条件为前提的：第一，学生是可发芽的种子，有自然生长的可能性；第二，学生的成长有其特定的环境，需要浇水、培土，辅助其成长；第三，教育存在过程性和阶段性，种子的生长需要定时地浇水、施肥、松土。园丁论充满着进步主义教育的主张。杜威认为，只要有生活，只要有个体与社会的相互作用，社会就有自发的生长。当然，生长的首要条件是未成熟状态，杜威对儿童的本能或先天的能力作了充分的肯定。并认为学校和教师有责任为儿童创设良好的环境，以便使儿童固有的能力在这种环境中获得更好的应用。杜威说：“教育和社会生活的关系，正如营养和生殖和生理的生活的关系一样。这种教育，

① 叶澜. 教师角色与教师发展新探[M].北京: 教育科学出版社，2001:13.

首先是通过沟通进行传递。在个人经验成为共同财富之前,沟通乃是一个共同参与经验的过程,通过沟通,参与经验的双方的倾向有所变化。"[①]教育中的沟通、互动是学习的必经之路。这正是园丁论所隐含的带有认知主义倾向的有关学习的观点:学生有自己特定的认知结构,知识是在与教师、学生的互动中建构出来的。教师要根据学生现有的知识水平和发展水平,在教学中为学生创建一个良好的学习情境,使学生能够自由地沟通与互动,实现对知识的顺应和同化,组建其自身的不断变化并及时得到更新的知识网络。

"工程师""园丁"这种隐喻,除否定了学生的地位和自觉人格,还否定了教师自身在教学过程中的成长。当然,从"工程师"到"园丁",学生从一种无生命的"物品",变成了有生命的"植物";工程师只需照葫芦画瓢,而园丁至少还要考虑天气与土壤等因素。但总的来说,"操作者"的隐喻中,教师没有发挥出本应有的积极力量。

三、教师形象之导航者

"教师是知识的导航者""教师是人生的领路人",这是在信息社会中的新隐喻。在以往的教育活动中,教师既为知识的拥有者也为知识的输出者,教师的职责是把已有的知识通过输出的方式继续传承下去。而随着现代教育信息技术的发展,特别是网络技术的大发展,不同时空的教师、学生、教学资源都被连接起来,打破了以往那种封闭的教育状态,突破了教育的时空界限,使得教育环境充分开放。在这种情景下,教师并非是学生获取知识的唯一源泉。教师除了是知识的输出者,还必须担当起学生的引导者。既要有传授知识的艺术,而且还要具备指导学习的本领。教师作为导航者,与学生是"我与你"的关系,是具有主体性的平等的人之间的真诚关系。在这种关系中他们有着同一个目标,在这个过程中他们进行着真切诚恳的对话与交流。这种对话与交流,对于实现教育目的,帮助学生获得真正学习能力是至关重要的。这也是"导航者"隐喻的可取可赞之处。

在这些隐喻的背后,如果深入到话语和语用的层面上,我们就会看到

---

① 约翰·杜威.民主主义与教育[M].王承绪,译.北京:人民教育出版社,2001.

这些隐喻实际上已经影响了社会对教师这一职业的热烈期望和教师自身的实际工作经历,迫使我们进行更加深层次的思考和反思。有人认为,我国教师形象与传统文化密切相关,所谓“传道”就是传正统儒家之道。伴随着传统文化的转变,教师文化也出现了几次特征鲜明的转向:教师形象经历了一个由神向人的演变过程。在此演变过程中,教师走下神坛,变成了一个人,并被认为是专为人服务的人。尽管公仆、春蚕文化为教师形象增添几许“魅力”,但虚幻的美丽难掩现实的尴尬;中国教师文化演变过程,实际上是一个祛魅过程。[①]我们认为,这种通过描述展示教师形象图景的尝试,是可贵的,但也有某种线性化之嫌。

事实上,由于教师的社会地位,长期以来处于“尊卑相悖、德福背离、重心失落和关系错位”的二律背反境地,在现实的教育场域,我国教师的“形象”仍然呈现出一种理想与现实的冲突,表现为一种官方承诺与民间惯习之间的差距,教师的社会地位与时代所赋予的多元一体文化使命的不相称。对这些问题倘若不加以研究解决,必将影响教师队伍稳定、教育质量提升、教育事业发展,进而影响中华民族复兴伟业。[②]因此,我们要关注的是,怎样才能使教师职业生命在不断贡献中,不是被消解,不是呈现倦怠,而是动力不断,活力四射!

思考题

1. 您心中的教师应该是怎样的一个形象?谈谈你自己的想法。

2. 您现在怎么看待教师这个“外在美”和“内在美”两方面?您的这些看法主要受到哪些方面的影响?请举一个例子。

---

① 张宁娟. 中西教师文化的历史演变[J]. 教师教育研究,2006(2).

② 陈永明. 教师社会地位: 虚像还是实像[J]. 集美大学学报:教育科学版,2010(3).

结语

经过长期的写作和修改，此书终于成型了，希望能给广大教师的教育教学带来益处。在写作的过程中遇到了很多的问题和困难，但我都用心地解决了。这是一本关于提高教师素质和能力的理论教材，书中不仅详细地描述了作为现今优秀教师必备的素质，对其进行了一一的解释，还对教师提高这些素质提出了建设性的意见，希望广大教师能理论结合实际不断地完善自己的教育教学，提高自身的业务水平。

先进的教育教学观念要求教师在教学实践上具有超前领先的意识、全局纵观的眼光和打破常规的胆量，然后做到知其然知其所以然和从理论到实践；娴熟的知识管理能力要求教师在教学实践上要建立个人知识库，提高自身知识管理素养，建立起个人知识管理系统架构，同时学校和教育系统要构建知识型组织结构，制定教师知识管理目标，创建有利于知识共享的学校文化和激励机制，构建知识交流与共享的信息网络平台等；教师善的职业品质的形成要求加强优秀教师职业品质的宣传，建立教师职业品质的教育机制、教师职业品质的评价机制、教师职业品质的监督机制，开展多种形式的文化建设，营造良好的教师职业品质建设氛围等。高效的教育教学能力要求教学设计科学合理、切实可行，即考虑到我国目前的实际学情和着眼学生的终身发展的需要，课堂教学要心理引领、灵活机智。合理的班级组织和课堂控制能力需要教师拓宽知识层面、提高学生自我监控力、制定和执行课堂规则、建立和维持课堂秩序等；良好的人际沟通能力要求通过多种方式加强师生沟通、教师与家长的沟通以及教师与教师之间的沟通；有效的教学评价和反思能力要求教师要通过撰写教学日志、写反思日记、集体讨论、建立档案和网络分享的等方式做好教学前、教学中和教学后的反思，以及在阅读与合作中的反思；适切的教育科学研究能力要求教师运用调查法、行动研究法和经验总结法等提高自己的科研能力；适时的信息素养能力要求建立信息系统工程和运用理论、操作的培训模式以及培训、自学教师的自我提升方式，合作+交流+探究的信息素养培训模式提高教师与时俱进的信息能力；美的教师形象需要教师从“气、趣、度、稳”完善自己的内部气质，从人格、道德、智慧、感情、能力形成教师的外在美。

在此书写作将要完成之际，再次重申在优秀教师必备的素质要求下教师应该怎样去践行，希望本书的理论能在教学实践中具有指导意义，同时希望它能丰富优秀教师文化理论，供大家阅读和指正。